国际汉学经典译丛

苏联时代的中国文学研究
——波兹涅耶娃汉学论集

［俄］柳·波兹涅耶娃 著
李明滨 编选

"十三五"国家重点图书
出版规划项目

中原山版传媒集团
大地传媒
大象出版社
·郑州·

图书在版编目(CIP)数据

苏联时代的中国文学研究：波兹涅耶娃汉学论集／(俄罗斯)波兹涅耶娃著；李明滨编选. — 郑州：大象出版社，2016.12
(国际汉学经典译丛)
ISBN 978-7-5347-8306-7

Ⅰ. ①苏… Ⅱ. ①波… ②李… Ⅲ. ①中国文学—文学研究—文集 Ⅳ. ①I206-53

中国版本图书馆 CIP 数据核字(2015)第 023233 号

苏联时代的中国文学研究
——波兹涅耶娃汉学论集

[俄]柳·波兹涅耶娃　著
[中]李明滨　编选

出 版 人	王刘纯
责任编辑	耿晓谕
责任校对	牛志远
封面设计	王莉娟

出版发行	大象出版社(郑州市开元路16号　邮政编码450044)
	发行科　0371-63863551　总编室　0371-65597936
网　　址	www.daxiang.cn
印　　刷	河南文华印务有限公司
经　　销	各地新华书店经销
开　　本	787mm×1092mm　1/16
印　　张	14
字　　数	225 千字
版　　次	2016 年 12 月第 1 版　2016 年 12 月第 1 次印刷
定　　价	40.00 元

若发现印、装质量问题，影响阅读，请与承印厂联系调换。
印厂地址　新乡市获嘉县亢村镇工业园
邮政编码　453800　　电话　0373-5969992　5961789

目 录

波兹涅耶娃教授的学术成就……………………………………… 1

《太阳照在桑干河上》俄译本（第二版）序言……………………… 1
《丁玲选集》俄译本序言…………………………………………… 7
《鲁迅评传》（选）之一　与传统的决裂………………………… 18
《鲁迅评传》（选）之二　在中国留日学生中间………………… 25
《鲁迅评传》（选）之三　外国文学研究的开端………………… 36
《鲁迅评传》（选）之四　从革命浪漫主义到批判现实主义
　………………………………………………………………… 47
《鲁迅评传》（选）之五　与民族遗产…………………………… 52
《鲁迅评传》（选）之六　杂文中的讽喻形象…………………… 65
《鲁迅评传》（选）之七　与共产党人的联系和
　左翼作家联盟的建立………………………………………… 73
论《红楼梦》………………………………………………………… 90
中国文艺复兴时代的文学………………………………………… 103
苏联的中国文学研究……………………………………………… 163
莫斯科大学东方语言学院的汉语教学和科学研究的情况…… 172
附录一："中俄文字之交"又一页
　——关于波兹涅耶娃著《鲁迅评传》的由来及评价………… 179
附录二：波兹涅耶娃的中国文学史观、鲁迅论与
　《文心雕龙》论………………………………………………… 189
附录三：波兹涅耶娃与中国的特殊情缘………………………… 201
附录四：波兹涅耶娃主要学术成就……………………………… 204
后　记……………………………………………………………… 214

波兹涅耶娃教授的学术成就

李明滨

莫斯科大学教授波兹涅耶娃在中国文学研究上成就杰出,是享有世界声誉的汉学家。在她100周年诞辰之际,我们特地编选她的汉学论集,以资纪念。

柳鲍芙·德米特里耶夫娜·波兹涅耶娃(Любовь Дмитриевна Позднеева,1908—1974年)出生于俄国圣彼得堡的一个汉学世家。其父德·波兹涅耶夫毕业于彼得堡大学东方系汉满蒙专业,长期任教于东方语言各专业,曾任海参崴东方学院院长(1904—1906年),获中国颁授双龙勋章。伯父亚·波兹涅耶夫是蒙古学家,为海参崴东方学院的创校校长(1899—1903年)。波兹涅耶娃1908年6月20日出生于日本,当时其父正携家眷在日本从事讲学和研究,1910年全家返回圣彼得堡。

波兹涅耶娃在中学和中等音乐学校毕业后考入列宁格勒大学东方系,1932年毕业。她在这里受业于俄中两国本学科最好的学者,即"苏联首屈一指的汉学家"(郭沫若语)阿列克谢耶夫(1881—1951年)院士和中国苏联文学翻译的先驱曹靖华教授。当年曹先生参加北伐战争失败后,为逃避国内反动政府的白色恐怖而流亡苏联,任教于列宁格勒大学和列宁格勒东方语言学院。波氏读大学的五年间始终由曹先生教授汉语语言文学。她天资聪颖,勤奋好学,是曹靖华的得意门生。曹先生曾夸奖她是"难得的多面手,很有才气",说她开卷能读古文,开口能讲白话,提笔能写很好的中文文章。当她1956年进行博士学位论文答辩时,曹先生正好在莫斯科出差,便欣然应邀出席她的答辩仪式。

波兹涅耶娃大学毕业后,从1932年开始在海参崴执教,任教于中国师范专科学校(中国列宁学校)和远东大学。后来两校合并为"远东边疆中国高级列宁学校"。在这里,她结识了时任师范大学副校长兼中国部主任的张锡俦先生,后与之结婚。张回国后,解放初期就任刚成立的北京俄语学院(北京外国语学院前身)院长,成为北京外国语大学的首任校长。

远东大学撤销后,波兹涅耶娃来到莫斯科,在共产国际办的学校教中国学生俄语，同时在列宁军事政治学院教授中文，兼任外国文学出版社编辑。正是从那时（1935年）起，她开始翻译并发表鲁迅、丁玲和老舍等中国现代作家的小说，也为《世界文学》杂志撰稿。1943年，她考入苏联科学院东方学所研究生班，并于1944年开始在莫斯科大学历史系任教，以后转到语文系（亚非学院），仍教授中国语言文学。波兹涅耶娃长期担任中国语文教研室主任。至1974年8月25日去世，她前后任教达40年之久。

波兹涅耶娃于1946年以《元稹的〈莺莺传〉》论文获副博士学位，1956年以《鲁迅的创作道路》论文获博士学位，并于1957年和1958年先后晋升高级研究员和教授。她以优异的成绩先后获得"罗蒙诺索夫"奖金（1952年）、"罗蒙诺索夫"奖状（1959年）和奖章（1973年）。

波氏从1949年到1959年担任教研室主任，先是历史系东方语教研室，后为语文系中文教研室。再后来莫斯科大学成立亚非学院，她即成了该学院的中国语言文学教研室主任（相当于现在的系主任）。她主管教学期间，以其远见卓识对教学工作实行了一系列改革。她认为，学生在具备中文实践能力之外，应当加强相关的理论修养和拓展广阔的知识面。因此，在语言教学中引进汉语史、方言学等课程，在文学方面则不局限于设范文选读课，而是在莫斯科大学乃至于全苏率先开设了系统的中国文学史课程，同时增设西方文学和俄罗斯文学史等课程。她从教学大纲、课程设置到教学讲义都实行改革，使得该校培养出来的汉学人才在理论、知识和技能方面三者兼备，既可适应职业部门实践工作的需要，又有能力从事学术研究。这样的教改使教学工作面貌焕然一新。改革还扩展至整个东方语言文学的教学。波氏被视为东方语言文学教学的改革家。

莫斯科大学的文学史教程，从横向上看，有东方文学的全貌，包括中国、日本、印度、波斯等所有东方国家文学；从纵向上看，以中国文学为例，即从古代、中世纪、近代到现代，呈现了历史的脉络。如今该校保存有一部完整的东方文学史，由四卷（五册）组成：《古代东方文学》、《中世纪东方文学》（两册）、《近代东方文学》和《现代东方文学》。其中的中国文学部分由波氏主编。她和其他东方文学教授合力促成这部巨著在20世纪六七十年代问世。这也是波氏留给后代的一座永远的丰碑。

从1959年至1973年，波氏虽然不再担任教研室主任的职务，但已是众望所归的学科带头人。在莫斯科大学任教的30年间，她培养了一大批人才，可谓桃李满天下。

波氏的学术研究一向兼顾现代文学和古典文学。1949年她翻译出版丁玲的长篇小说《太阳照在桑干河上》，为该书获得苏联斯大林文艺奖金（也是中国作家首次获得的苏联政府奖）提供了文本条件。1954年她编选《鲁迅选集》四卷本（近1500页）并翻译了其中三分之一的作品，她写出详尽的"跋"（"序"则为费德林所作），其独特的见解甚至引起国外注意，还被译成日文在日本发表。1956年以鲁迅为题材的博士论文很快就于1959年以《鲁迅评传》（原书名为《鲁迅·生平与创作（1881—1936）》，共三编九章五十节，译成中文长达56万字）为书名出版，这是一部很有分量的作品。当这部著作在40多年后译成中文出版时，我国著名的鲁迅研究学者林非教授就称赞，这位"俄罗斯汉学前辈，实在称得上是勤奋踏实和严肃认真地从事学术研究的榜样，她涉及的材料之广博，论述的笔法之精细"，列出的鲁迅文章之出处和背景材料，"真可以说是做到了无一字无来历，这种一丝不苟的治学精神，确实是十分令人钦佩的"。林非先生又说："鲁迅先生是一位博大精深和浩瀚无际的伟大作家和思想家……对他进行如此全面和深入的研究，无疑是一项非常艰巨的劳作，何况还是出自她这位外国汉学家之手，就更令人惊叹不止了。"（《鲁迅评传》中译本序）

鲁迅研究学者、译者颜雄教授盛赞波氏数十年如一日，"勤奋谨严，实事求是的学风铸就了本书的学术品位"，而且与同时代人相较，它是鲁迅研究作品中"一部篇幅最大的评传式专著"（1959年，56万字），而此前已出版的同类著作仅有"曹聚仁《鲁迅评传》（1937年8月），约20万字；小田嶽夫《鲁迅传》（范泉译，1946年9月），不到10万字；王士菁《鲁迅传》（1948年1月），近35万字；朱正《鲁迅传略》（1956年12月）是作为略传写的，约10万字"。（《鲁迅评传》中译本后记）

此外，波氏还为苏联的"伟人丛书"撰写了一册《鲁迅》（1957年），流传很广，后来在1971年为纪念鲁迅诞辰90周年，还被译成日文在东京出版。

波氏关于中国古典文学研究的著译甚丰，重要的有1954年为北京大学王力教授《汉语语法纲要》俄译本作的序，由于《汉语语法纲要》一书的例句大多采自《红楼梦》，为便于俄文读者理解，波氏不得不在序文中全面而详细地评论那部古典小说，结果序文鲜明的马克思主义观点迅即被我国评论界看中，译成《论〈红楼梦〉》于1955年在《人民文学》杂志上发表。

波氏所译《列子》和《庄子》（1967年）是俄国首次全译本，被她汇编成《公元前六世纪至四世纪中国古代的无神论者、唯物主义者和辩证法家——

杨朱、列子、庄子》一书出版。

不过波氏的惊人之举还在于破除中国文学史的传统体例。

在苏联,东方文学中也有欧洲文学"文艺复兴"的观点,起先是康拉德院士在《中国文学史概论》(1959年)中提出的。此论一出,苏联汉学界立刻舆论哗然,有不少人持反对意见。汉学家费德林说:"就现有的资料来看,欧洲发生过的那种复兴或文艺复兴,对中国并不是必然的,我们有权把中国的文学艺术发展过程视作人类进化的世界性规律的现实,但绝不是欧洲模式或标准的某种变异。"(《中国古代和中世纪文学史的分期问题》,1968年)

但在长期的争论中,波氏一直力挺康拉德。她不但赞成中国文学史上有"文艺复兴时期",而且认为该时期可以分成两个阶段:第一阶段在8—10世纪,即唐、宋代,为爱情自由抒情诗和短篇传奇小说流行;第二阶段在10—12世纪,宋末元初,盛行政论散文和哲理小说。她进一步发挥,主张中国文学史上还有"启蒙主义时期"(即类似欧洲18世纪的启蒙主义文学)。当然,这也给那场论争激起更大的波澜。

论争归论争,波氏并不满足于空口议论,而是立即付诸行动:用欧洲文学的理论和观念来构建中国文学史的体例,编撰出莫斯科大学版的中国文学史(乃至东方文学史)。体例如下:

按世界历史的大时代划分为四个时代:

1.古代文学,从公元前3000年到公元2世纪,包括夏商周、战国和汉代。

2.中世纪文学,从3世纪到17世纪前半期,包括六朝和唐、宋、元、明代。

3.近代文学,从17世纪前半期到20世纪初,即清代。

4.现代文学,从1917年到1945年。

内容、撰述则按概论和专论两类安排。

她解释破除中国文学史传统体例的理由,认为那套体例的公式"分期按朝代,分类看体裁"有很大的缺点。一是那样的分期并不切合文学发展的过程,因为王朝的覆灭并不表示某种文学过程的终结。况且朝代分期失之过细,到底不如古代、近代、现代等大历史时代的概念清晰。二是那样的分类只能反映某种体裁的"极盛时期",如唐诗、宋词、元曲,不能告诉人们该体裁的发展过程。例如,戏曲不可能是在蒙古人入主中原那80年内才创造出来的,它在此前和此后该如何?此外,旧的写法只能使人注意每一个国家文学的特点,它妨碍人们看清各国文学的共同点。如果坚持每个民族按自己的朝代计算纪年,那就不能按历史的大时代来对各国文学的发展作总体的研究。如果坚持每个民族传统的体裁概念，那就看不到共同的文学现象。

在比较文学界历来流行三种代表性的学术研究方法，即影响研究、平行研究和类型学研究，分别代表法国学派、美国学派和俄国学派。不过多年以前有中国学者主张，还有第四种，系代表中国学派的研究方法，曰诠释法，即用欧洲文学的理论和观点来解释中国文学现象。如若此说成立，那么俄国汉学家应该早就开始实践了。波兹涅耶娃正是用了欧洲的文学史观破除中国文学史的体例，并与她的同人们在20世纪六七十年代撰写了一部别样的中国文学史。不管它对一个个具体的中国文学现象的诠释是否正确，或是有过分比附之处——俄国汉学界也有断然相反的论辩，但那种按大历史时代的分期，确实是俄国和欧洲汉学界的习惯，便于他们对中国文学史的理解。一个"古代文学"的概念就便于他们联想世界文学范围内的相同背景，比单独去弄懂"楚"辞、"汉"赋的朝代观念要容易得多。这不也是一种比较文学吗？所以波氏主编的那部文学史巨著俄苏学生可以接受。这可能也为外国学者书写中国文学史提供了一个范本，即如何引导本国读者更快地理解他们比较陌生的中国文学。

波兹涅耶娃毕生讲授和研究中国文学，热爱中国文化，对中国充满感情，她在20世纪50年代来北京外国语学院时，数次在校内举办讲座；也曾在中国讲学，讲鲁迅，也论《红楼梦》。20世纪60年代末由于中苏两国思想论争的形势严峻而断了同中国的来往。在20世纪80年代我国改革开放后，我去张锡俦院长在北京外国语学院东院的寓所拜望他，还看到张院长厅堂里有波氏年轻时的照片。在20世纪80年代末和90年代初，我曾先后两次在莫斯科和北京巧遇他们的女儿和女婿。第二次会面他们的女儿还很兴奋地告诉我：此行是回张院长的老家四川涪陵省亲。据说，乡亲们非常热情，虽然语言不通（她已经不会讲汉语了），但一看她的长相，便高声叫道："不错，是我们的孩子回来了！"乡亲们给予的无微不至的关怀和接待，给她的故乡之行留下了美好的印象。

在波兹涅耶娃教授诞辰100周年的时候，我们深深缅怀这位对中俄文化交流做出了杰出贡献的大学者。

2008年2月28日

《太阳照在桑干河上》俄译本（第二版）序言

中国女作家丁玲的荣获1951年斯大林金奖的长篇小说《太阳照在桑干河上》描写了中国农村暖水屯的土地改革。作品事件是在农村没收地主土地、分发地主余财、唤起群众阶级觉悟的最激烈的斗争时期展开的。

这部小说全面而非简单化地反映了土地改革这一复杂进程。作品描写了解放区的新人、新的组织——农村党支部、农救会、民兵、学校等已经牢牢进入解放区农村日常生活的一切新生事物；同时，作家也非常注意描写农村的反动势力，它们利用种种手段延缓其灭亡。

丁玲在这部小说中所描写的地主阶级的代表人物，挥霍者李子俊大吃大喝逐渐破产，败光了从父亲那里继承来的遗产，怯懦地逃离新的人民政权；钱文贵极其阴险，他极力维护其统治地位，企图在美国的武装干涉中捞取救命稻草。

这样的地主，按民间说法，其计谋超过古代的军事战略家诸葛亮。他眯缝着小眼儿，假装冷淡地观照世界：帝国主义将领及其傀儡能否主宰中国？日本军国主义军人能否占领全球？——他总是走运，在任何政权下都能发大财，甚至在地方民主政权建立后，他仍然悠闲地坐在马扎上，扇着扇子，慢慢地品着香茶，尽管他心里远不平静。他心中怀有一个夙愿，就是用美国大炮武装起来的国民党军队尽快到来！

但是，他作威作福的时代现已结束。中国共产党在农村实行的早期变革已过去二十年。如果说抗日战争时期为保护统一战线利益，对地主只是限制剥削——减少租金降低高利贷百分比率，那么日本投降后，为了清除地主中供职于日本侵略者的汉奸，则是没收其土地和财产。内战爆发时，每个解放区又都以各自的方式展开了同地主的斗争。直到1947年中共召开的全国土地改革会议上，才总结实行土地改革的全部经验尤其是近两年的土地改革经验，制定了全国统一的《中国土地法大纲》。利用这一武器，中国解放区的劳动人民在共产党、地方政权和农民协会的领导下向封建社会残余——占农村人口不到10%却占据70%—80%耕地的人发起了决定性的进攻。

在丁玲的长篇小说中，解放区的土地改革把其全部的复杂性展现在我们面前。暖水屯村党支部书记张裕民认为"谁也不敢公开反对土改",但是,他也了解摆在农村党员干部面前的任务是艰巨而复杂的。愚昧落后的农民,千百年来遭受地主剥削的压制,长期被宗族关系束缚住、被宗教信仰这张网——从佛道的报应和灵魂转世说到基督教"顺从"的说教及巫师的简短咒语纠缠着,绝大部分人还相信压迫者的权势,不打算同其斗争。

当农会主席程仁要佃农郭柏仁到地主家要回地契时,郭柏仁反复唠叨:"唉,地是人家(地主)的嘛……唉,地是人家的嘛。"当时农民还没觉悟,有些人甚至偷偷地把农会分给他们的田还给地主。为了激发农民的阶级仇恨,为了使他们懂得他们贫穷、无生活保障的原因,应该让他们自己起来同地主进行斗争;还应让他们懂得,不是农会、农会主席夺走了地主的地契,而是农民自己,即每个佃农要去做自己土地的主人。只有那些认识到土地不是地主的而是人民的,自己是向强盗讨回自己东西的人,才能提出这种要求。在这方面,摆在农民积极分子面前的第一个困难就是发动农民同阶级敌人进行斗争,并在这场斗争中团结农民。

第二个困难是土地改革是在战争时期进行的。丁玲所描述的事件发生在中华人民共和国成立之前,即在全国战胜蒋介石集团之前。

那时,八路军只解放了北方部分地区,蒋介石集团当时还占据着全国大部分地区。利益集团相当巧妙地演了一出恐吓农民的把戏:他们四处传播有关美国军事战术威力被夸大了的传闻,捏造敌军"胜利"的消息。

"报纸上有什么'国军'打胜仗的地方,就同人讲讲,编几条也不要紧……"吸血鬼钱文贵教唆自己的走卒——小学教员任国忠说。这样,卖身投靠钱文贵的民兵张正典和另一个地主、汉奸、甲长江世荣的忠实传话筒——白巫婆就干了这样的破坏活动。他们不倦地低声向落后的农民们散布什么"白先生显神,真龙天子在北京……百姓要安分守己,一定有好报"。

为了发动农民,解除其疑虑,本地积极分子和区工作队员们花了很大力气:他们反对钱文贵的狂妄和空谈,揭露背叛人民和党的张正典。大多数积极分子都已很好地分清谁是新中国的朋友,谁是新中国的敌人。对觉悟低的人,进行劝说和鼓励。但是,他们还缺乏政治生活经验,很难对付那些老奸巨猾的反动政客的一切阴谋诡计。这时他们的老朋友、前游击队长、宣传员章品来帮助他们了。作者在作品中特别成功地塑造了这一形象。他勇敢地解决了农村复杂关系的一切症结,顺利地完成了任务。

按照章品的建议,村政权逮捕了钱文贵。很快,村民们确信了新秩序是稳固的，于是，就连那些最落后的农民也跑到法庭上，当面控诉钱文贵。

还有一个困难，就是已经起来斗争的贫雇农并没有完全意识到自己的力量，而是企图利用农民暴动的陈旧方法与地主斗争，以便消灭敌人的肉体。正如当年那些没有无产者及其先锋队共产党领导的农民暴动一样，总会遭到失败。共产党人做了很多努力向农民们解释：现在时代不同了，政权已掌握在人民手中。

长篇小说《太阳照在桑干河上》的基本优点是运用现实主义手法描写人，就其复杂性和多样性方面描写中国农村的活生生的人。丁玲继承中国近代长篇小说传统，将每一个主要人物都写成一个单独的短篇，从而展示其经历。作者巧妙地运用这一手法展现了主人公们在日本占领时期的作为，因为人民只信赖那些反抗日本侵略者和国内反动派的不妥协的战士们。只有从可怕的旧社会去观照，才能彻底认识中国贫雇农生活的巨大转变——他们从千百年来的地主的奴隶，而今变成了土地的主人。他们亲自向农会提出首先没收地主果园的问题。你瞧，果园里可是千载难逢的大丰收呀！而地主们听到这一消息后，便急忙卖出自家园子的水果。于是，农会立即做出决定，在重分果园前，要在果园里站岗放哨保护果子，不等熟透就集体抢收，卖了钱分给农民。

这是谁家的园子呀！李宝堂在这里指挥着。李宝堂在园子里看着别人下果子，替别人下果子已经二十年了，他总是不爱说话，沉默的，像无动于衷似的不断工作。不知道果子是又香又甜似的，拿着的是土块，是砖石那么一点也没有喜悦的感觉。可是今天呢，他的嗅觉像和大地一同苏醒了过来，像第一次才发现这葱郁的，茂盛的，富厚的环境……（《太阳照在桑干河上·三七》）

女作家在自己的长篇小说中，就重点描写了领导这些感情。这些感情是战胜剥削者，战胜永无休止的贫穷带来的新生事物。自然，面临敌军的第一次进犯威胁时，共产党员和民兵战士成长起来了，青年部队唱着歌投入了防御建设，农民群众万众一心起来保卫自己的土地和民主政权。

女作家丁玲生于1904年，很年轻时就步入文坛。1927年，她开始在中国进步刊物上发表作品。很快，她的作品就引起了读者和进步舆论界的关注。1931年，丁玲编辑左联刊物《北斗》，同年，其丈夫胡也频被国民党捕杀。1933年，丁玲被捕，其最优秀的作品（《母亲》《水》等）列入被禁文学作品清单。但是，法西斯分子未能摧毁她的意志，她在监狱里待了三年，出狱后就来到北方，以全部精力投入统一战线的准备工作。

丁玲在整个抗日战争时期都与八路军一起工作，住在民主地区首都——延安。她领导着自己创办的作家前线工作队，培养了许多天才的年轻干部，出版了一系列文集——《一年》《西北战地服务团戏剧集》及其他。

从国内战争和美帝干涉开始，丁玲的愿望就是要奔赴实行土地改革的前线。女作家丁玲在本书序言中谈到自己的工作和当时的创作打算时说：

一九四六年七月，我参加了怀来土改工作团，后来转到涿鹿县，但是，九月底就仓促回到阜平。这一阶段工作没有机会很好总结。但住在阜平，我没有别的工作，同时又有些人物萦回在脑际，于是就计划动笔写这本小说。我当时的希望很小，只想把这一阶段土改工作的过程写出来，同时还像一个村子，有那么一群活动的人，人物不太概念化就行了。原计划分三个阶段写，第一是斗争，第二是分地，第三是参军。写作过程中得到了一些桑干河一带护地队的材料，是很生动的材料。护地队的领导人，就是小说中县委宣传部长章品同志。那一带地方我曾走过好些，因此就幻想再回到那里去，好接着写第二部，因此在我写的当中，常常想留些伏笔。文章写了一半，已经到了一九四七年土地复查的时候，我自己动摇了，想再下去多经历些群众斗争，来弥补我生活和写作中的不足。于是我搁下了笔，跟着去冀中行唐兜了一个圈子，最后回到阜平。我明白那些生活对我全是有用的。但对写这本小书实际材料不多，我便又继续写下去。我写了三个半月，送走了整个夏天。我用较大的力量写完了第一阶段，闹斗争这一部分。刚想写分土地的第二部分，《中国土地法大纲》颁布了，便参加了土地会议，对继续写下去又发生动摇。我决心先下去参加平分土地的工作，我到获鹿的一个村子工作了四个多月，今年四月底才回到了联大，我原来的计划因为参加了这次工作有些变更了，我觉得原定的第二部分和第三部分没有什么写的必要，因为前年的那次分地和参军，都是在很不彻底，粗枝大叶，马马虎虎了事的，固然由于当时的战争环境，但那些工作作风实不足为法，考虑再四，决定压缩，而别的比较新的材料也无法堆砌上来，可以另订计划。因此小说后边便没有把问题发展开去。加上国际妇女会召开在即，行期匆促，就更促成了我的草率，因为路途的遥远和艰难，我不得不把这一工作匆匆告一结束。如果将来有空，我可再加以修整吧。（《写在前边——〈太阳照在桑干河上〉前言》）

女作家写的前言，简洁而冷静地描写了自己创作这部长篇小说的过程。那时她很忙，很少有空闲时间，曾不止一次中断创作工作。当时在全国展开的紧张的政治活动，需要更多的人参加，所以，后来文学批判家周扬、诗人艾青和其他许多人士也都去搞土地改革，这并不是偶然的。那时，丁玲担任了许多社会工作。她是中国文联执行委员会副主席，担任《文学与艺术》编辑数年，后来又调到《人民文学》，在那里仍然负责青年作家和编辑人员工作，以培养新的干部尤其是编辑人员——这些人员在当时的中国是极其缺乏的。

丁玲不止一次到过苏联，还曾出席在布拉格召开的国际妇女民主联盟代表大会，也是出席巴黎世界保卫和平大会的中国代表。丁玲是苏联的朋友，是争取世界和平的积极战士。长篇小说《太阳照在桑干河上》的问世，表明丁玲的创作已进入符合创作规律的阶段。20世纪30年代初期，在中篇小说《水》中，丁玲就现实主义地描写了全国各地农民的破产、贫困化及由于国家缺乏抗洪措施而导致灾民大规模地死于洪水中的可怕画面。

作家描写的水灾——不是惩罚罪孽的神力降下的自然灾害，而是江河的防水堤、拦洪坝等防护建筑多年失修而遭到毁坏的结果。虽然修堤的款项年年准时征收，但是收上来的钱很快就落入官僚资本家的深不可测的腰包。丁玲揭示出，资本家甚至利用人民的灾难和死亡大发横财。他们在全国各地广征募捐，但是，劳动人民给自己的受灾兄弟捐献的血汗钱，却成了执政集团的一笔收益。

人民只有一条出路，就是毛泽东指出的进行土地改革，进行反抗敌人的武装斗争。丁玲的中篇小说《水》，就是以农民暴动的画面而告终：

于是天将蒙蒙亮的时候，这队人，这队饥饿的奴隶，男人走在前面，女人也跟着跑，咆哮着，比水还凶猛的，朝镇上扑过去。（《水》）

如果说丁玲1931年写成的中篇小说《水》反映了中国共产党领导下的农民斗争的初期阶段，那么，其1948年问世的长篇小说《太阳照在桑干河上》所描写的则是经过多年不断斗争而取得的盼望已久的胜利成果，当年"耕者有其田"的口号已变成了生活现实。这部作品，就其艺术技巧、展示形象和事件的现实主义手法而论，表明了女作家的长足进步。在20世纪30年代，造反的人民以其巨大的力量展示了自己。在这部作品中，用毛泽东"中国文艺要为工农兵服务"的指示武装起来的女作家，善于表现那些在共产党领导下的推动中国历史前进的工农兵形象。这是丁玲对中国领袖毛泽东召唤的一种回应——毛泽东当年号召中国文艺工作者反对"为着剥削者和压迫者的文艺",反对奴隶文化与奴隶文学,为实现中国新文化主将鲁迅的理想、为建立无产阶级领导下的反帝反封建的人民大众的文化而奋斗。

"文化新军的旗手"鲁迅,从20世纪初到其逝世,多次倡导中国作家学习俄国文学、学习苏联文化。为此,他翻译了许多俄国文学作品,还组织、帮助其他译者翻译。他的繁重而紧张的翻译活动,今天终于结出了硕果:即中国作家们善于高屋建瓴真实地反映中国的新农村建设、工人的自由劳动及在这一进程中共产党的领导作用,这在很大程度上说明了中国作家们在精细地学习、研究苏联作家的作品。我们可以满有根据地说,中国作家们向毛泽东指引的新民主主义文化之路的转变之所以能如此迅速完成,是因为在苏联早已创立了社会主义现实主义文学,而且中国的同行们也在努力地学习它。

长篇小说《太阳照在桑干河上》是这种最早的作品之一。它反映了早期建设自己生活的中国广大劳动群众的光明而蓬勃发展的事业。必须承认,这部作品对创建新民主主义的真正的现实主义文学事业做出了重大贡献。在中国现代文学中,不只是丁玲,还有其他许多作家,诸如荣获斯大林文学奖的周立波、描写了修复发电厂的中篇小说的作者草明及其他一些作家,也都创作了反映新民主主义建设时代的作品。这些作品为后续作家指出了创作道路。

中国进步作家的成就在于他们善于表现发生在中国的历史进程;丁玲与其他作家被授予斯大林文学奖金,表明了中国文学事业迅速而巨大的发展。

(宋绍香 译)

译后记

长篇小说《太阳照在桑干河上》俄译本(第二版),波兹涅耶娃译,托佩尔编校,莫斯科:外国文学出版社,1952年版。

《丁玲选集》俄译本序言

人民革命胜利前，中国进步作家的作品很难冲破国民党书报检查机关设置的障碍传到我们这里。但现在，没有什么能阻碍我们两国人民亲密的兄弟般的友谊了，中国作家的作品可以迅速到达苏联读者面前了。然而，过去发行量不多（1500—2000册）的旧读物在中国已绝版。所以，不久前中国着手再版许多书籍，这对填补过去年代的空白很有助益。譬如，文化部长茅盾于1951—1952年主编出版了中国作家于1919—1942年创作的作品选集丛书。丛书作者中的许多人早已牺牲，为祖国人民的解放事业献出了自己的生命。柔石、殷夫、胡也频30年代死于国民党刽子手屠刀下；闻一多于中华人民共和国宣告成立前不久被国民党杀害；郁达夫被日军杀害。这套丛书中还有新中国的积极建设者们的作品，诸如作家郭沫若和茅盾、剧作家田汉、诗人艾青等。《丁玲选集》也列入了该丛书，现在首次译成俄文大量出版发行。

丁玲（原名蒋冰之）生于1904年。她最初的作品发表于1927年的刊物上。因此，她是始于1919年的中国现代文学的第二代活动家。

1919年5月4日，上海举行游行示威，强烈抗议巴黎和会把德国在中国的租界转让给日本的决定。以此为起点，在新的情况下，受俄国伟大的十月社会主义革命的影响，中国掀起了一场革命运动。这时，中国无产阶级积极参加国家的政治斗争，而于1921年建立中国共产党的中国最早的马克思主义者则肩负起了领导这场运动的重任。这一时期，中国的进步文学同解放运动相结合，积极参与人民反对帝国主义和封建主义的斗争。

持民主革命观点的作家们为了反对维系旧家庭制度的封建礼教，反对阻碍中国科学与文学发展的封建哲学思想，同资产阶级文学家们结成了特殊的统一战线。他们提倡白话文，反对听不懂的为达官贵人所扶持的文言文。但是，先进的左翼文学很快便同右翼文学展开了论战，反对鼓吹欧美的《最后的演说》，模仿西方颓废派提倡"为艺术而艺术"的文学作品。作家之间的分裂越来越厉害。在1924—1927年的反帝反封建的资产阶级民主革命失败、国共两党的统一战线破裂之后，进步的文学家们组成了自己的营垒，而资产阶级作家也公开同封建遗老们联合起来。由于国民党1927年4月的反革命政变及随之而来的血腥恐怖，这两大文学营垒之间的矛盾尖锐起来。但是，这种镇压并没吓倒进步的文学家们，而是使他们更加紧密地团结起来。1930年，在中国共产党领导下，他们联合成立了中国左翼作家联盟。在残酷的阶级斗争时期，正当中国工农红军粉碎了国民党军队对农村革命根据地的"围剿"之时，进步的文学家们同样粉碎了国民党对进步文化的"围剿"，他们顽强地把握住马克思列宁主义这唯一正确的世界观，用自己的笔为民族和劳苦大众的解放服务。

所以，20年代的中国文坛，各种流派、各种势力、各种思潮丛生并存，形成了一种极为错综复杂的局面，出版了大量的附有形形色色的宗旨和宣言的刊物。旧事物的卫道士们视革新者们为中国"固有"文化的危害者，号叫要学生们坐下来"两耳不闻窗外事，一心只读圣贤书"。那些在英、美大学里镀过金的买办资产阶级的代表人物极力颂扬中国的旧文化同杜威之流的学说相混合的一切新"成就"。中世纪长篇小说的模仿者们写出大量的描写"郎才女貌"题材的爱情小说，这些陈词滥调全是从美国的强盗、色情书籍中拣来的破货，形形色色，离奇古怪！与这条猛烈抨击年轻的进步文学的阵线相抗衡的则是成长中的已经赢得了广大读者的新文学阵线。

鲁迅，中国文学批判现实主义的奠基人，是当时名副其实的最大的文学大师。1927年以后，他逐渐获取了社会主义现实主义的创作方法。鲁迅把传播俄苏文学和马克思主义文学理论当作自己最重要的任务。1921年年初，作家叶圣陶、许地山，文学评论家郑振铎、茅盾（后来成为作家）联合成立了"文学研究会"，并出版了机关刊物《小说月报》。该研究会的成员们刻苦学习外国文学中的进步作品，精心研究各种文艺思潮的理论基础。他们遵循"生活的诗意"这一口号，提倡"血与泪"的文学，其基本特征是写实主义。团结在《创造》杂志周围的如郭沫若等作家和诗人们，从浪漫主义出发，主张推翻旧世界。这是一种积极的浪漫主义，正如高尔基所定义的那样，这种浪漫主义"努力加强人的生活意志，唤起他们去变革现实，反对一切人压迫人的现象"。在这群革新者之间，在无情地批判一切反动、腐朽事物的人们中间也展开了一场具有现实主义者与浪漫主义者特色的争论。后来随着1924—1927年大革命高潮的到来，他们中的优秀分子或参加了人民革命军，或以笔为武器投入了战斗。最后他们在无产阶级革命现实主义文学的旗帜下，在左翼作家联盟中团结了起来。

到1927年，老一代革命家已经同旧世界——封建思想、封建文化，同新的敌人——帝国主义利益在中国的代表人物进行了首次斗争，但是斗争未能胜利。由于买办集团的资助和历届军阀政府的支持,新文学的敌人仍然猖獗。这时,他们竭力追捕中国进步作家,查封他们的刊物,作品的出版极其困难。

丁玲刚步入文坛就遇上了这种复杂局面。但是丁玲善于洞察时局,她清楚真理在哪一边,并做了正确的抉择。从丁玲的作品中我们可以看出,在20年代的文坛上,批判现实主义的文学大师鲁迅和叶圣陶对她影响很大,他们的作品的思想性,他们对半封建半殖民地社会的辛辣的揭露,最强烈地吸引住了她。但是,丁玲早期作品的特点是探求,她还不能判断社会生活中最重要的问题,还未找到最典型的形象,阶级偏见的负担还压迫着她。在《丁玲选集》序言中她写道:"如果我长年只生活在这些故纸堆中,我想我会变得悲观的,我会失去信心的。"(《丁玲选集·自序》,开明书店,1951年版)丁玲批判地对待自己早期的作品,并为越来越发展壮大起来的年轻文学的一切创新感到欢欣鼓舞;她面向未来,胜过过去。丁玲经历了一条思想和艺术发展的复杂而坎坷的道路,这在她的《丁玲选集》中已经明显地反映了出来。

丁玲早期的短篇小说《梦珂》《莎菲女士的日记》《庆云里中的一间小房里》(1927—1929年)问世后,立刻在读者和进步的批评家中引起了强烈的共鸣。这些短篇小说是丁玲创作道路的起点。她先在文学研究会机关刊物上发表短篇小说,而后结集出版了《在黑暗中》《自杀日记》及其他小说集。这些作品的重心均是引起她注意的课题:寻找中国妇女的解放道路。

第一部作品《梦珂》的女主人公是一个柔弱的少女。她从外省来到上海学习绘画。她对妇女没有社会地位感到非常愤恨,但解决问题的方式还是个人主义的:离开家庭,逃避强制婚姻,即所谓追求自由生活。她在剧院里找到了一个职业,但并不合适,只是糊口而已,况且剧院里这种伪善的生活环境与之逃跑前所处的社会环境也没有多少差别。

"第二篇问世的《莎菲女士的日记》,是《梦珂》的一个发展。"(《冯雪峰论文集》,人民文学出版社,1952年版,第99页)文艺评论家和作家冯雪峰指出:莎菲也力争到了自由,自个儿决定了自己的命运。她需要解决的唯一问题是私生活、爱情与婚姻。莎菲日记篇章专门叙述她对自己疾病的思虑和对朋友的态度,对纯洁无私地爱恋她而未能得到她爱的回答的苇弟的态度,对漂亮而富裕的纨绔大学生凌吉士的态度。对于后者,莎菲只是本能地钟情。但是女主人公的这种意识最终占了上风,对于婚姻来说,仅仅喜爱是不够的;婚姻还应建立在相互友好的基础上,而凌吉士自身是不具备这种条件的。

关于丁玲早期作品的特点,茅盾写道:

莎菲女士是心灵上负着时代苦闷的创伤的青年女性的叛逆的绝叫者。莎菲女士是一位个人主义，旧礼教的叛逆者；她要求一些热烈的痛快的生活；她热爱着而又蔑视她的怯弱的矛盾的灰色的求爱者……她就一脚踢开了这位不值得恋爱的卑琐的青年……莎菲女士是"五四"以后解放的青年女子在性爱上的矛盾心理的代表者！（茅盾：《女作家丁玲》）

冯雪峰对莎菲女士的心理进行了贴切的分析。丁玲在其《我的创作生活》一文中谈到，这种评析非常真实地反映了作家的创作情绪。她认为自己由于对社会的不满才走上了文学道路。她谈到了自己这一时期的缺点：消极悲观，片面地分析社会生活，以致不能正确地解决问题。

从丁玲的作品中我们知道，她是因反对中国封建家庭制度而走上文学创作道路的。她还没有意识到，消灭这种封建家庭制度有赖于废除不合理的社会制度。她还没有参与当时的政治斗争。她试图以逃避现实斗争的女主人公的模式解决中国妇女问题。但是，在1927年中国左翼作家联盟成立之前，这类问题的提出还是符合中国文学的客观规律的，丁玲创作生涯的起点恰恰符合这一规律。

日记体裁对于中国文学来说是一种新的文体，敢于提出问题使这部作品获得了成功，但是作家还不善于第一人称的写法，叙述冗长、重复，女主人公内心的自我剖析言过其实。丁玲力求运用现实主义的手法再现生活的真实，然而，却常常只是对生活的写照，陷入了自然主义。但是，丁玲却是以其"提出问题"为特征的作品进入中国文坛的，这一事实毋庸置疑。

丁玲的短篇小说《庆云里中的一间小房里》（1929年）提出了解决问题的新途径，作品从妓女们的观点审视婚姻：在半封建的中国女人出嫁和家庭生活要比她们所干的那种行当还要坏。

丁玲的其他短篇小说，其中尤其是提出了劳动妇女家庭子女教育问题的作品（《过年》，1929年），均着上了一层悲观主义的暗淡色彩。小说的主人公——一个8岁的小女孩，其父已经去世，其母是一个教员，像中国通常可以看到的那样，寄宿在学校里。8岁的小女孩一个人留在舅舅家跟仆人过活。作家运用对比的写作手法，对照这小女孩的表兄弟们同父母生活在一起的愉快而热闹的情景，重点描写了小主人公对于温存的母亲的思念。作家将愉快的节日——新年，将母亲、弟弟回来后的几天幸福时刻同小女孩对节日过后即将到来的孤独生活的恐惧穿插描写，更加渲染了这种悲凉的气氛。

通过对于社会问题之一——家庭与婚姻问题的分析，作家于20年代末期得出了结论：中国的封建婚姻奴役男女双方，剥夺了人身自由。妇女的经济地位决定了在中国现实条件下妇女仍然得不到真正的自由。

后来，丁玲把妇女解放同社会问题联系起来，进一步探索了这一问题。在长篇小说《韦护》（1930年）中，她提出了当时中国文坛独具特色的问题：革命与爱情。小说的主人公韦护是一个对现实不满的热血青年，他倾慕社会主义思想，到过苏联，尔后把自己献给了中国的社会主义运动。他结识了丽嘉，并且爱上了她。然而他感到这影响了他的革命工作，决定离开她。丽嘉是莎菲形象的进一步发展，她是一个自觉的人，一个社会活动家。她同样面临着"革命与爱情"问题——她也以革命工作的利益为重解决了这一问题。

丁玲在对"革命与爱情"问题的探索中并不是一位首创者。鲁迅在其短篇小说《伤逝》（1925年）中早就描绘过爱情与斗争的抉择；柔石在其长篇小说《二月》（1929年）中，胡也频在其长篇小说《到莫斯科去》（1929年）、《光明在我们的前面》（1930年）中也都提出了"革命与爱情"问题。另外，其他一些作家也都表现过这一主题。当时左联成员的一项任务就是要表现共产党员和进步文化工作者们为争取中间作家而斗争的主题，丁玲的中篇小说《一九三〇年春上海》正是表现了这一主题。然而，左联的斗争并未束缚住这位作家的手脚。她将主要精力用以描绘进步的活动家。这篇小说的主要人物是位走中间道路的作家及其爱妻。妻子是一个柔弱、娇憨的年轻女子，丈夫是一个殷勤的、很会体贴人的男人。美琳的"叛逆性格"被这充满了爱情的婚姻及婚后的甜蜜生活融化了。但是，后来，进步分子的力量几乎都不能影响她的丈夫时，美琳自己却开始对个人的"傀儡"生活感到了失望，新的追求唤醒了她。

这部中篇小说是丁玲小说创作的一个飞跃，虽然她对"觉悟"问题比自觉活动更感兴趣，而左联的进步作家也是作为次要人物被描写的。作者在这篇作品中给自己提出了许多新课题，触及了罢工、工会活动、工人记者、工人报纸及其文学艺术方面的工作。作品描写了国民党的屠杀和恐怖，描写了工人组织性的提高。小说写到准备"五一"大游行而结束。作品重点刻画了美琳这个柔弱的女人形象。这个女人选择了一条梦珂未曾找到的道路——社会活动的道路。

同时，革命运动的主题在短篇小说《田家冲》中也得到了发展。故事发生在一家姓赵的农民家庭里。作家将赵家的生活描绘得安闲恬逸，农民的贫困生活在此仅隐约可见。但是，中国美丽的大自然、农民的劳动生活及其劳动的喜悦的画面在作品中却被描绘得非常生动。

作品的主人公是一个大地主的女儿，她自觉地同本阶级决裂，在同地主阶级的斗争中，她转到了被压迫者一边，参加了一个地下组织。她看到了地主对农民的残酷剥削，十分理解这一时期农村阶级斗争的意义。从这一形象中，我们看到了出身于大地主家庭的丁玲本人的影子。

但是，我们的作家并未专注于塑造同剥削阶级家庭断绝了关系的主人公的形象，她将笔锋转向了劳动人民、革命群众，较为准确地揭示了推翻地主、官僚资本统治的原因和革命的必然性。正是在1931年，丁玲创作了中篇小说《水》。这部作品的问世表明了丁玲的思想又向前跨越了一大步。该作品取材于当时席卷了中国的大部——16个省的大水灾。

冯雪峰在其刊于《北斗月刊》杂志的论文《关于新的小说的诞生——评丁玲的〈水〉》中写道：《水》所以引起读者的赞成，无疑义的是在：第一，作者取用了重大的现实的题材……第二，在现在的分析上，显示作者对于阶级斗争的正确的坚决的理解；第三，作者有了新的描写方法，在《水》里面，不是一个或二个的主人公，而是一大群的大众，不是个人的心理的分析，而且是集体的行动的开展（这两点，当然是和题材有关系的）。它的人物不是孤立的、固定的，而是全体中相互影响的、发展的。后来，冯雪峰在为《丁玲作品集》（1947年）撰写的《序言》中，指出了这部中篇小说公式化的缺点，但是，他仍然认为该作品是丁玲创作前进的标志，也是中国新文学前进的标志。（《冯雪峰论文集》第一卷，104—105页）

中篇小说《水》描写了这样一个重大主题：中国农民在同自然灾害——特大洪水的斗争中提高了自己的阶级觉悟。作者现实主义地再现了中国农村的悲剧，再现了当时骇人听闻的现实——无数的灾民，地主和官府的残酷压迫剥削造成的农民破产。

丁玲描写洪水泛滥，不是从大自然的胜利、老天爷的惩罚视角来写的，而是表现了统治阶级的垮台，表现了贪官污吏经济腐化堕落的恶果，他们不仅贪污修筑河堤的材料款、税款，甚至还贪污救济灾民的捐款。女作家还描写了人民大众对国民党的虚伪诺言已经丧失了信心，开始觉悟起来。

人民群众懂得，唯一的出路就是进行反对贪官污吏的武装斗争。中篇小说《水》的结尾就描写了起义的画面：灾民们向地主、官僚们的堡垒冲去，饥饿大军"比水还凶猛"地"朝镇上扑过去"。

丁玲的这部小说反映了中国土地革命的高潮，尽管它把农民起义描写成了自发行为，没有表现出共产党的领导作用。这部中篇小说表明了作为艺术家的丁玲的进步。人们焦急地等待农村消息的情景，农民在河堤上紧张地集体劳动的场面，他们拼命保住自己的土地和家园免遭洪水袭击的描写，这一切都给读者留下了不可磨灭的印象。

丁玲的每一部新作在艺术思想和艺术技巧方面都向前迈出了新的一步。选集中反映出来的这一进步仅仅是在五年内发生的。丁玲进步速度如此之快是有其特殊原因的：1924—1927年的大革命，更重要的是蒋介石的反革命政变造成的大革命的失败。丁玲很遗憾未能参加这场大革命，她说：

直到一九二七年，大革命失败，"四·一二""马日事变"等等才打醒了我……许多我敬重的人牺牲了，也有朋友正在艰苦中坚持，也有朋友动摇了，我这时极想到南方去，可是迟了，我找不到什么人了。（丁玲《胡也频选集序言·一个真实人的一生》）

女作家以自我批评剖析了自身的缺点。在《一个真实人的一生》一文中，丁玲评价了自己的丈夫——作家胡也频，同时也讲了他对她的政治发展的影响，讲述了他们一起接触革命思想，共同学习马克思主义文艺理论。随着左翼作家联盟的建立，胡也频成了左联执行委员、工农兵文学委员会主席，加入了中国共产党，并被选为出席红区人民政权第一次代表大会的代表。丁玲本人也参加了左联，编辑左联机关刊物《北斗》杂志，并打算同丈夫一起出席代表大会。

但是，在这些日子里，一个沉重的打击向整个中国文坛袭来。在开会时，国民党特务逮捕了出席大会的代表。这个事件对丁玲来说，不只是一个社会事件，她的丈夫也遇难了，这使她的生活发生了根本的变化。现在，在几册《丁玲选集》里，不仅有她本人的中、短篇小说，还有其对已故同志们的作品的整理和研究文字。收集白色恐怖艰难时期的革命文学遗产，恢复鲁迅所说的"用血写成的"历史，吸引了丁玲、冯雪峰及其他一些30年代的作家。

丈夫及其他同志在斗争中遇难，迫使丁玲以新的目光审视过去同她一起工作过的作家。就在那时，她第一个再现了共产党人的形象。在那可怕的苦难岁月中的感觉——十冬腊月，风雪交加的寒夜，为营救被捕的丈夫而徒劳奔波的情景，在其描写烈士生活的短篇小说《某夜》中得到了生动反映。尽管丁玲隐去了他们的名字，但烈士的形象仍生动可亲地树立了起来。暴风雪，镣铐叮当作响的队列，队列中有位女士，她就是女作家冯铿。队列停下来时，响起了最后的声音。出席真正的人民政权第一届代表大会的上海代表们，高唱着《国际歌》走向刑场；这无产阶级的歌声，随着一排排机关枪声而减弱，直到最后一位战士倒下，歌声才消失……

在这篇短篇小说中，丁玲以巨大的艺术力量成功地反映了中国共产党人的钢铁意志，表现了他们对人民政权在中国必然胜利的坚定信念。在身后铁钉皮鞋的踏步声中，在警察队长的口令声中，在未经审判就秘密枪杀中，明显地表现出了感到行将灭亡的国民党反革命集团对共产党人的切齿痛恨和对人民的无比恐惧。

短篇小说《消息》写于1932年，其主题与过去的作品有关。该作品反映了人民的期望，反映了人民对人民民主政权的信赖——建立这一政权的人民代表大会于1931年11月在当时为数不多的摆脱了国民党统治的解放区里召开。一位上海工人的老母亲联合她的女友们积攒零钱，怀着崇敬心情缝制了一面红旗赠给工人们以表她们尽快在本市创建人民政权的愿望。

女作家的童话《给孩子们》，反映了人民梦想在全国实现人民政权，给人民的解放斗争涂上了一层绚丽的光彩。但是，她认为国家的解放不能只停留在梦想中，应很好地认识到只有经过全民的艰苦而漫长的斗争才能使这一梦想变为现实。

丁玲的短篇小说《诗人亚洛夫》渗透着中苏两国劳动人民利益一致的思想。在这篇作品中，丁玲给某些中国作者以猛烈还击。这些作者拼命描写逃亡到中国的白俄的"痛苦"生活，以便引起人们对逃避十月革命的俄国地主、资本家的怜悯同情，同时激起他们对世界上第一个社会主义国家的工农的仇恨。女作家再现了这位侨民"诗人"生活的丑恶画面，深刻描写了此人的道德堕落。他跌入社会底层之后，充当了工贼的反面角色。

在后来的短篇小说《奔》（1933年）中，丁玲重新转向劳动人民，唤醒他们去夺取人民革命的胜利。她以高超的艺术技巧，透过初次流入城市的农民的印象之棱镜，表现了上海工人的生活与斗争。丁玲没有把这些情节当作偶然事件，而是作为社会现实进行描写。当小说的主人公——一伙农民沿着铁路线回家乡时，一列火车从他们身旁疾驰而过，车厢里塞满了像他们一样幻想到"富豪"的大上海打工挣钱的破产农民。《奔》不仅描绘了农民的贫困，还描绘了工人的失业和斗争，更描绘了供农民借鉴的工人斗争的教训。丁玲指出，必须同剥削者进行斗争。《奔》是我们所熟悉的丁玲1933年写的最后一篇作品。丁玲的创作因被捕而中断。继续创作作品，大约在1937年或以后几年。

丁玲在国民党白色恐怖年代及其就职的左联活动时期写的作品，得到的评价比较高。当时国家面临的一系列新任务、新课题，使其后来的作品内容都非常新颖。

从抗日战争开始，女作家在自己的创作中就探讨民族统一战线问题。战争期间，她出版了散文、短篇小说集：《一颗未出膛的枪弹》《我在霞村的时候》等。

她指出，国民党及其他军阀被迫在某种程度上响应共产党关于建立民族统一战线的号召，因为人民拥护这一号召。在短篇小说《一颗未出膛的枪弹》中，丁玲描写了人民对子弟兵的爱戴，描写了军民关系的融洽。村民热情地接待小红军，谁也不把他交给军阀的夜袭队。但是，这个在很危险的情况下保存自己的红星军帽的小战士，善于说服军阀士兵，使其相信共产党的政策是正确的，相信必须停止内战，一致对外。

女作家没有回避统一战线的不牢固性、战争中各派政治力量的立场不同的问题。丁玲不仅成功地描写了统一战线的一方——共产党所领导和组织的人民，她还善于通过惊惶失措分子、胆小鬼记者徐清的形象揭露国民党投降主义分子（《入伍》）。女作家还描写了与这位国民党空谈家全然对立的人民军队的普通士兵杨明才。丁玲把这一形象塑造得特别成功。杨明才在任何情况下都看不出一点因勇敢、能干而骄傲自满。"照料客人"的任务重压着他，他梦想拥有一支步枪，梦想能和同志们一起战斗，但他服从命令并完成了自己的任务。女作家在重点强调杨明才身上所具有的劳动人民的优点时，把战争的一切重担都放在了杨明才的肩上，放在了共产党人领导的为中华民族独立而浴血奋战的这支军队上。

丁玲在抗日战争时期写的其他短篇小说描写了解放区，描写了这里的新生活、新人和中国的新活动家的成长过程。诸如《新的信念》《我在霞村的时候》《秋收的一天》《夜》等。她在这些作品中还描写了落后的、被战争和旧社会所损害的人物形象，唤起他们重新做人；也塑造了先进人物的形象，描写了他们的忘我斗争和日常生活。她的作品具有独特的艺术特点——几乎在她的每篇作品中我们都能发现那优美的自然景致的描写。

丁玲作品中的自然景致描写是情景交融的写法，自然景致通过人物的感觉比较真实地折射出来。譬如，在反映农民共产党员、解放区人民政权的建设者生活的短篇小说《夜》中，对周围自然景致的描写便加重了人物对故乡的眷恋之情。在中篇小说《水》、短篇小说《某夜》和长篇小说《太阳照在桑干河上》等作品中，自然景致描写与作品故事情节最有机地糅合在了一起。

《丁玲选集》反映了丁玲的生活和创作道路的各个时期：第一时期，是对旧中国不自觉的个人反抗时期。这一时期的创作方法是批判现实主义的（1927—1929年）。第二时期，是左联时期，创作了大量作品和运用马列主义文艺理论写了不少理论文章。这一时期，其艺术技巧臻于成熟（1930—1933年）。第三时期（始于1937年），参与解放区的实际工作，是向社会主义现实主义转变的时期。在其创作生涯中，毛泽东1942年在延安文艺座谈会上的著名讲话起了很大作用。在其后几年里，她的作品达到了最成熟状态。还在其长篇小说《太阳照在桑干河上》问世之前，冯雪峰就对丁玲这一时期的创作给予了高度的评价："后来的这些作品，可以作为作者对于人民大众的斗争和意识改变及成长的记录，也可以作为作者自己的意识改造和成长的记录……"（《冯雪峰论文集》第一卷，105—106页）

丁玲在解放区、共产党的堡垒——延安的斗争和工作实践，起初在其特写、随笔、日记和短篇作品里都得到了反映，现在这些素材又激发女作家创作出了更加成熟的长篇小说《太阳照在桑干河上》，从而使其第三时期的创作找到了最好的表达方式。这部长篇小说充满了乐观主义，它是经过多年不懈的斗争以后，人民取得胜利前不久创作的。这部作品代表了女作家这一时期的创作成果。它表明了丁玲作为现实主义艺术家的巨大进步，表明她是一位不仅由斗争理论，而且由社会活动家的实际经验所武装起来的现实主义作家。当然，战争时期的工作环境是非常艰苦的，我们在丁玲这部长篇小说中很容易发现这种时局下的艰苦环境。但这部著作校勘不够精细，出现有重复现象，并且不是所有情节线都能贯穿始终，某些形象未能得到充分发展，譬如牧人之妻周月英、妇女主任董桂花，顾涌的阶级面貌不清晰。但是，尽管有这些缺点，《太阳照在桑干河上》仍然是中国现代文学最重要的作品之一。

共产党领导下的生活和斗争丰富了丁玲的生活经验。女作家更加磨炼了自己的创作技巧。在中篇小说《水》中，她把起义的人民描写为力量的洪流、强有力的大军，但仍没超出个人主义的形象。在这部作品中，丁玲在毛泽东关于文学为工农兵服务的指示武装下，善于塑造劳动人民的鲜明形象，他们是推动历史前进的动力，是完成土地改革的先进人物。

《太阳照在桑干河上》是最早反映中国劳动群众鲜明的、生气勃勃的创造性活动的作品之一，它标志着丁玲创作新阶段的开始。该长篇小说属于阿尼西莫夫教授指出的那类早期作品："在美学方面……有充分理由可将其列为社会主义现实主义的成就，社会主义现实主义这一问题已由人民民主国家的作家们和资本主义世界保卫世界利益的进步作家们深刻探讨并创造性地解决了。"

（《真理报》，1952年3月19日）（宋绍香　译）

译后记

《丁玲选集》俄译本，波兹涅耶娃译，马尔戈利斯编校，莫斯科：外国文学出版社，1954年出版。

《鲁迅评传》(选)之一　与传统的决裂

鲁迅这些回忆所记述的都是他童年时代的最美好的岁月。但是，未及长大成人和受完教育，他的家庭就蒙受了一次打击——全家的主要支柱祖父被捕了。周介孚是个守旧派，醉心科举，因被人告发，遭遇不幸：人们指控他企图为远房子侄向主考官买通关节。不久新的不幸又降临全家：鲁迅的父亲得了重病。由于失去了当家的主心骨，周家很快败落了。为了向法官和狱卒行贿，买药和延医，家产渐渐耗尽。鲁迅成了当家人。小小12岁年纪，就遭受贫困的折磨和阔人的白眼，对那些失去了往昔的荣华的人们来说，这是必不可免的。他写道："我渐至于连极少的学费也无法可想。"①

鲁迅对他青年时代最沉重的日子的回忆渗透着凄苦悲惨。作家为那些给他父亲诊病的医生——县城里的大名人描画肖像时，没有一句赞美之词，也没有一笔柔和的色彩。他指出的只是他们的愚昧的巫医手段和令人厌恶的对金钱的贪恋。这些医生没有掌握中医的医疗技术，作出的诊断有着迷信色彩，例如，"自然，这也许是前世的事……"（出于佛教的轮回观念），或者说"可以请人（指巫师）看一看，可有什么冤愆"。②作家指出，制作药品的方法与中世纪道士的炼丹术没有多大区别。他也察觉到了医生和药铺的暗中勾结——他们联合在一起骗取良民百姓的钱财。医生炫耀自己学识渊博，开出一些稀奇古怪的药名，其实，这些药在药铺里总能找到，要知道这些玄奥的名称往往不过是最普通的植物。

通过鲁迅的短篇小说，我们可以想象他对绍兴的居民及对遭受不幸的人们的态度。

他在邻居衍太太这个老好人、伪善人的形象里描绘出一个令人反感的小市民的典型。她为了博得好心肠的大婶的名声，竟允许孩子们做危险的游戏，但一旦来了某个成年人，她便开始说谎。她假装同情遭到不幸的孩子，教唆他

---

① 《鲁迅选集》，第一卷，50页。——见《鲁迅先生纪念集》，第一页，《自传》或《集外集・俄文译本〈阿Q正传〉序及著者自叙传略》
② 《鲁迅选集》，第三卷，51页。——见《朝花夕拾・父亲的病》

偷窃，可后来她又企图污蔑他，即使孩子没有按照她的话去做，可第一个落井下石的还是她。

父亲死去之后，继续留在这样的环境里对这个青年来说是无法忍受的。他心里萌发出一种热切的走出去的愿望——走到目光所及的远方去，"寻别一类人们去……无论其为畜生或魔鬼"①。

家庭的破产对鲁迅的发展来说原是一个有利的良机——正由于这一点，他才走上了一条真正的道路。"我很感谢我父亲的穷下来（他不会赚钱），使我因此明白了许多事情。"②——他后来写道。

在中国，一个出身于破落了的富有家庭的子弟，眼前展现的前景是不太美妙的——当私人秘书（幕友），或是富家的食客，或是商贾的伙计，或者沉沦下去，落入社会的底层。但是鲁迅摒弃了这几条道路，正如他摒弃了通过科举求取功名那条路一样。根据律令，通过科举考试爬上社会上层是人人皆有的权利，除了少数遭受歧视的阶层，每个人都可经由这条道路获得贵族身份，并在朝廷担任官职（事实上这种权力是可以世袭的，或通过钱财和徇私手段获得）。鲁迅不让自己被这种"空前伟大的烟幕弹"所欺骗，几百年来，这种烟幕一直笼罩着这个国家，"给每一个'田舍郎'以'暮登天子堂'的幻想"③。这个青年做了一个勇敢的决定：挣脱沉闷的因循守旧思维的牢笼，摒弃通常的道路，寻求新的道路——进入新学堂，学习新的科学技术。一个未来的斗士在他身上已初露端倪。其时他才17岁，便告别了故乡，口袋里揣着8块银元，前往一所当时新办的无须学费的技术学校学习了。

这个青年离家的决定在家庭内部引起一阵恐慌。④在那个年代，关于外国人及其文化流传着许多谣言。例如，照相术于19世纪下半叶在中国出现，产生了一些可怕的故事。"咸丰年间……还有因为能照相而家产被乡下人捣毁的事情。"⑤鲁迅的童年时代，这样的事已不再发生了，但是照相仍然被作为编造

---

① 《鲁迅评传》，第三卷，56页。——见《朝花夕拾·琐记》
② 《鲁迅选集》，B.H.罗果夫选编，莫斯科：国家文献出版社，1945年，182页。——见致萧军信，1935年8月24日。《鲁迅全集》，第13卷，《书信》，196页，北京：人民文学出版社，1981年。
③ 瞿秋白：《乱弹及其他》，山东：新华书店，1949年，361页。
④ "我的母亲没有法，办了八元的川资，说是由我的自便；然而伊哭了，这正是情理中的事，因为那时读书应试是正路，所谓学洋务，社会上便以为是一种走投无路的人，只得将灵魂卖给鬼子，要加倍的奚落而且排斥的，而况伊又看不见自己的儿子了。"（《鲁迅选集》，第一卷，56页。——见《呐喊·自序》）
⑤ 《鲁迅选集》，第三卷，92页。——见《坟·论照相之类》

各种各样的谣言的借口。例如，有一种"洋鬼子挖眼睛"的谣言，说什么人们"亲见"洋鬼子家里有"一坛盐渍的眼睛，小鲫鱼似的一层一层积迭着"。这个细节（眼睛的形状）揭示这种谣言正是绍兴本地人的臆想，他们常用绸子做的眼睛（其形状正是两头尖尖如小鲫鱼）装饰庙宇里的眼光娘娘的神龛。绍兴人还"合乎科学"地论证说，洋人把盐渍的眼睛用于照相，因为人的眼睛与照相机的镜头相似。①

还流行着另一种谣言说，"洋鬼子又挖心肝"，其用途是熬成油，点了灯，寻找地下的宝藏。这种谣言还"彻底"解释清楚了一种奇怪的现象——"洋鬼子都这样的有钱"。②

即使当时传授外文和数学的洋学堂开办得并不多，但已成了群起而攻的目标。那些按旧中国的标准有所成就的人士以孔夫子和其他圣贤的名义，恶毒诋毁这种新事物的维护者，称他们为中国传统文化的叛徒。

一个已经成为殖民扩张对象的民族，编造出这一类形容占领者的残酷性的神话是完全可以理解的。人们有一种根深蒂固的观念，认为一切来自外国人的东西都是以消灭中国人为目标的，这样的观念是有现实根据的。若要不妄信这一类的谣言，不被这些胡说所吓倒，需要有大无畏的精神和坚强的品格，还要有看到未来给中国提供了新机遇的眼光。即便当时的鲁迅对这一切所知甚少，只能从一个本家（在江南水师学堂当监督）那里打听到一鳞半爪，但他还是毅然决然"到N去进了K学堂了"，"在这学堂里，我才知道世上还有所谓格致，算学，地理，历史，绘图和体操"。③

为了弄清楚鲁迅当时的学识水平，将这位未来的中国作家的传记资料与罗蒙诺索夫的对比一下还是饶有趣味的。后者来到莫斯科的时间比鲁迅来到中国最大的城市之一南京要早一个半世纪。但是，罗蒙诺索夫已经知道了斯莫特利茨基的语法学和马格尼茨基的算术④。而鲁迅呢，这个所谓有教养的统治阶级——绅士阶级⑤的代表人物、翰林出身的大官僚的孙子，出生在文物繁多的鱼米之乡浙江，却比罗蒙诺索夫离现代科学还要远，因为他当时没有想到世上

---

① 《鲁迅评传》，第三卷，91页。——见《坟·论照相之类》
② 《鲁迅评传》，第三卷，92页。——见《坟·论照相之类》
③ 《鲁迅评传》，第一卷，56页。——见《呐喊·自序》
④ 斯莫特利茨基（1578—1633年），语文学家，西南罗斯的宗教和社会活动家，1619年发表《斯拉夫文的规则结构语法》，罗蒙诺索夫称之为"科学之门"。马格尼茨基（1669—1739年），俄国第一部算术教科书的著者。——译者
⑤ 绅士，按字面翻译是指系着官僚的腰带的男士，有名望的人们，属于贵族阶层。

还有算术、语法等初级小学的基础课程。

到南京后，最初在水师学堂学习，后来又进入矿路学堂，他初次接触到自然科学：物理学、化学和生物学。这些学科打开了他的眼界，使他认识到他从前的教师的无知和中国的极端落后。他如饥似渴地阅读为数甚少的翻译著作。但是，这些书刚开始在中国出现。对一个接受儒学启蒙、私塾教育，在封建家庭长大的青年来说，这一切都是新发现。

鲁迅就读的这一类新学校唤起了有识之士对科学的兴趣，但是并不能给他们提供新的知识。鲁迅心痛地指出，这类学校的创办人没有能力创造条件培训科技领域的专家。这些未来的海员上汉文课时依然用下述题目写旧式的经院哲学的文章，如《云从龙风从虎论》《颖考叔论》等。这里也开英文课，但教的是些极浅显的内容，矿路学堂也开设德文，内容同样粗浅不足论。水师学堂的屋顶耸立着"伟大的新事物"——桅杆和烟囱，作为某种象征，使行人从老远就可看得见这所学校。至于这个烟囱究竟有什么用，就不得而知了。学校旁边原先有一个池塘，这些未来的海员们在这个水池里学习游泳和泅水，但后来淹死了两个年幼的学生，游泳课便停开了。为了不让淹死者的灵魂在池子里讨替代，拖活人下水，池塘被填平了，上面还造了一座小小战神关帝庙——和尚们一年一次在这里念经超度淹死者的灵魂。矿路学堂也有一处像水师学堂的桅杆一样的象征新科学的事物，那就是矿井，学生们多次前往"观看"。这样的学校的毕业生是当不了海员和矿工的。充当帝国主义忠实仆从的旧中国的大臣不会使中国变富强，也培育不出工程师、技术员和有文化的军官。洋务派的新措施不可能创建现代化的陆军和海军——鲁迅通过在水师学堂的学习，对这一点深信不疑；他们也发展不了现代工业——鲁迅"下了几回矿洞"后，就明白了这一点。"所余的还只有一条路：到外国去。"——鲁迅得出这样的结论。①

但是，如果说这位未来的作家不满足于技术学校给予他的专业教育的话，那么，他找到了另一条充实自己的知识的可靠途径：不断地阅读，获取一切新的知识，而这样的知识只能从那些中文译本中觅求到。

其时，派遣留学生出洋的方针已经收到了某些成效，涌现出一批翻译家，他们为中国与其他国家的文化联系建立了功绩。其中之一是严复（1854—1921年），他致力于社会科学和自然科学领域的译介工作。另一个是林纾

---

① 《鲁迅选集》，第三卷，62页。——见《朝花夕拾·琐记》

（1852—1924年），他翻译的是文艺作品。[①]林纾的译文只能提供一种对原著的近似意思。他本人连一国外文也不懂，随意处理助手给他从外文翻译过来的文字。大家知道，鲁迅对他有不少非议[②]。但是这些非议之词是鲁迅在1932年写的，也就是说，在他熟悉林纾的译品30年以后。据同代人回忆，当初鲁迅不仅爱读，还搜集这些译品。第一部翻译成中文的欧洲文学作品《茶花女》（1898年）在进步知识分子中产生了很大的影响[③]，鲁迅对之不能不感兴趣。他对林译小说感到失望是在熟悉了俄罗斯文学之后，但这必须等到他在东京学习了日文（从1902年起）和在仙台医学专门学校学习了德文（从1904年起）之后才有可能。

鲁迅的阅读范围表明他对一切新的进步的事物都感兴趣。正如他自己承认，当时他发现了达尔文的进化论，这对他产生了极大的影响。[④]许寿裳的回忆也证实了这一点：对赫胥黎的热爱与对清王朝的仇恨使鲁迅与许寿裳接近并亲密起来。[⑤]进化论主要是由赫胥黎和海克尔转述的，这种理论当时激励着所有进步青年的心。

鲁迅读了许多书，充实了自己在自然科学方面的知识。这段时间里，鲁

---

① 林纾翻译的作品有：（以下各书之今译名均为译者补注）列夫·托尔斯泰的《现身说法》（今译《童年·少年·青年》）、《人鬼关头》（今译《伊凡·伊里奇之死》）、《恨缕青丝》（今译《克莱采奏鸣曲》），小仲马的《巴莱茶花女遗事》（今译《茶花女》），狄更斯的《贼史》（今译《雾都孤儿》）、《冰雪姻缘》（今译《董贝父子》）、《滑稽外史》（今译《尼古拉斯·尼克贝》）、《孝女耐儿传》（今译《老古玩店》）、《块肉余生述》（今译《大卫·科波菲尔》），莎士比亚的《凯撒遗事》（今译《尤里乌斯·恺撒》）、《雷差得纪》（今译《查理三世》）、《亨利第四世》（今译《亨利四世》），瓦尔特·司各特的《撒克逊节后英雄略》（今译《艾凡赫》）、《十字军英雄记》（今译《符咒》），华盛顿·欧文的《拊掌录》（今译《见闻札记》）、《旅行讲异》（今译《旅客谈》）、《大食故宫余载》（今译《阿尔罕伯拉》），大仲马的《蟹莲郡主传》（今译《沙尔尼伯爵夫人》），伊索的《寓言》，易卜生的《梅孽》（今译《群鬼》），塞万提斯的《魔侠传》（今译《堂·吉诃德》），笛福的《鲁宾孙漂流记》，斯威夫特的《海外轩渠录》（今译《格列佛游记》），斯蒂文森的《天方夜谭》，比彻·斯托的《黑奴吁天录》（今译《汤姆叔叔的小屋》），雨果的《双雄义死录》（今译《九三年》）。更多的是柯南·道尔和亨利·哈葛德的长篇小说（郑振铎：《中国文学论文集》，第一卷，第三版，上海：开明书店，1949年，107—109页）。按：在将近30年的翻译生涯中，林纾（与人合作）公译作品170余种。其中，所译最多者，首为哈葛德之作《迦因小传》《山鬼狼侠传》《埃及金字塔剖尸记》等20种；次为柯南·道尔，有《歇洛克奇案开场》等7种。——译者
② 《鲁迅选集》，第二卷，98页。——见《南腔北调集·祝中俄文字之交》。按：本篇并没有"非议"林纾。——译者
③ 寒光：《林琴南》，上海：中华书局，1935年，5页。
④ 《鲁迅选集》，第三卷，60页。——见《朝花夕拾·琐记》
⑤ 许寿裳：《亡友鲁迅印象记》，上海：新华书店，1949年，11页。

迅在政治上也得到了成长。鲁迅离家赴南京进入新学堂这一年（1898年）对中国来说是个意义重大的年份①，"百日维新"（说准确点，是103天）②在这一年开始，也在这一年结束。鲁迅当时阅读的报刊包括留日学生创办的《译书汇编》和改良派办的《时务报》，这说明，他熟悉改良主义者康有为、梁启超和谭嗣同所有主要的文章和著述。

鲁迅逐渐看清了自己国家的悲剧。他到南京以后，真正意识到统治中国的并非官方所谓"本朝"，而是异族建立的"夷狄"朝代，17世纪的文献是这样称呼它的，而现在出版的一些文章和小册子又开始这样称呼它了。鲁迅论及中日甲午战争之后的时代，回忆说："对于清朝的愤懑的从新发作，大约始于光绪中"（第六卷，188页——见《且介亭杂文·病后杂谈之余》）。作家承认，他赴日留学之前，"排满的学说和辫子的罪状和文字狱的大略，是早经知道了一些的"③。

很可能，鲁迅反满观点的最后形成是受了章太炎的《訄书》（1900年）的影响。维新派失败之前，章太炎常为梁启超办的《时务报》撰稿，章太炎在《訄书》的《解辫发》一文中说："满州政府不道，戕虐朝士，横挑强邻，戮使略贾，四维交攻。愤东胡之无状，汉族之不得职，陨涕泫泫，曰：'余年已

---

① 我们对鲁迅从水师学堂转入矿路学堂的日期——"1899年正月"——产生怀疑。《鲁迅先生年谱》的这部分叙述欠准确：许寿裳是根据他人的看法编写的，因为他到1902年才与鲁迅相识。比照作家对政治事件的回忆表明，"百日维新"的时候，他已经转入矿路学堂了。当然，不应当完全根据鲁迅的回忆录来复原准确的日期，他在《小引》中自己声明"从记忆中抄出来的，与实际容或有些不同"（《鲁迅选集》，第三卷，8页——见《朝花夕拾·小引》）。鲁迅说起水师学堂时不免痛苦地嘲笑，而谈到矿路学堂时则点它"看新书的风气便流行起来"，他知道了有一部书叫《天演论》；还说"总办是一个新党，坐在马车上看《时务报》"（《鲁迅选集》，第三卷，60页——见《朝花夕拾·琐记》）。这样的自由思想者在"百日维新"之前是很典型的，维新失败后便不是这种情况了。1899年未必有可能公开阅读被查禁的报纸。有一处可能暗示维新派的覆灭："但我们也曾经有过一个很不平安的时期。那是第二年，听说学校就要裁撤了。"（《鲁迅选集》，第三卷，61页——见《朝花夕拾·琐记》）诚然，鲁迅没有把这种传说与旧派的镇压措施联系起来，而只说这是由于矿井亏本。这所学校是为这个矿井培养专业人才而开设的。王冶秋表示了一种看法，认为这个传言有政治性原因（《民元前的鲁迅先生》，光华书店，东北版，1948年，61页），但他没有对《鲁迅先生年谱》的日期提出怀疑。鲁迅来南京的时间可能早于1899年，而更有可能的是，他很早就转入矿路学堂了。转学的原因是，水师学堂发给他的津贴太少（"学生所得的津贴，第一年不过二两银子，最初三个月的试习期内是零用五百文。"——《鲁迅选集》，第三卷，59页——见《朝花夕拾·琐记》），这使我们可以断定，他先在水师学堂学习了三个月，到第四个月他就转入矿路学堂了。在解读这个问题时还应考虑中国的传统——将不足一年的时间看作一年。
② 从农历四月二十四至八月初六，也就是公历6月11日到9月21日。
③ 《鲁迅选集》，第三卷，148页。——见《且介亭杂文末编·因太炎先生而想起的二三事》

立，而犹被戎狄之服，不违咫尺，弗能剪除，余之罪也！'"章太炎在该文中作了"断发"的公开声明，也就是向清廷宣战。① 鲁迅曾多次提到章氏的这部书，并说它曾多次出版，由此我们可以得出结论，正是这部书向他证实革命推翻清廷已势不可免。

决意学医，也说明鲁迅赴日之时新思想已在他头脑里成熟了。正如孙伏园所说的②，新思想的产生，并非由于个人方面的动机（父亲的病，寻求妇女放足的方法，医治自己的牙痛病），尽管这些因素对他也起了作用——作家后来抨击中医时，常常提到这些事情。但是，他把庸医、迷信和巫术等行为看成是中国社会生活中多种历史的陈迹之一。当时，这些巫医迷信是最令他不能容忍的。他十分相信那些年流行的一种说法："新的医学对于日本的维新有很大的助力。"③对于青年鲁迅来说，这时摆在第一位的已经不是个人的私利，而是社会的公益。

以上分析的传记资料表明，是什么使得鲁迅奋起反对旧中国的：中国社会的上层阶级对自己破产变穷的亲友白眼相加，进行嘲笑；勒索者和受贿者组成的社会集团靠陷入不幸的人民来发财致富；笼罩着小市民的伪善、假仁假义、粗鲁无礼和愚昧无知——但主要的是统治全国的是异族的清王朝。

生活向鲁迅提出一系列问题，他必须一一予以回答，并且自己决定今后走哪条路。回忆散文《琐记》的一部分内容表明，他是怎样解决这个问题的。他生活中有许多不幸和痛苦，但也有光明的一面——首次认识了进化论，知道了人类的进步和发展的趋势，这些使他对中国旧秩序必将终结有了信心。如果说过去他是从奇妙的大自然和劳动人民那里获得美好的感受的话，那么现在他是受过教育的进步人士了。

1898年的"百日维新"的失败使鲁迅重新估量一切价值。这种内心的反思促使他幡然醒悟：必须彻底地重新评价民族的文化遗产，洋务派和改良派的道路不能摆脱民族危机。于是，他自觉地走上了推翻异族清王朝的道路。

---

① 《鲁迅选集》，第三卷，149—150页。——见《且介亭杂文末编·因太炎先生而想起的二三事》
② 孙伏园：《鲁迅先生二三件事》，上海：作家书屋，1949年第二版，66—67页。
③ 《鲁迅选集》，第一卷，51页。——见《集外集·俄文译本〈阿Q正传〉序及著者自叙传略》

《鲁迅评传》（选）之二　在中国留日学生中间

　　派往国外继续深造的留学生的数目，日益增加着。例如，19世纪末在日本学习的中国学生不足百人，但在1901—1902年，已达数千人了。19世纪下半叶派出去的第一批留学生都是贵族和官僚子弟，但后来平民知识分子在留学生中开始占据重要地位。留学生会馆和各省留学生同乡会建立起来了。"驱除满清"的呼声喊得越来越响亮和频繁了。在这些年里，孙中山和其他秘密组织的首领的影响增长了，这些组织都以采用革命手段推翻君主政体为宗旨。

　　革命志士们不顾日本政府的禁令，举行了一次中国沦亡异族周年纪念会（译者按：实为"中夏亡国二百四十二年纪念会"），这是将这些秘密组织联合起来的一个步骤。在孙中山出席的情况下，章太炎发表了充满激情的呼吁的演说，提醒每个中国人不要忘记光荣的祖先——17世纪抗清的英雄们。这里要特别指出的是，章太炎在介绍反满斗士的演说中，一开始就举出中国明朝最后一位君主——崇祯的名字。可是崇祯在清兵入关前就已自缢身亡，当时北京已被李自成的农民起义军占领。这表明章太炎没有将君主制度的维护者与农民战争的领袖区分开来，他提出的革命任务仅限于民族主义的立场，并不具备民族解放的性质。

　　紧接着的1903年发生了轰动一时的"苏报案"，这宗案件给章太炎和邹容带来很高的声誉（可邹容得到的不仅是声誉，还有身亡）。《苏报》是革命团体"光复会"的机关报，该报刊载了评介邹容的著作《革命军》的文章。这部书直接鼓吹革命。"《革命军》……其宗旨专在驱除满族，光复中国，笔极犀利，文极沉痛。稍有种族思想者，读之当无不拔剑起舞，发冲眉竖。若能以此书普及四万万人之脑海，中国当兴也勃焉。"[①]这宗案件宣示了中国民众的激愤心情。被告明知自己有被凌迟处死的危险，也敢于在法庭上慷慨陈词。此案让清政府有了自知之明，它在自己的领土上也感到十分孤立，因为从中国分裂出去的一小部分也反戈一击。外国在各大都市设立的租界不按中国的法律进行审判，在这些地方逮捕人要经领事团批准。租界成了革命者的保护伞，使他

---

① 戈公振：《中国报学史》，上海：商务印书馆，1935年，159—160页。

们有可能进行半合法的或非法的出版活动。

起诉人认定《苏报》的行为是比叛国更重大的罪行（因为清律界定不利于国谋危社稷为反，不利于君谋危宗庙是大逆），要求法庭从严从重予以量刑。起诉的根据是18世纪的法律中关于"妄布邪言，书写张贴，煽惑人心"的条款。这样的律令条文与欧洲中世纪的宗教法庭所依据的是同一码事，因为当时的中国还没有现代的法制（第一部出版法直到1907年才颁布）。经过四个月的审判，慈禧太后获得了凌迟处死被告的权力。① 在某些关键时刻，领事团准备将案犯引渡给慈禧太后，但是报界同声反对——这件事的影响实在太大了。慈禧太后最后没有取胜，欧洲的法律没有凌迟处死的规定，这样的罪行只应处以不长的监禁或罚款。经过四次会审，该案移交北京审判，最终判决邹容监禁两年，章炳麟监禁三年，罚做苦功，期满开释，驱逐出境。②

但是判决并没有吓退众多爱国者。上海又出现了由《苏报》同人创办的《国民日日报》。清朝统治者由租界的法庭得到了教训，转而采取其他手段：禁止在中国司法制度管辖的领土内销售和邮寄、阅读这些报纸。但《苏报》继续改头换面以新的名称出版：如光复会成员蔡元培组织出版的《俄事警闻》《警钟日报》等③。进步的新闻工作者们使用了各种可以实现的手段：改换刊名，利用治外法权，由外国人任主笔等。

所有这些在中国国内的报刊不能满足不同的党派团体的需求。公众要求看到自由的不受检查的出版物，于是，在中国政治侨民的集中地——东京，这

---

① "苏报案"……章炳麟（太炎）作《訄书》并《革命军序》，又有《驳康有为》之一书，污蔑朝廷，形同悖逆；邹容作《革命军》一书，谋为不轨，更为大逆不道；彼二人者，同恶相济，厥罪惟均，实为本国律法所不容，亦为各国公法所不恕。查律载：不利于国，谋危社稷，为反；不利于君，谋危宗庙，为大逆；共谋者，不分首从，皆凌迟处死。又律载：某背本国，潜从他国，为叛；共谋者，不分首从，皆斩。又律载：妄布邪言，书写张贴，煽惑人心，为首者斩立决，为从者绞监候。如邹容、章炳麟（太炎），按律治罪，皆当处决。今逢万寿开科（三年一次的开科取试），广布皇仁，援照拟减，定为永远监禁，以杜乱萌，而靖人心。俾租界一群不逞之徒，如所警惕，而不敢为匪，中外幸甚。（《中国报学史》，156—157页）

② 审判过程的报道使一切进步人士义愤填膺，中国留日学生对此案感慨尤烈，案犯都是他们的朋友。被告的英勇不屈的表现向鲁迅证明：中国人有奋起抗争的能力。很可能他听到这些消息后，挥笔创作了他的第一篇作品——《斯巴达之魂》（1903年）。

③ 例如，光复会之别派在创刊《须弥日报》后，又于1909年（宣统元年）创办《民呼（日）报》（历93日而遭封禁），其后续刊物为《民吁（日）报》（历42天被封），一年后又办《民立报》。《民立报》的影响特别大，刊载宋教仁（笔名渔夫）撰写的宣传鼓动文章，1911年辛亥革命前夕，该报创中国报纸发行的空前记录——日销多至2万份。（戈公振：《中国报学史》，157页）

种出版物应运而生。

第一批在外国致力于创办报刊的是改良主义者，其中最出色的新闻报人是梁启超。他脱身逃往日本，在境外继续从事反对慈禧太后和后党的斗争。早在1898年年末就创办了《清议报》，该报被禁止输入中国。1903年梁启超出版了《新民丛报》和《新小说》。①这些报刊竭力阻拦青年一代走上反抗朝廷的道路，反而鼓吹支持被贬黜的光绪帝和实行君主立宪制。于是，与出版人的意图相反，刊登在这些报纸上的激烈抨击清王室和官僚的言论在读者心中却引发出更激进的思想——必须推翻旧制度。

改良主义者在海外出版界中占有的优势并不长久。"苏报案"进行审判的这一年，日本出现了一批新杂志，都是留学生们按乡土原则各自创办的。②这些出版物都以宣扬科学知识为宗旨，但带有革命性质。然而，留学生的创举与政府对科学和学生的观念相抵牾。清廷发布了严禁学生购阅"蛊惑视听"的报刊书籍的命令。列入禁止阅读名单的有23种出版物，包括邹容的《革命军》、杂志《浙江潮》和《新湖南》等。其余的杂志未列名其中，因为多是禁令发布后出版的（如《河南》创办于1907年）。但是清廷很难把自己的手伸向这些杂志，尽管中国驻日公使负责全面监督留学生，而且每一群学生都有监督和督学进行监视。监督被赋予以极端手段进行惩治之权——停止留学生的官费。然而，在日本的清廷官员不敢恣意施行手中的权力。许寿裳描述的姚监督的故事生动地展现了中国留学生的作风。姚某负责监督鲁迅所属的江南班，因为和一位留学生有奸私，"被邹容等五个人闯入寓中，先批他的嘴巴，后用快剪刀截去他的辫子，挂在留学生会馆里示众……姚某便只得狼狈地偷偷地回国去了"。③留学生不仅敢当着官员们的面辱骂朝廷，而且敢于和中国公使正面冲突。威胁和命令没有取得明显的效果。禁令仍是禁令。督学只能装作视而不见、听而不闻的样子。革命情绪日益炽热。

1905年秋天，革命组织同盟会在东京成立，有中国17个省的代表参加。同盟会实际上是3个秘密社团的联合，即孙中山创建的兴中会、黄兴领导的华兴会和章太炎的光复会。大多数与会者都宣誓接受孙中山提出的誓词："驱除

---

① 按：梁氏主编的《新民丛报》（半月刊）创办于1902年2月（光绪二十八年壬寅正月），《新小说》（月刊）创办于1902年11月。——译者
② 这些杂志都以各个省份的名字命名。例如，《浙江潮》《湖北学生界》《江苏》《云南》《四川》等。
③ 许寿裳：《亡友鲁迅印象记》，3页。

鞑虏，恢复中华，创立民国，平均地权。"① 10余日之后，革命党领袖孙中山在有1300余留日学生参加的集会上露面，随后不久，当选为同盟会的总理。1905年年末，革命民主派出版了机关报《民报》，该报的创刊号上发表了孙中山的论文，他在文章中阐述了自己对革命政党的目标和任务的观点。即使他阐述的纲领未被一切革命党人通盘接受，但却成为孙中山领导的团体和其他组织开展活动的基础。

1906年中期，章太炎担任《民报》的主笔，这位上海西牢的囚徒出狱来到东京时受到2000多人的欢迎，而出席《民报》一周年纪念会的有6000余人。纪念会由黄兴任主席，章太炎宣读祝词。但孙中山在会上的演讲引起梁启超一派的非难，于是改良派和革命派以各自报纸为阵地展开论战。笔战持续了好几年，凡是有华文报纸的地方都有两派②。论战的中心地点是东京，但改良派在那里渐渐失去了影响力。1907年，改良派召开政闻社成立大会，他们本身只有100人，而前来"捣乱"的革命党人却有千余人，结果改良派遭到了失败，梁启超还挨了一只木屐③。

可鲁迅是秘密的革命团体成员吗？

1902—1909年鲁迅在日本，因此自然会产生一个问题：他对这些事件持什么态度？这个问题和其他一些问题（鲁迅对尼采的态度和他在20多岁时世界观的转折）乃是他创作道路的最重要、最复杂的问题。

鲁迅曾加入秘密组织光复会吗？这个问题曾引起争论。王冶秋对这件事抱怀疑态度，他的依据是鲁迅的弟弟周作人的文章，王冶秋援引时未加评论，但是，他添上了自己的一些看法，说革命这个词儿不令鲁迅喜欢④。

众所周知，作家本人常常避而不谈自己属于何党何派。现代文学研究家林辰⑤认为这方面的原因在于鲁迅早已指出的一个事实，即革命后，以革命口

---

① F.叶菲莫夫：《中国近代现代简史》，147—148页。
② 戈公振引的资料可供我们做有趣的研究。两派在上海、天津、北京都办了报纸，纽约、旧金山、墨西哥（美国及其势力范围）和爪哇只有立宪保皇派的报纸，而在西贡、巴黎、温哥华则只有革命派的报纸。论战在世界各地华侨中引起分裂。最明显的地区是新加坡、香港、暹罗，两派在这些地方利用报纸对峙。（戈公振：《中国报学史》，169—171页）
③ 王冶秋：《民元前的鲁迅先生》，东北：光华书局，1948年，106页。
④ 同上，101页。
⑤ 林辰关于鲁迅加入光复会的证据见他的著作：《鲁迅事迹考》，上海：开明书店，1948年，1页。

号自我标榜的人太多了，无论反动分子或是自由主义者都自称革命党人①。然而这个设想是不能令人满意的。还有一些更严肃的原因，紧接着革命而来的是反动，在袁世凯统治时期，恐怖的镇压开始了，每个想将未竟的革命事业进行到底的人，要么潜入地下，要么保持缄默，装出与革命毫无关系的样子。很可能，鲁迅在革命中扮演了一定的角色并感到失望，特别是他憎恨那些大肆吹嘘自己是"领袖"的人。大家知道，甚至在他被公认是先进的无产者的领头人的时候，他本人也否定自己的杰出作用。要弄清楚这个问题，应好好温习马克思的名言："判断一个人的价值，不能依据他对自己的看法。"②

林辰对鲁迅加入光复会的问题持肯定态度。他用来证明自己观点的理由是作家有紧密的同乡关系：大家知道，光复会是联络浙江人的社团。然而这种设想也是不能令人满意的——绝不是所有的浙江留学生都加入了光复会。比如，鲁迅的同胞兄弟不仅没有加入这个组织，而且不知道（假如他的话可信的话）作家已加入了进去。同乡关系只能解释为什么鲁迅是光复会的成员，而不加入别的革命社团。

林辰还援引了下列文学批判家的意见：平心③、欧阳凡海④及对解决这个争议十分有用、早年未为人知的许寿裳的信⑤。但是林辰的错误在于，他强调鲁迅加入光复会这件事差不多有30年未为世人所知，直到作家死后，许寿裳才在《鲁迅先生年谱》中指出这个事实。早在1933年，瞿秋白就已在一篇经由鲁迅审读才获得赞赏的论文中写道："鲁迅……也是早期（辛亥革命前夜——作者）的民权主义的革命党人。"⑥

林辰提及作家的弟弟周作人对这个问题的意见，但他没有指出其中的自

---

① "清的末年，社会上大抵恶革命党如蛇蝎，南京政府一成立，漂亮的士绅和商人看见似乎革命党的人，便亲密的说道：'我们本来都是"草字头"，一路的呵。'"（第三卷，107页。——见《华盖集·补白》）
② 《马克思恩格斯选集》，第一卷，国家政治文献出版社，1948年，322页。
③ 平心在《论鲁迅的思想》一书中说："鲁迅是封建专制主义的猛烈攻击者，是民主政治制度的热烈追求者，因此他在辛亥革命时代，对革命怀着渴望光明似的期待，并且一度参加过光复会。"（转引自林辰：《鲁迅事迹考》，2页）
④ "这年，豫才（即鲁迅——作者）不但努力翻译新文学，并且直接加入光复会为成员。"（欧阳凡海：《鲁迅的书》，桂林：文献出版社，1942年，79页）
⑤ 许寿裳在1944年5月26日给林辰的信中说："光复会会员问题，因当时有会籍可凭，同志之间，无话不谈，确知其为会员，根据惟此而已。至于作人之否认此事，由我看来，或者是出于不知道，因为入会的人，当然家人父子本不相告的。"（林辰：《鲁迅事迹考》，11页）
⑥ 瞿秋白：《〈鲁迅杂感选集〉序言》，载《乱弹及其他》，霞社，1938年，371页。

相矛盾之处①。他们兄弟俩常常至民报社听章太炎讲学，与他们来往的革命党人，他们还代其收藏文件。可周作人的头脑中似乎从未就哥哥的身份产生疑问：他已经投身反清斗争了吗？或者依旧是个旁观者？你只能引申出以下结论：要么周作人知道真实情况却故意歪曲事实，要么鲁迅熟悉弟弟的内心世界，他既已宣誓保密，就不能让他与闻自己的事业。

　　林辰对比完全相反的两说，推翻了周作人和其追随者的说法，也澄清了王冶秋的怀疑，他的确得出了一个重要的结论，然而他又贬低这个结论的意义，"申明"："鲁迅是光复会会员与否，对于他的伟大，绝对无所增损。"②这么一来，就可能把作家生平活动的一个最重要的问题当成他传记中一件与他的觉悟的形成没有关系的微细小事了。如果考察一下参加争议的人士的政治面貌，这场争论的意义就显露出来了。对作家的会籍问题持肯定态度的人是他的好友——被国民党杀害的共产党员瞿秋白和民主主义者许寿裳，而持否定态度的是作家的亲兄弟。许寿裳和周作人都是鲁迅早年生活的见证人，曾与他一起生活和工作。兄弟作为见证人似乎更有分量，但是许寿裳与作家在思想上的贴近又比血缘关系更重要。

　　围绕鲁迅加入光复会的问题展开的对立双方的争论，使问题具有政治性质。这场争论的解决可测定作家最初走的是什么道路。应当把他看成一个站在进步人士前列的革命者，还是对他的革命性产生怀疑？作家的敌人竭力要得出后面的结论，特别是作家死后，他们更想在这方面给作家抹黑，尽管当时有些反动报刊在社会舆论的压力下，也不得不承认他在中国文学中的巨大作用。

---

① 下面这些均引自知堂（周作人的笔名）写的《关于鲁迅之二》："丁未年（1907）（鲁迅）同了几个友人共学俄文，有许季黻、陈子英（浚，因徐锡麟案避难来东京）、陶望潮（铸，后以字行曰冶公）、汪公权（刘申叔的亲属，后以侦探嫌疑被同盟会人暗杀于上海），共六人（指包括鲁迅和周作人在内共六人——作者），教师名孔特夫人（按：即玛利亚·孔特——译者）……盖以革命逃至日本者。未几子英先退……望潮因将往长崎从俄人学造炸药亦去，四人暂时支撑，卒因财力不继而散。戊申年（1908）从太炎先生讲学，来者……共八人，每星期日至……民报社，听讲《说文解字》……但他（鲁迅）始终不曾加入同盟会，虽然时常出入民报社，所与往来者多是同盟会的人。他也没有入光复会。当时陶焕卿（成章）也亡命来东京，因为同乡的关系常来谈天，未生（章太炎的女婿，光复会的积极分子——作者）大抵同来。焕卿正在联络江浙会党，计划起义，太炎先生每戏呼为'焕强盗'或'焕皇帝'，来寓时大抵谈某地不久可以'动'起来了……尝避日本警吏注意，携文件一部来寓属代收藏，有洋抄本一，系会党的联合会章，记有一条云：凡犯规者以刀劈之……以浙东人的关系，豫才（即鲁迅——作者）似乎应该是光复会中人了。然而又不然。这是什么缘故呢？我不知道。"（《鲁迅先生纪念集》，悼文第一辑，32—33页。鲁迅先生纪念委员会1937年印行）

② 林辰：《鲁迅事迹考》，11页。

现在让我们探讨一下作家的作品。鲁迅用富于寓意的文字写作，这或者出于他谦逊的个性，或者源于革命者的习惯，但更准确点说，这是他当时所处的生活和工作环境使然。他的作品和同时代人的见证材料一样，证明作家说他没有投身革命的表白只是一种遁词。

鲁迅在其回忆文字中透露了衷情。在当时炽热的政治气氛中，他与时代的优秀人物休戚与共，心里燃烧着对异族王朝的仇恨，呼吸着未来的起义的火药味，呼唤革命早日到来。鲁迅在回忆范爱农的文章中，对在日本生活的紧张情形，特别是震撼全国的秋瑾和徐锡麟被杀事件发生时的状况，作了大略的描述。③徐锡麟被极野蛮地处死十分深刻地印入作家的脑海，直到若干年后，他仍然提醒中国民众不要忘记这件事。（第一卷，288页。——见《狂人日记》）

鲁迅以个人的口吻叙述（"人心很愤怒"），反映留学生群体对这些事件的回答。他记叙与日本浪人的秘密会见，他是会见的参加者（这个浪人是派去营救徐锡麟的家属的，因为他们有被杀害的危险）。作家忆及为追悼烈士而召集的同乡会，以及他与范爱农就发电报到北京痛斥清朝无人道的事的争执。对于范爱农，作家塑造了这样一个人物形象，他努力追求新事物，但又不善于与旧事物决裂，结果在其肉体毁灭以前早已被反动社会压垮了。这些事件都显示了作家满怀革命壮士的本色。还有另外一些可以作为补充的琐事，例如，他与翻译家蒋智由断交的故事④，也发生在1907年：鲁迅在一个人身上一下子就洞察出变节倾向，便不再与他来往，这人后来果然投靠了改良主义阵营。这是作者天生的禀性：他恨变节者和妥协分子甚于恨正面之敌。⑤

作家还讲述了一件事情，他到横滨去接新来留学的同乡。这件事表明，鲁迅评价每个人都从他们从事革命斗争的能力着眼。他的同乡们的落后性、中世纪的讲究门第尊卑的习俗使他直摇头，仿佛记起一句谚语："秀才造反，三年不成。"但是作家立即责备自己说：怎么可以根据这些小节加罪这些人呢？他们日后或者英勇牺牲了，或者长期被监禁。⑥

鲁迅对待辫子的态度也很好地说明了他的意向。大家知道，男子蓄这种

---

③ 《鲁迅选集》，第三卷，70页。——见《朝花夕拾·范爱农》
④ 许寿裳：《亡友鲁迅印象记》，13—14页。（按：称蒋智由为翻译家，不知所据。——译者）
⑤ 《鲁迅选集》，第三卷，72页。——见《朝花夕拾·范爱农》
⑥ 同上。

发式绝非讲究时髦。头顶上留一根辫子，周围头发通通剃光——这种满族发式在中国确立之前，曾砍了许多头颅，鲜血流成了河，一座座城市被毁掉。可后来，起来反抗清廷压迫的民众首先向辫子宣战，蓄起满头长发——古代就是这样蓄发的，因此人们称起义为"长毛"。革命者脱离当权者的势力范围后，便首先剪掉辫子。①正如鲁迅所描写的，在东京很容易识别出忠于帝制的人。在街上常听到针对他们的嘲笑（"猪尾巴"），他们竭力隐藏这个"尾巴"，但最终没有把尾巴割掉，因为他们想继续效忠清廷。那些认为甘心受清政府奴役是对自己的侮辱的人们也依据剪断的头发相互认识。按许寿裳的回忆，鲁迅大约来日本半年后就剪断了头发②，即使这样的行为往往意味着不可能继续求学。

　　一个人没有辫子回到中国是很不便当的。找理发师理发要价很高，装一条假辫子又很麻烦。每过三天就应该往头发上涂一次发蜡，使其油光可鉴，和真的一样。在城市熙熙攘攘的人群中行走时假辫子常被撞歪撞落，容易失掉。没有辫子在街上走，一路便是笑骂的声音："假洋鬼子！"在工作场所则会引起清廷官吏的注意。可鲁迅回国后还是没有像其他人那样重新蓄辫，也没有戴假辫子。鲁迅本人没有将自己的行为说成是革命行为，但他经常提及这件事③。

　　鲁迅的第一首诗作表明，他早在1903年就立誓要忠于人民。④对作家自述中一句涉及1905年的话我们也应从这样的意义上去理解："在中国还应该先提倡新文艺。"⑤鲁迅对待章太炎的态度同样是他曾参与那些年的革命运动的证明，至于章太炎的立场观点，只要读读他发表在《国粹学报》⑥上的文章（特别是发刊词）便知端的。这篇发刊词的积极部分（爱国主义）是对洋奴买办们的世界主义的反映，买办们的口号是唯有依靠西方的科技才能使"中国富强"。但是发刊词中也有消极的成分。章太炎从少年时代起就以汉字源流方面

---

① 《鲁迅选集》，第三卷，146页。——见《且介亭杂文末编·因太炎先生而想起的二三事》
② 许寿裳：《亡友鲁迅印象记》，3页。
③ "……因为自己是曾经因此吃苦的人，以剪辫为一大公案的缘故。"（《鲁迅选集》，第三卷，146页。——见《且介亭杂文末编·因太炎先生而想起的二三事》）
④ "灵台无计逃神矢，风雨如磐暗故园。寄意寒星荃不察，我以我血荐轩辕。"（《鲁迅选集》，第三卷，209页。——见《集外集拾遗·自题小像》）
⑤ 《鲁迅选集》，第一卷，51页。——见《集外集·俄文译本〈阿Q正传〉序及著者自叙传略》
⑥ 该刊于1905年出版，出至八十二期而止。（戈公振：《中国报学史》，133页）

的知识而闻名，他一心要恢复汉字的古代形式，即使他的同代人对这些古文字也不易识别。章太炎是个矛盾的形象——他集争取独立的热情斗士和将已通俗化的古文重新复杂化的崇拜者、对清廷和一切其他侵略者满怀仇恨的爱国者及过分赞扬一切历史上的事物并竭力阻挡各种新事物进入中国的保护主义者于一身。在"国粹"前顶礼膜拜，仅仅因为"非国学"而抗拒先进的事物，希望中世纪的幽灵永存不灭等，终于使得章太炎后来为反动势力服务。

人们常常用同乡关系来解释鲁迅和章太炎的关系，但乡谊对作家并没有决定意义——他很早就钦仰四川人邹容和湖南人黄兴。章太炎之所以引起鲁迅注意是因为他的勇敢举动，以及他热情呼唤通过革命来推翻清廷与颂扬早在17世纪就和清朝作斗争的先烈们。章太炎在当时开始的一项浩大工程中发挥了不小的作用，那就是出版爱国者们的著作，揭露清廷的政策及其伪造的各种文献，复原中国历史文献和史实，旨在激发全民舆论反抗清政府。①鲁迅也怀着同样的情绪下车凭吊抗清志士朱舜水的遗迹。

但是，对章太炎的革命活动的崇敬并不影响鲁迅对他采取批判的态度——许寿裳于1908年在民报社的一次听讲中就察觉到这一点。②鲁迅从未盲目跟着章太炎跑。但是起初他对章太炎的敬仰占首要地位，而辛亥革命后鉴于章太炎逃避政治生活，则对他主要持否定态度了。1936年章太炎死后鲁迅写了两篇纪念文章③，鲁迅的观点在这两篇文章中得到充分阐述，这时作家在理论上已达到炉火纯青的程度。写了这两篇文章后不几天鲁迅自己也溘然长逝了。④

革命作家鲁迅——列举了章太炎的功绩，援引了章太炎在狱中的诗作。诗篇讲述他时刻面对的被处死的威胁，表白革命者的坚定不移。鲁迅强调说："我以为先生的业绩，留在革命史上的，实在比在学术史上还要大。"鲁迅承

---

① 例如，章太炎在《张苍水（煌言）集》后序中写道："……有读公书而犹忍与彼虏终古者，非人也！"（许寿裳：《亡友鲁迅印象记》，17页）
② "鲁迅听讲，极少发言，只有一次，因为章先生问及文学的定义如何，鲁迅答道：'文学和学说不同，学说所以启人思，文学所以增人感。'先生听了说：这样分法虽较胜于前人，然仍有不当。……鲁迅默然不服，退而和我说：先生诠释文学，范围过于广泛，把有句读的和无句读的悉数归入文学。其实文字与文学固当有分别……这可见鲁迅治学'爱吾师尤爱真理'的态度！"（显然，这译自拉丁格言：Amicus Plato, sed magis amico Veritas——见许寿裳：《亡友鲁迅印象记》，30—31页）
③ 《关于太炎先生二三事》《因太炎先生而想起的二三事》，《鲁迅选集》第三卷。——见《且介亭杂文末编》
④ 《因太炎先生而想起的二三事》系未完稿，作于病逝前两日，是鲁迅的最后之作。——译者

认,"（对我来说）并非因为他是学者,却为了他是有学问的革命家,所以直到现在,先生的音容笑貌,还在目前,而所讲的《说文解字》,却一句也不记得了。"①但是推翻清王朝后,人们渐渐淡忘了章太炎是中华民国的创建者之一。鲁迅并未给章太炎加上晚节不终的罪名,因为他的革命之志,终不屈挠,继续捍卫自己苦心培育的产物——共和国,不顾威胁,大诟袁世凯的称帝野心。鲁迅对过去的领袖感到不满的是："自藏其锋锐……身衣学术的华衮,粹然成为儒宗……"②

章太炎的追随者们慷慨地说,参加章太炎的追悼会的不满百人,"青年们对于本国的学者,竟不如对于外国的高尔基的热诚"。因此,鲁迅将高尔基和章太炎作对比,得出了不能令章太炎感到宽慰的结论。③作家仔细追叙了自己的导师的作品集的出版过程,痛心地指出,在这些集子中,优秀的战斗的文章多被刊落,没有一部章太炎的文集证明他是革命者。为了揭示世纪初的问题对30年代政治斗争的现实意义,鲁迅着意提起章太炎和吴稚晖（30年代任国民党中央执行委员会委员）在日本的笔战。为了伪装,作家不得不引述一些次要的材料,甚至包含一些插科打诨的内容,但文章的含义是显而易见的：揭露反动分子贪天之功以为己有的企图。

吴稚晖早在本世纪初年就以敢于辱骂清廷而驰名学界。他后来一直以"革命者"自诩。事实上他是一个密探,1903年章太炎和邹容被捕就是他告密的结果。④鲁迅描述说,吴稚晖好像是一名和中国公使大战的勇士,"讲演排满的英勇的青年"。章太炎早就对吴稚晖的"斗争性"进行了揭露。当吴稚晖从日本被递解回国时,跳进了一条沟。章太炎讥刺说："不投大壑而投阳沟,面目上露。"鲁迅似乎要弱化这种嘲讽（"其实是日本的御沟并不狭小……"）,却又强调说,吴稚晖实在是在表演⑤,并且暗示他是一个"献策者⑥"。

---

① 《鲁迅选集》,第三卷,140—142页。——见《且介亭杂文末编·关于太炎先生二三事》
② 《鲁迅选集》,第三卷,143页。——见《且介亭杂文末编·关于太炎先生二三事》
③ "况且高尔基是战斗的作家,太炎先生虽先前也以革命家现身,后来却退居于宁静的学者,用自己所手造的和别人所帮造的墙,和时代隔绝了。……也许将为大多数所忘却。"《鲁迅选集》,第三卷,140页。——见《且介亭杂文末编·关于太炎先生二三事》
④ 宋云彬：《鲁迅和章太炎》,《文艺月报》,1956年第10期,20页。
⑤ "其实是日本的御沟并不狭小,但当警察护送之际,却即使并未'面目上露',也一定要被捞起的。"（《鲁迅选集》,第三卷,148—149页。——见《且介亭杂文末编·因太炎先生而想起的二三事》）
⑥ 《鲁迅选集》,第三卷,142页。——见《且介亭杂文末编·因太炎先生而想起的二三事》

吴稚晖一直不忘和章太炎算30余年前的旧账，但章太炎则宁愿忘却自己过往揭发出来的事情（所以其手定的《章氏丛书》不收录此类攻战文字——译者）。同时，鲁迅强调说，这些事情终究不是章氏的私事可以隐瞒的："不欲以此等文字自秽其著述——但由我看来，其实是吃亏，上当的，此种醇风，正使物能遁形，贻患千古。"①

鲁迅的这两篇文章显然贯穿着两条主线：一条是为维护章太炎的名节而战斗，因为他是一位热情、坚定的革命者；一条是反对章太炎一心仿效古代圣贤的做法。鲁迅严肃抨击先前的导师抹杀自己往日的革命业绩的意图，站出来捍卫章太炎的著作，甚至违背其意愿也在所不惜，这是鲁迅为捍卫民族优秀遗产而斗争的一部分；同时这也证明了，作家和章太炎的交往不是偶然的，而是以他对革命民主主义的向往为前提的。他结交了两个秘密组织的领袖——黄兴和章太炎，结交了邹容、徐锡麟和其他革命党人。他为被查禁的留学生刊物撰写激昂慷慨的文章，搜集狱中创作的诗篇，事隔多年后，他还在小说《药》中在牺牲的同志的坟上放置一个花环。作家在1933年谈到1911年辛亥革命失败的原因时说道："并不是因为他们（袁世凯等——作者）'杀错了人'，倒是因为我们看错了人。"②这个"我们"即鲁迅，他的认"错"是他本人的自省。这些，再次证明他参加了那些年的政治事件。

综上所述，证明鲁迅曾加入秘密组织的有：一、这个组织的成员许寿裳和作家的战友瞿秋白；二、作家在日本的朋友圈内与民报社有联系者；三、作家的作品中对革命的开展的描述是那样逼真，犹如作者曾经亲历一般。

这些证据使我们认为鲁迅的革命组织——光复会会籍是可信的。

---

① 《鲁迅选集》，第三卷，149页。——见《且介亭杂文末编·因太炎先生而想起的二三事》
② 《鲁迅选集》，第二卷，74页。——见《伪自由书·〈杀错了人〉异议》，原载1933年4月12日《申报·自由谈》。

《鲁迅评传》（选）之三　外国文学研究的开端

临近辛亥革命的岁月和俄国的1905年革命，促使鲁迅醉心于浪漫主义文艺。

他热爱拜伦，因为拜伦是一位为意大利和希腊争取自由的斗士，在诗文中抗议贵族和资产阶级的伪善与道德变态。鲁迅敬佩雪莱为爱尔兰的自由与教会和反动势力所做的斗争及对英国社会的批评。鲁迅不是将英国大诗人的名字和作品介绍给中国的第一人，但是他为中国发现了俄罗斯、波兰和匈牙利等国的诗人。他认为这些诗人的创作对中国十分重要，以至于过了20年，他仍同意重新发表《摩罗诗力说》①，尽管该文不太成熟。（第一卷，9—10页。）

他在这篇论文中分析了19世纪几位伟大的革命浪漫诗人的作品，诗中的斗争激情引起他对他们的迷恋。他将俄国民族与华人这样的"古民"作对比，悲叹不少古老民族"文化已止……污如死海"。②日本的书刊检察机关使他不敢明言俄罗斯民族沉默的原因（当时是俄国第一次革命之后）（第一卷，56页），但是作家在文中不止一次提到俄罗斯文学。

鲁迅在评价普希金的诗作时，谈到了一系列的问题，并且承认其创作道路的复杂性。他列举了《欧根·奥涅金》《高加索的俘虏》《茨冈》等浪漫诗篇，并指出这些都是独创性的作品，认为"虽有裴伦之色……顾复不离亚历山大时俄国社会之一质分……论者谓普式庚所爱，渐去裴伦式勇士而向祖国纯朴之民"。（第一卷，85—86页）

---

① 《摩罗诗力说》译成俄文有多种译法。B.H.罗果夫译为《论〈摩诃婆罗多〉与〈罗摩衍那〉的诗歌力量》（载《人民民主国家的作家》，苏联科学院出版社，1955年，13—14页）；B.彼得罗夫译为《论诗歌的魔力》（《鲁迅选集》，1956年，5页）。但这些译法都缺乏根据。笔者译为《论撒旦诗歌的力量》，因鲁迅指出，这个题目意味着印度梵文摩罗（mara），即欧洲所谓撒旦，他借用骚赛对拜伦的称谓，用来标志拜伦诗派。（第一卷，85页）

② "俄之无声，激响在焉……俄如伏流，而非古井"（第一卷，57页）。鲁迅列举俄国诗歌乃是中国的榜样，中国不应"仅自语其前此光荣，即以形迩来之寂寞"，应向"大有望于方来"的"新起之邦"致敬（第一卷，57页）。"俄罗斯当19世纪初叶，文事始新，渐乃独立，日益昭明，今则已有齐驱先觉诸邦之概，令西欧人士，无不惊其美伟矣。"（第一卷，85页）

鲁迅发现，莱蒙托夫的作品与拜伦和雪莱的十分近似，但同时也具有其独创性。[1]他认为《恶魔》和《童僧》是莱氏代表作品，对后一篇的介绍尤为详尽，指出其主题为"求自由"。他复述《当代英雄》的内容，得出结论：如果说"普世庚终服帝力……而来尔孟多夫则奋战力拒，不稍退转"。（第一卷，90页）饶有兴味的是，鲁迅行文至此，给掌权者的"爱国主义"作了鉴定[2]，将其与莱蒙托夫对祖国的充满人性的热爱作比对，同时引述诗人对沙皇和宫廷贵族的诅咒。

从鲁迅对普希金和莱蒙托夫的评论可以看出，他的观点与杜勃罗留波夫在论文《俄罗斯文学发展中人民性渗透的程度》中表露的看法有类似之处，可以进行一系列的对照——

关于拜伦和普希金的问题方面：

"其（普希金）对于裴伦，仅摹外状"。（第一卷，86页）

"普希金……气质……容易被外表迷住"。（《杜勃罗留波夫选集》，莫斯科，1948年，46页）

"（普希金）与裴伦分道之因……或谓国民性之不同，当为是事之枢纽，西欧思想，绝异于俄"。（鲁迅在此处援引一位不知名的作者的说法，第一卷，86页）

"俄国社会与欧洲的不同"。（《杜勃罗留波夫选集》）

关于普希金作品对社会生活的反映：

"尔后巨制，曰《阿内庚》（*Eugiene Onieguine*），诗材至简，而文特富丽，尔时俄之社会，情状略具于斯。（第一卷，86页）

"普希金很快就了解清楚这个社会的性质……质朴而忠实地描绘它……"（《杜勃罗留波夫选集》）

"普希金……第一个表现……我们现有的生活本身……"（《杜勃罗留波夫选集》，45页）

鲁迅认为"来尔孟多夫亦甚爱国，顾绝异普式庚"，指出他"凡所眷爱，乃在乡村大野，及村人之生活；且推其爱而及高加索土人"。（第一卷，90页）

---

[1] "初虽摹裴伦及普式庚，后亦自立。"（第一卷，88页）
[2] "即今之君子，日日言爱国者，于国有诚为人爱而不坠于兽爱者，亦仅见也。"（第一卷，84页）

鲁迅对莱蒙托夫的评说与杜勃罗留波夫对《祖国》一诗的评价遥相呼应："他（莱蒙托夫——作者）在这首诗中真正、虔诚、理性地理解对祖国的爱"，杜氏还引用了数行诗句佐证。（《杜勃罗留波夫选集》，48页）

显然，对杜勃罗留波夫思想的掌握对于作家的成长有十分巨大的意义。尽管运用的实际资料尚不精确，然鲁迅再三强调的俄国文学的社会意义、热爱自由和人民性诸问题使他的论文达到了很高的水准。

鲁迅在这篇论文的下一节转向波兰诗人——密斯凯维支、斯洛伐茨基、克拉旬斯奇。他论述密斯凯维支的作品：当祖国濒临危亡之际，诗人在作品中"召战争"。"凡窘于天人之民，得用诸术，拯其父国，为圣法也。"——鲁迅通过研究波兰文学得出这样的结论。他将密斯凯维支、斯洛伐茨基和克拉旬斯奇的诗歌同1830年和1863年的起义联系起来。这篇文章曾多次引用勃兰兑斯的言论。鲁迅深受这位丹麦文学批评家的影响，夸大诗人在实际斗争中的作用，强调民众起义是受了诗人们的鼓动（第一卷，96页）。"若匈加利（匈牙利）当沉默蜷伏之顷，则兴者有裴彖飞（A.Petofi）"（第一卷，97页）。文中辟有专节写山陀尔·裴多斐，突出他热爱自由的性格，着意描述他的革命诗篇及他参加起义军和他的悲剧性结局（第一卷，98页）。

鲁迅指出上述诸人"其为品性言行思惟，虽以种族有殊，外缘多别"，但有共同的地方，这就是"无不刚健不挠，抱诚守真；不敢媚于群，以随顺旧俗；发为雄声，以起其国人之新生，而大其国于天下"。（第一卷，99—100页）

为19世纪诗坛诸巨星唱罢颂歌后，鲁迅向自己的祖国提出一个问题："求之华土，孰比之哉？"（第一卷，100页）——他没有找到答案。他认为，一个民族如果"无流血于众之目前者，其群祸矣；虽有而众不之视，或且进而杀之，斯其为群，乃愈益祸而不可救也"！（第一卷，101页）作家向自己的民族发出呼吁——这个民族还活着吗？还有呼吸吗？——他在论文中将自己的国家与柯罗连科的小说《末光》中描写的萧条的西伯利亚地区作比较。对鲁迅来说，如此萧条的国土就是中国，这里从未与闻过先知先觉的诗歌。但是，一部分中国人听见了俄国革命和俄国文学的声音，将其看作为自由而斗争的呼唤，他们和这位俄国作家小说中的主人公一样，开始"沉思"（第一卷，102页）。

由这篇文章可以看出，俄国文学对中国社会一部分人士和鲁迅具有何等重大的意义。此后俄国文学在鲁迅的译介工作中占有优先地位。不过，那时的鲁迅对俄国文学的全面了解究竟达到何种程度，现在仍不得而知，我们只能根据他的某些言论①进行推测，略知哪些俄国文学作品已被翻译，因而到了鲁迅的桌前。例如，鲁迅应该通过二叶亭四迷②的翻译了解了许多文艺作品。③他也通过这位日本批判现实主义的奠基人的译文④或评论⑤（特别是研究著作——《长篇小说理论》）熟悉别林斯基、杜勃罗留波夫和车尔尼雪夫斯基的著论。Р.Г.卡尔林娜查明，这位日本作家对文学的意义、文学的偏向、现实主义及许多其他的重要文学问题的观点，都直接以俄国革命民主主义者们阐明的原理为圭臬。例如，卡尔林娜论证说，二叶亭四迷关于认识的两个途径的学说⑥发端于别林斯基的原理⑦。就是这个二叶亭四迷加以诠释的别林斯基原理，我们在鲁迅对章太炎的答语中也可找到："学说所以启人思，文学所以增人感。"本书在后面还要就俄国革命民主思想对鲁迅的影响作系统探讨。

尽管上面分析的论文是讨论诗歌的，鲁迅在文中却多次提到果戈里。⑧对俄国自然派的奠基者的敬仰（鲁迅在文学活动的最初阶段就坦然地承认这一点）表明他这个日后的散文作家将摆脱浪漫主义的诱惑，成为一个现实主义者。这种趋向在他下一部作品——翻译俄国作家的短篇小说里就显露出端倪。这部译文集（《域外小说集》，1909年）使我们有必要提出一个问题：鲁迅对1905年俄国革命前的俄国文学的态度如何？

---

① "（我们）还和四十年代的作品一同烧起希望，和六十年代的作品一同感到悲哀。"（《鲁迅选集》，第二卷，99页。——见《南腔北调集·祝中俄文字之交》）
② 二叶亭四迷：笔名，真名是长谷川辰之助（1864—1909年），日本作家，俄国文学的鉴赏家和翻译家。他曾翻译果戈里、别林斯基和其他俄国作家与批评家的作品。他的译作对日本和中国文学的现实主义流派的形成有很多影响。
③ 果戈里的《肖像》《旧式的地主》《狂人日记》，屠洛涅夫的《会约》《三次会见》《阿霞》《梦》《好决斗的人》《贵族长的早宴》，列夫·托尔斯泰的《塞瓦斯托波尔故事》的一部分，迦尔洵的《四日》，高尔基的《苦恼》《错误》《该隐和阿尔乔姆》《论灰色》《阿尔希普爷爷和廖恩卡》，安德烈耶夫的《红笑》等。（本书有关二叶亭四迷的生平和创作的评述，皆以Р.Г.卡尔林娜的手稿和研究著作为依据；卡尔林娜热心地把这位日本作家介绍给了我们）
④ 例如，杜勃罗留波夫的论文《俄国文学发展中人民性渗透的程度》的部分节译。
⑤ 例如，论文《关于俄国文学的对话》《俄国文学札记》《俄国文学的主要流派》。
⑥ "第一个途径是科学的认识……依靠理智的帮助。第二个——通过艺术来认识……依靠感情的帮助。"（《二叶亭四迷全集》，第五卷，东京，1938年，Р.Г.卡尔林娜译）
⑦ "……艺术和科学一样，也有存在的意识，只是以另一种形式而已……"（《对俄国文学的沉思和札记》，载《别林斯基文选》第一卷，青年近卫军出版社，1950年，648页）"政治经济学家……提出论证，以影响读者的理智……诗人似乎……影响读者产生幻想。"（《1847年俄国文学之一瞥》，《别林斯基文选》第一卷，746页）
⑧ "十九世纪前叶，果有鄂戈里（N.Gogol）者起，以不可见之泪痕悲色，振其邦人。"（第一卷，57页）"以描绘社会人生之黑暗著名。"（第一卷，85页）

这位中国作家对整个俄国文学的态度问题早已成为中苏两国的鲁迅研究学者汇编他的言论的根据和一系列论文的主题。例如B. H. 罗果夫在《鲁迅论俄罗斯文学》一书的《编者序》中就谈到鲁迅对俄国作家作品的研究工作，分析了鲁迅和契诃夫作品的相似问题，还指出，"高尔基对鲁迅的影响表现在他比较成熟的时期"。对一篇短文自然不宜提出过苛的要求，但仍然不得不指出其中不够准确的地方。[①]

许广平撰写的《鲁迅眼中的苏联》一文主要涉及20—30年代。但她的某些见解也触及了青年鲁迅的理论探索问题。例如，她证实鲁迅承认1905年俄国革命实践对中国有巨大的意义。[②]

冯雪峰在《鲁迅论俄罗斯文学》[③]一文中说，不是俄罗斯文学引领鲁迅走向革命，而是中国革命运动的高涨使他面向俄罗斯文学。冯雪峰强调中国文学的独创性，论证说，"它的现实主义是中国现实革命的反映"。他同时认为，俄罗斯文学给予中国文学巨大的影响，对鲁迅的创作也是如此。[④]

中国文学应该感激鲁迅的文学翻译活动，因为他"使俄罗斯和苏联文学的影响成为中国文学独立成长的重要的有益的帮助"[⑤]。冯雪峰在坚持这位作家的独创性的同时，得出结论说，鲁迅的现实主义的特色是，"最接近着俄罗斯文学的现实主义的"。[⑥]冯雪峰的概括是对的，但他没有详细加以说明，本

---

① 例如，该文说："鲁迅从日本回国后，翻译了安德烈耶夫、阿尔志跋绥夫、迦尔洵、契里诃夫、契诃夫、高尔基的作品，但很快他的文学探索就与契诃夫和高尔基紧密联系到一起了。"（见《鲁迅论俄罗斯文学》，上海：时代出版社，1949年，第5页）实际上，作者在日本就出版了他翻译的安德烈耶夫和高尔基的短篇小说，也就是在他回国之前，这件事与他翻译高尔基和契诃夫的作品实际上相隔许多年；鲁迅为高尔基作品集作序是在1926年，《恶魔》译于1934年，而契诃夫的短篇小说译于1936年。

② "（苏联）的国情，在某些时期，像苏联人民从沙皇时代里觉醒；在某种环境，像苏联从农业国转到工业国等。都是刺激一个热爱衰微的祖国，寝寐之求救国之方的人士的一种绝大兴奋剂……总之是坚信唯有这一服药，才可以起死回生。这不但是他（鲁迅）的坚信……"（B.H.罗果夫主编：《鲁迅小说、论文、书信集》，上海：时代出版社，1949年，292页）

③ 冯雪峰这篇论文的题目是《鲁迅和俄罗斯的关系》，系应B.H.罗果夫之邀，为其所编《鲁迅论俄罗斯文学》一书写的序言。——译者

④ "现代中国文学……就是在中国民主革命的这个历史要求的根本基础上，受着近代和现代的欧洲文学的影响而发生和发展的。……俄罗斯文学和现代的苏联文学，所给予现代中国文学的影响和帮助，可是超过任何其他世界文学，为任何近代和现代的欧美文学所不及的……"（见《鲁迅论俄罗斯文学》，1—2页）

⑤ 见《鲁迅论俄罗斯文学》，8页。

⑥ "鲁迅的现实主义……是最有中国特色的……鲁迅独创的全部作品……精神是完全现代的这一层不必说，那么我们简直找不出它受外国文学影响的具体迹象。……他的内容全部都是中国人民的生活和问题；他的思想和感情全部都是中国人在现在中国的现实生活和革命斗争里所发生的思想和感情。"（见《鲁迅论俄罗斯文学》，17页）

书以后的章节将仔细展示中国文学,也就是鲁迅的作品与苏联文学的联系,最具体地佐证上述结论。

在研究"鲁迅和俄罗斯文学"问题方面,上述作者都做出了重要贡献,但他们的研究面太宽了。这里不妨提出一个范围较狭、更切实际的问题:为什么从1908年到1922年这个阶段里,鲁迅的翻译工作总是选择迦尔洵、安德烈耶夫、契里珂夫甚至阿尔志跋绥夫等人的作品呢?他一度忽略了果戈里、谢德林、契诃夫和高尔基,后来才翻译这些名家的作品。

当然,这中间有一些客观原因——鲁迅不大懂俄文,他的选择只局限于已译成日文的作品。可是,当时被译成日文的作品已经不少,仅二叶亭四迷一人就翻译了近40种文学作品,包括别林斯基、杜勃罗留波夫、果戈里、冈察洛夫、屠格涅夫、高尔基、迦尔洵等人的著作。① 鲁迅曾系统地查阅过已翻译的外国作品和关于它们的评论,在日本就一定通读过二叶亭四迷的译作。然而,除此之外,我们应当了解清楚作家本人的情绪,研究明白是什么引起他注意这些作家。

这里必须指出,作家在其关于日俄战争时医科专门学校的电影事件的回忆里曾提及列夫·托尔斯泰的"你改悔吧!"的呼吁,并且说道:"日本报纸上很斥责他的不逊,爱国青年也愤然,然而暗地里却早受了他的影响了。"②(着重号是我加的——本书作者。)

鲁迅在翻译安德烈耶夫和B.迦尔洵的作品的跋语中也强调他们的反战态度。关于安德烈耶夫,他写道:"长篇有《赤笑》一卷,记俄日战争事,列国竞传译之。"(第11卷,214页。——见《域外小说集·杂识》)关于迦尔洵,他写道:"《四日》者,俄与突厥之战,迦尔洵在军,负伤而返……氏深恶战争而不能救。"(第11卷,215页。同上)这说明上述作品开阔了鲁迅的眼界,俄罗斯作家们写作时所遵循的思想使他知道沙皇政府的决策有一个对立面:俄罗斯人民对战争是持否定态度的。因此,熟悉列夫·托尔斯泰、安德烈耶夫和迦尔洵的作品对作家有十分重大的意义,这使他深深感到自己的民族正在经历与俄罗斯十分相似的命运。

由此可见,鲁迅转向这些作家是因为他与他们一样反对战争。这是一个

---

① Р. Г. 卡尔林娜:《应考语文学副博士学位的论文提要》,列宁格勒大学出版社,1949年,6页。
② 《朝花夕拾·藤野先生》。

十分重要的原因，可以解释清楚许多情况，但不能说明一切。因为鲁迅在很久以后（见第七卷，484页）才开始翻译《红笑》，而收入这个集子的安德烈耶夫的两个短篇——《谩》和《默》——并没有反战内容。诱使鲁迅转向迦尔洵的不仅是对战争的谴责，还有对这个作家的喜爱之情。他心里的这种情感，一直保持到很晚的时候——1924年他发表了新译的迦尔洵的短篇小说《一个很短的传奇》，1929年他又翻译并发表了利沃夫-罗加切夫斯基的关于迦尔洵的评论。①鲁迅指出《红花》的文笔"尤哀而伤"，因为作者"悲世至深"（第11卷，230页）。鲁迅的见解与契诃夫通过他笔下的一个主人公对迦尔洵的评论不谋而合："有各种各样的天才——写作天才、表演天才、艺术天才，他却有一种特殊的天才——人的天才。他对一般的痛苦有一种灵敏的神奇的嗅觉。"②而格·乌斯宾斯基③在《迦尔洵之死》一文中的评论也与鲁迅遥相呼应："阅读《红花》这样的东西，我们……看出，一个病态的人的痛苦根源潜藏在围绕他生活的各种条件中，痛苦从那些地方，从生活中进入他的灵魂。我们看到生活使他的心中的正义感受到侮辱，使他伤心，对生活的不公正的思考是心灵痛苦的主要根源……"④探寻"中国的病根"的鲁迅，通过迦尔洵的作品明白，俄罗斯的病根，就在可怕的社会现实土壤中。

安德烈耶夫的作品之所以引起这位中国作家的注意，最初是因为他在国外突然享有的知名度。但鲁迅本人也确实喜爱他的作品，正如高尔基所说的，尽管安德烈耶夫有各种不足之处、弱点和错误，"但是他作为一位最独特、最卓越的艺术家的地位，是永远保持着不能动摇的"⑤。鲁迅在安德烈耶夫的作品中也找到了自己"孜孜不懈寻求解决的问题"的写照，早年的安德烈耶夫的探索和对现存制度的反叛使他与这位中国作家在气质上相近。高尔基认为安德烈耶夫是位"具有罕见的独创性和稀有的天赋并且在探索真理的道路上足

---

① 鲁迅于1929年译出罗加切夫斯基《近代俄罗斯文学简史》中的一章：《人性的天才——迦尔洵》。本篇的《译者附记》和《一个很短的传奇》的两则《译后附记》均收入1938年版《鲁迅全集》第十六卷，《译丛补》。——译者
② 契诃夫：《发作》，载《契诃夫全集》，第六卷，1950年，274页。
③ 格·乌斯宾斯基（1843—1902年），俄国作家，作品有《遗失街风习》《破产》等。——译者
④ 鲁迅在译文跋语里写道："初作《默》一篇，遂有名；为俄国当世文人之著者。其文神秘幽深，自成一家。"（第十一卷，214页。——见《域外小说集·杂识》）
⑤ 高尔基：《文学批评论文补编》，国家文献出版社，1941年，97页。

够勇猛顽强的人"①，这番话很有见地。当年H.K.米哈伊洛夫斯基②曾分析小说《谩》说："这是一种类似心灵痛苦者的独白的东西，各种稀奇古怪的形象如同无秩序的旋风一样在其中疾驰，与真实的情况交织在一起。"这篇作品的思想在于人们希望将真理和谎言分开。这位评论家将这篇小说看作"一小片黑云"，他已经提出了安德烈耶夫的未来问题，问道："这片云会扩散成一堆乌云还是在空中消失呢？"③现在我们已经知道，这堆乌云终于遮住了安德烈耶夫的全部视野，但是，鲁迅当年在他的作品中还是找到了对自己有用的东西。要知道，安德烈耶夫的早期作品流露出对反对沙皇制度的起义者的同情。这些作品中的现实主义的典型性引起了列宁的注意。列宁在一篇论文里曾使用了其中一个主人公（剧本《朝向星辰》的波尔拉克）的形象来描述"完全没有灵魂的"书呆子④。

本书的这些结论有一部分可以在中国文学研究家王冶秋那里得到证明。他认为，作家在中国接触到了许多在俄国也存在的社会弊病，这是他翻译这些小说的动机。王冶秋明确揭示了鲁迅要与正在产生的资本主义作斗争的心愿。按他的话来说，对资本主义消极面的批评引起鲁迅对这些小说的兴趣。⑤王冶秋的结论是对的，这可以从鲁迅对易卜生的作品的分析中得到证实。鲁迅想要防止中国走上资本主义的发展道路，特地挑选一些以否定态度描写资本主义社会的作品来翻译。

指出这一点是饶有兴味的：如果说鲁迅善于从安德烈耶夫的作品中挑选最优秀的作品的话，那么从反动作家阿尔志跋绥夫（他认为革命只不过是例行的时髦事）的作品中，鲁迅也善于挑选一篇反犹太屠杀的小说《医生》。

鲁迅将这些作家在他心目中的主要意义写在《译后记》中，例如在契里珂夫的小说《译后记》中写道："他是艺术家，又是革命家；而他又是民众教导者，这几乎是俄国文人的通有性。"（第十一卷，276页；又见593页——见

---

① 《高尔基全集》，第二十三卷，国家文献出版社，1931年，125页。
② H.K.米哈伊洛夫斯基（1842—1904年），俄国社会学家，政论家，文学评论家，民粹派。《祖国纪事》和《俄国财富》杂志的编辑之一。——译者
③ 《俄国财富》，1901年，第11期。
④ 《列宁全集》，第十一卷，164页。（中文版，第十一卷，北京：人民出版社，1959年，171页）
⑤ "在一个旧社会没落，旧道德随之渐逝的时候，新社会（指资本主义社会）兴起，而带着自身的缺陷走来的当儿，新道德也无法确立，于是"谩"成了无所不在的存在者。真诚因而几乎绝迹。不愿意跟从"谩"的人，便大多沉默起来（实际上是无言的反抗）。"（王冶秋：《民元前的鲁迅先生》，97页）

《现代小说译丛·〈连翘〉译者附记》）他对这个时期的作家的作品的选择是正确的，这可以用列宁的一段言论来证明。列宁说，1905年的俄国同时进行两种社会斗争，"……一种是在目前的专制农奴的制度中发生的；另一种是在未来的、我们眼看就要诞生以来的资本主义民主制度中发生的。一种是全体人民争取自由（资本阶级社会的自由）、争取民主，即争取人民专制的斗争；另一种是无产阶级争取社会主义制度反对资产阶级的阶级斗争"[①]。

鲁迅熟悉各种各样的文学，主观上力求批判资本主义体系，但是，他所处的时代不容许他看到那个注定要推翻资本主义社会的阶级，因此，他尚不懂得高尔基的作品的意义，目光专注于那些在作品中只反映1905年革命的作家。此外，俄罗斯文学的特点在其中起了作用，M.梅拉赫在这方面有深中肯綮的论述："某些作家，在第一次革命的时代，采取进步的民主立场，随后脱离了革命，其中有一些落入了无产阶级敌人的阵营（诸如作家E.契里珂夫、A.库普林……），然而，对这种情况我们也得运用艺术的辩证法去分析，许多作家，其立场在当时是根本反动的，但那时他们毕竟还是语言艺术家，他们依然描绘了这场反专制的全民解放战争的个别侧面。"[②]鲁迅当时持有的正是这样的信念：几乎一切俄罗斯作家都是革命者。

1909年翻译的这些作品，还有1907年的论文的结尾中提到的，带有呼吁意味的В.Г.柯罗连科的小说《末光》的片段都表明，鲁迅的精细入微的鉴别力使他能了解俄罗斯的批判现实主义文学的最重要的问题，从中间找到了对不公正的缺乏仁爱的社会的揭露，并与他自己的忧国忧民之心产生共鸣。后来他本人写小说也采用这样的题材。十月革命后他写的第一篇小说是《狂人日记》。这可不是心血来潮的偶然之作。这篇小说是在真正的中华民族精神的氛围中写就的，但它显示的主题是揭露当时的社会丧失理智。这种题材不仅继承了果戈里，还继承了安德烈耶夫、迦尔洵、契诃夫。在鲁迅的短篇小说《伤逝》中，我们读到爱人死后的绝望感、负罪意识和对人的牺牲的责任感，这与安德烈耶夫在《默》中的描写是一脉相承的。"而且《药》的收束，也分明地留着安特莱夫（L.Andreev）式的阴冷。"（《鲁迅全集》，第六卷，252页。——见《且介亭杂文二集·〈中国新文学大系〉小说二集序》）

[①]　《列宁全集》，第九卷，280—281页；中文版，第二卷，292—293页。北京：人民出版社，1960年。
[②]　M.梅拉赫：《列宁和俄罗斯文学问题》，第二版，国家文献出版社，1951年，145页。

作家有意将这几年的光阴花在文学工作方面，这对他的创作生涯有很大的意义。同时，他使我们约略知道中国研究俄罗斯文学和翻译俄国作家作品的历史。其中翻译家的工作条件和详情我们依然不甚明了，所以，唯有鲁迅的平生传记提供了关于俄中两国文学之交的萌芽阶段的资料，使我们明白这种交往是怎样发展起来的，进而弄清楚近50年两国文学交往的历程：由最初的微弱的不成功的尝试到今天的繁荣局面。

鲁迅的1907年的论文本来是为刊载在自己办的杂志上而写的，他在小说集《呐喊》的自序里说道："……幸而寻到几个同志了，此外又邀集了必须的几个人，商量之后，第一步当然是出杂志，名目是取'新的生命'的意思，因为我们那时大抵带些复古的倾向，所以只谓《新生》。""《新生》的出版之期接近了，但最先就隐去了若干担当文字的人，接着又逃走了资本，结果只剩下不名一钱的三个人。创始时候既已背时……而其后却连这三个人也都为各自的命运所驱策，不能在一处纵谈将来的好梦了，这就是我们的并未产生的《新生》的结局。"①

许寿裳在回忆录中点明了这"不名一钱的三个人"：作家本人，他的兄弟周作人和许寿裳。他还回忆起给杂志选择刊名的经过：采取屈原《离骚》的词句，然而，最后决定用"新生"二字作刊名，有人在背地取笑说，这两个字意义模糊，会使人以为这是新进学的秀才。②第一期杂志的封面及文中插图等均已经安排好好的，但是没有问世。中国"精神界之战士者安在"？③遭到第一次打击后作家悲痛地问道。留学生们只对实用科学感兴趣，甚至学习"警察"行当，一片"冷淡的空气"。这些情况表明，鲁迅谴责许多人没有原则性，只希求个人的生活在帝国主义的统治下能安稳舒适。他的话是多么正确啊！

作家预定发表在自己办的刊物上的论文最后只好刊登在留学生同乡会办的杂志《河南》上了。但是初次失败后，他并没有罢手。他订立了一些"小计划"④，其中包括一个设想——翻译一批照他看来最有意义的外国文学作品，作为系列丛书出版。作家给自己的译文集取名为《域外小说集》，说是"大涛之微沤"，他希望，哪怕是"微沤"，"而性解思维，实寓于此"，中国的翻

---

① 《鲁迅选集》，第一卷，57页。
② 许寿裳：《亡友鲁迅印象记》，25页。
③ 《鲁迅选集》，第一卷，57页。——见《坟·摩罗诗力说》
④ 《鲁迅选集》，第一卷，51页。——见《集外集拾遗补编·鲁迅自传》

译界，从此"无迟莫之感"，证明"华土"实有必要引进"异域文术新宗"。（第十一卷，185页。——见《域外小说集·序言》）可是，1908—1909年的中国读书界尚不识这些译品的价值。最初的两册《域外小说集》落得和杂志一样的命运，[①]每一册仅卖出40来本，只有几十位读者。认真从事这项工作的希望长久不能实现，由此产生的失望感是可想而知的。俄罗斯的"稠李树上的夜莺"时代尚未来到中国。这只是第一只报春的燕子，要过很多年以后，这只燕子才带来春天。

[①] "我们……有一种茫漠的希望：以为文艺是可以转移性情，改造社会的。因为这意见，便自然而然的想到介绍外国新文学这一件事。但做这事业，一要学问，二要同志，三要工夫，四要资本，五要读者。第五样逆料不得，上四样在我们却几乎全无：于是又自然而然的只能小本经营，姑且尝试，这结果便是译印《域外小说集》了。""当初的计画，是筹办了连印两册的资本，待到卖回本钱，再印第三第四，以至第X册的。……积少成多，也可以约略绍介了各国名家的著作了。……在一九〇九年的二月，印出第一册，到六月间，又印出了第二册。寄售的地方，是上海和东京。""半年过去了，先在就近的东京寄售处结了帐。计第一册卖去了二十一本，第二册是二十本……就因为有一位极熟的友人，怕寄售处不遵定价，额外需索，所以亲去试验一回……第二本不再试验了——但由此看来，足见那二十位读者，是有出必看，没有一人中止的，我们至今很感谢。""至于上海……听说也不过卖出了二十册上下……于是第三册只好停板……"（第十一卷，188—190页。——译者按：见《域外小说集序》，1920年3月鲁迅用周作人的名义新写）

《鲁迅评传》（选）之四　从革命浪漫主义到批判现实主义

《怀旧》[①]的片段表明作家对社会和文学的看法有了重大的变化，这样的变化是1911年的事件导致的后果。在鲁迅身上，前几年的欢欣鼓舞和热情迸发已被怀疑和冷嘲取代，革命的呼唤让位给了揭露事实。浪漫主义的情绪已成明日黄花，该当清醒估量估量周围的社会了。鲁迅无论在理论上或是在艺术实践上都成了现实主义者。

一位中国文艺理论家指出："鲁迅接触着俄罗斯及东欧被压迫民族的散文文学，那影响所及，也就是从浪漫主义转注到现实主义，从热情的喷发转向到社会的深视。"[②]

这篇小说的主题是中国社会的不同阶层对待反清起义的态度。鲁迅分析各种社会集团的代表人物的政治观点，得出了一个痛苦的结论：大部分民众都因长年受奴役而十分愚钝，中虚伪的传统说教的毒太深，他们不理解也不支持革命者，那些为人民的事业抛头颅、洒热血的志士依然离人民很远。

《怀旧》的结构是十分耐人寻味的。情节围绕着"长毛"[③]出现的传言而展开，所谓"长毛"，即拿起武器反对清廷的起义者。传言似乎是虚构的，一度被扰乱了的外省小世界重归安定，风波平息了，居民各自归家。但是，不同的社会集团的代表在怎样对待起义者这个尖锐的政治问题上的态度，使作家可以十分深刻地揭示主人公的内心世界。

人物之一——地主金耀宗。"盗贼"将至的谣言传来时，他心中琢磨着对策，以便保住脑袋，还要保全财产。于是他忙着张罗茶饭慰劳"盗贼"，这

[①] 据《年谱》，《怀旧》写于1911年冬天，发表在上海出版社的《小说月报》1912年第4卷，第1号。（按：《集外集拾遗》定《怀旧》作于1912年，出版时间是1913年4月。——译者）
[②] 《鲁迅论俄罗斯文学》，20页。
[③] 这是一次伟大的农民战争——太平天国革命。19世纪中叶，这场战争波及中国大部分土地，长达14年，因而频频引起作家对这段历史的注意。20世纪20至30年代，他多次回到这个题材，当时他已运用马克思主义的观点评价这场战争了。小说《怀旧》中对"长毛"的沉思既与太平军本身有关，也涉及中国一般的革命者。

样"盗贼"就不会煽动农民造反。他还前往一个教书先生那里,请他代笔在一木板上书写"顺民"二字,起义者一来到,就把木板悬挂在自家门首。耀宗记得,他的父亲曾伪称革命者,在太平军队伍里浑水摸鱼,发了大财,太平军覆亡时他却侥幸保全了性命。① 然而,这个儿子的脑瓜子不够灵敏,不能深谙儒学真谛,然而正是孔夫子的学问使他父亲左右逢源,既能迎合起义军,又能适应讨伐的官军。陷入"长毛"将至的恐慌中的金耀宗忘记了"长毛"过后,必有官军接踵而来,到那时,投降起义者的人将受到来自另一方面的惩治。

绰号"秃先生"的塾师仰圣是他的顾问,连忙献计搭救。他悄悄提醒这位地主,怎么在另一种情况下也能保住脑袋。"此种人之怒,固不可撄,然亦不可太与亲近。"他教耀宗:怎样接待起义军,才能在政府面前保住自己的名誉。②

作家揭露,无论想入非非的地主老财,或是教诲他的孔学老夫子,其生存的意义都是一样的:保住性命、庄园和财产。为此目的可以不择手段:在强者面前奴颜婢膝,阿谀求宠,讨好迎合任何有权势的人,两面三刀。作家在以前的文章中认为只有上层统治集团的洋奴买办才有这些恶习,现在他指出,任何中国的偏远之地,统治阶级的多数代表人物都沾染上了这种作风。在辛亥革命中,反动分子和自由派的两面派手腕他看得太多了。他们在起义民众面前负荆请罪,讨好卖乖,假惺惺地表态说"……我们也是革命派"③,可背后呢,将那些不坚定的分子拉拢到自己一边,拔出身后暗藏的利器,杀掉真正的革命者,乘机攫取政权。

现实主义者兼革命者的观察力提醒作家,在什么地方可以找到革命的敌人和如何揭露他们。可是,作家这时还不能认清他们的阶级根源,因此,身为一位启蒙者的作家,将一位塾师当作罪恶的主要策划者。这位"秃先生",是他宣扬儒家思想——歌颂奴性和奸诈,将其提升为做人的原则。这位"秃先生"和他的自古以来的所有先辈都能巧妙地做到在拔一毛而利天下的情况下而不为,并且在任何时候都能秋毫无损地渡过劫难。正是他与他的同类培育了耀

---

① "王翁曾言其父尝遇长毛,伏地乞命,叩额赤肿如鹅,得弗杀,为之治庖侑食,因获殊宠,得多金。逮长毛败,以术逃归,渐为富室……"(第七卷,565页)
② "此种乱人,运必弗长,试搜尽《纲鉴易知录》,岂见有成者?……特特亦间不无成功者。饭之,亦可也。虽然,耀宗兄!足下切勿自列名,委诸地甲可耳。……此种人之怒,固不可撄,然亦不可太与亲近。昔发逆反时,户贴顺民字样者,间亦无效;贼退后,又窘于官军,故此事须待贼薄芜市时再议。惟尊眷却宜早避,特不必过远耳。"(第七卷,566页)
③ 即所谓"咸与维新",辛亥革命时由于革命派向反动派妥协,使敌人得以投机。——译者

宗这一代人。作家剥去了"秃先生"身上的渊博宿儒的法衣，指出法衣里面掩盖着无知。这位教书匠使用别人摘抄的资料来教学。在他的资料库里只有两本书——一本历史书，却是内容压缩的简本；一本应付科举考试的八股文选，即是东抄西摘的陈货。"秃先生"不会使用合乎原意的、熟悉的词语来解释古文，况且他没有任何教学方法。"秃先生"认为能影响他的学生——一个稚龄儿童的唯一手段是戒尺。许许多多旧式教育制度的代表人物可以在塾师的形象中找到自己的影子。作家以明显否定的画笔描绘了"秃先生"，显示其对旧中国某一部分人的看法，革命民主派曾寄望于这些人，希望他们能回心转意，协助革命派将中国引出死胡同。按鲁迅的见解，正是这些人使一切按新方法改组教育的努力都付诸东流。这个形象最强烈地反映出作家通过教育改造社会的理想的破灭。

　　作为耀宗和"秃先生"的对立面的是以欢乐的心情盼望起义者快来的一个男孩——"秃先生"的学生。他希望他们能使他摆脱家庭束缚，将他从塾师的虐待下解放出来。塾师强迫他从早到晚背诵那些关于创造世界及孔夫子在50岁、60岁、70岁时做些什么，有什么感觉的晦涩难懂的句子。"予……思倘长毛来，能以秃先生头掷李媪怀中者，余可日日灌蚁穴，弗读《论语》矣。"（第七卷，568页）

　　秃先生剥夺了他的不少童年欢乐——禁止他与乡村儿童玩耍，或与质朴的乡民交往。[①]而男孩十分向往这些人，正如他十分向往树木、飞鸟、窗外园子里的一切生物一样。晚上乘凉的情景是多么诱人啊，星光下，听王翁讲奇妙的故事。男孩发现，出身贫贱的人们比那位地主聪明得多。[②]

　　在由反面人物（地主和塾师）和正面人物（小孩和藏在幕后的起义者）构成的形象系列中，代表民众的人们接近正面人物。如果说鲁迅在描述地主和塾师时不惜给他们抹黑的话，那么他描绘女佣李媪和看门人王翁时则用温暖、光明的色彩。这两个民众形象蕴含着丰富的人性，但是他们不理解"长毛"起义的意义。他们不可能摆脱旧社会和他们的主人用来制服他们的概念圈。许多

[①] "我秃先生盖以书斋为报仇地者，遂渐弗夫。况明日复非清明端午中秋，予又何乐？设清晨能得小恙，映午而愈者，可借此作半日休息亦佳；否则，秃先生病耳，死尤善。弗病弗死，吾明日又上学读《论语》矣。"（第七卷，563页）

[②] "聪慧不如王翁，每听谈故事，多不解，唯唯而已。李媪亦谓，彼人自幼至长，但居父母膝下如囚人，不出而交际，故识语殊聊聊。如语及米，则竟曰米，不可别粳糯；语及鱼，则竟曰鱼，不可分鲂鲤。否则不解，须加注几百句，而注中又多不解语，须更用疏，疏又有难词，则终不解而止，因不好与谈。"（第七卷，564页）

人还盲目相信"秃先生"。作家不可能找到能唤起民众,引导他们走向斗争道路的力量。他的悲剧就在于此。

许寿裳,还有同意他的观点的其他人,包括王冶秋在内[①],都将《怀旧》看成是一篇小说习作(第二十卷,618页),但是实际上《怀旧》既是一篇短篇小说,又是作者曾经构思的鸿篇巨制的完整片段。这无疑是篇现实主义的作品,其基本特色是讽刺和幽默,以及对传统陋习和私塾中虐待儿童现象的揭露。但是,我个人认为,王冶秋将这篇小说看成作者的回忆是根据不足的。他们认定作品是自传性的,也就是借助中国的胡适——实用主义学派爱采用的方法,可这么一来,就缩小了作品的意义,因为,在这样的前提下,作家对中国普遍存在的私塾制度的揭露就显得仅仅是对一个教师的教学方法的批评了。鲁迅在他的一篇回忆文字中[②]勾勒的另一位教师形象足以证明一个事实——《怀旧》绝不是自传性作品。当然,作者创作《怀旧》时可能运用了个人的回忆、生活素材,以及他所谓作家的札记本,但是,毫无疑问,使他塑造"秃先生"形象的不仅仅是自己的塾师寿先生。作家创造了一个典型形象,在他身上概括了许多与他类似的塾师的性格特征。

鲁迅研究学者们不太看重这篇作品,主要因为它是用文言文写的。但不管怎样,上述对《怀旧》的分析可使我们称它为鲁迅第一篇成熟之作。这篇作品是作家创作道路的转折点——从外国文学的评介转到关于中国生活的作品,转向充满辛辣的讽刺、精确的幽默和忧郁的色调的写实主义。

刊载这篇作品的杂志的编辑恽铁樵在篇中加了不少热情的批语,称《怀旧》的形式对中国来说是创新。[③]这些批语引起现代著名作家王统照对《怀旧》的注意。当时令他惊异的是,"口吻、神情像在眼前,只几句话",他确实将此文读过好几遍。[④]这篇小说的创新之处在于,鲁迅毅然与中国散文作家的旧传统决裂;旧小说中,对每件事的描绘都十分烦琐和重复,凡是登场人物,都必须先叙述其身世。如此刻板的写法往往使整篇作品断裂成若干小部分。可在《怀旧》中,一切事情都合乎逻辑、严谨而贴近生活。"秃先生"给

[①] 王冶秋:《民元前的鲁迅先生》,122页。
[②] 《从百草园到三味书屋》,载《鲁迅选集》第三卷。——见《朝花夕拾》
[③] "用笔之活可作金针度人"(第七卷,569页),"转弯处俱见笔力"(第七卷,569页)等。该编辑称赞鲁迅这篇新作是如此清新有力,以至他承认鲁迅可与中国最优秀的散文大师庄子(公元前4世纪至公元前3世纪的哲学家)相媲美。(第七卷,568页)
[④] 王统照:《第一次读鲁迅先生小说的感受》,上海:《文艺月报》1956年第10期,15页。

小孩上课，室内平静的授课过程时不时被迫中断，因为听课的是一个坐不住的生气蓬勃的充满好奇心的儿童，可他整天都被禁锢在他不理解的书本上。他必须聆听这位读死书的乡村塾师的枯燥无味的串讲，可与此同时，室外的儿童们正在天真嬉戏，向大桐树投掷石子，击落的桐子往往飞入窗内，不时正击中他做作业的书桌。

后来，当大家都在惴惴不安地等待着某件可怕的事情发生的时候，完全相反的谣言不胫而走，人们纷纷议论，互相打断话头，你一言，我一语，正如生活中常有的那样。王翁从容不迫的叙述老是被用人和邻居们的焦急的询问打断。

这篇作品表明，花在研究外国文学的岁月，熟悉俄国批判现实主义文学，对鲁迅来说，并非是徒劳无功的。从鲁迅在《怀旧》一文的写作手法中，可以明显看出果戈里的影响。

鲁迅早在1907年的论文中对果戈里的创作的热情评论给了我们明确的证据。鲁迅称果戈里是他最喜爱的作家之一[①]，将自己的包括《狂人日记》在内的小说，与果戈里的同名小说作对比（第七卷，241—242页）。《怀旧》也可以用来作这样的对比。中国的愚笨的地主的典型令人想起泼留什金，而发生在旧式地主庭院里的事件也类似伟大俄国讽刺作家的《死灵魂》中描写的熊皮里儿的情节。但是，俄罗斯文学的现实主义传统仅仅有助于鲁迅起一个创新者的作用。他通过一些吸取自现实的明显的形象体现出旧的中国，提出了对自己的祖国来说十分迫切的问题。因此，他摆脱了中世纪长篇小说的传统形式，以一种对中国文学来说崭新的形式和批判现实主义的精神来创作。

然而，写完《怀旧》之后，鲁迅作为一位艺术家整整六年没有什么作品，他的传记作者称这个时期为"沉寂的时期"（1912—1917年）。鲁迅这时已是成熟的作家，他保持沉默的原因并不是在文艺领域中进行探索，他要探索的是生活中的国际政治状况中的问题。现实摧毁了鲁迅的希望、理想和打算。

[①] 《鲁迅选集》，第二卷，123页。——见《南腔北调集·我怎么做起小说来》

《鲁迅评传》（选）之五　与民族遗产

　　文学遗产在鲁迅创作中的作用问题至今没有得到充分评价。学者们研究这个问题时，往往只着眼于个别作家——中国古代文学的某大师对鲁迅的影响。郭沫若探讨了鲁迅对庄子的态度问题[①]；许寿裳指出了作家与屈原的渊源[②]。一方面，王瑶同意郭沫若与许寿裳的观点，除此以外，他还认为鲁迅特别喜欢孔融（153—208年）和嵇康（224—263年），并用这两人的"刚健不挠的反抗旧俗精神"来解释鲁迅偏爱他们的原因。可是，另一方面，王瑶追随孙伏园，将他们对鲁迅的影响说成是渺茫的，正如"托尔斯泰的人道主义和尼采的发展个性的超人思想"对他的影响一样[③]。冯雪峰看到了鲁迅与中国的爱国主义遗产的联系，但是谈论的仅仅是浙江的带有乡土色彩的爱国主义。冯雪峰着重讲述了屈原的诗歌对鲁迅的抒情气质的影响，也提到了魏晋诸大诗人（孔融、嵇康等）对他的影响，但冯雪峰贬低古代诗人的作用，他写道，"由于他们的爱国情绪要受政治事件的制约"，所以在他们的作品中只是"某种程度地反映着人民的痛苦和意愿……"（着重号系作者所加）[④]

　　郑振铎写道[⑤]："鲁迅所辑各书……其中用力最勤者自为《嵇康集》[⑥]……"

　　鲁迅一生有五六次重新回头研究这个古代诗人，但一直不能出版其研究成果。因而，许多研究者认定鲁迅喜欢孔融，尤其喜爱嵇康。郑振铎解释说，鲁迅对嵇康的偏爱自有特殊原因，但是没有进一步说明，因为在1938年道破这个原因是十分危险的。鲁迅动手校订嵇康的作品的时间是1913年10月15日——

---

① 郭沫若：《庄子和鲁迅》，见《羽书集》，香港：孟夏书店，1941年。
② 许寿裳：《屈原与鲁迅》，见《亡友鲁迅印象记》，5—10页。
③ 王瑶：《鲁迅对于中国文学遗产的态度和他所受中国文学的影响》，载《小说》杂志，1950年，第四卷，第3期，上海：商务印书馆，61—62页。
④ 《鲁迅论俄罗斯文学》，18—19页。按：冯雪峰的原文为"在中国，是经由他们的爱国的情绪及对政治的忧愤，某种程度地反映着人民的痛苦和愿望的"。——译者
⑤ 郑振铎：《鲁迅的辑佚工作》，《文艺阵地》，1938年，第二卷，第1期，406页。
⑥ 《嵇康集》是鲁迅校订的本子，他增补了序文和跋语，在序跋中阐述了文献校勘学的问题。

袁世凯"当选"正式总统（10月6日）后10天。1927年9月，鲁迅在广州发表演说，评论这位早期中世纪的自由思想家。这篇演说的题目叫《魏晋风度及文章与药及酒之关系》，演说充分显示出鲁迅是一位利用古代文献揭露当前最迫切的政治问题的高手。这篇演说是篇独一无二的作品，鲁迅在其中分析了嵇康及同代人的个性，揭示了他们的人生悲剧。那个时代有许多奇怪现象：寻找长生不死药，纵酒及其他的无理智的行为，鲁迅将其通通解释为想要伪装起来以逃避迫害，同时在这些行为中也可看出对暴政的抗议和揭露。

显而易见，正是这种历史的相似现象引导鲁迅早在1913年就埋头研究嵇康的悲剧性的命运和揭露性的作品。

这方面的历史相似现象如下：汉朝倾覆——清朝倾覆；黄巾起义——1924—1927年的革命和辛亥革命；"强人"曹操（稍后的司马氏）——蒋介石（袁世凯）。孔融因自己的言论与妻子、儿子一同被处死——他与曹操就酒的问题发生争论，曹操本人爱喝酒，却又禁酒。但曹操是找别的借口将他杀掉的——因他在作品中发表不孝敬父母的言论。

嵇康也背上类似的罪名被司马氏杀掉。魏晋以孝治天下，孝顺父母是国家的道德准则之一，谁违反它谁就会受到与藐视皇权者同罪的惩治。但真正令嵇康送命的是他写的诗文。他在诗文中谴责一切用武力夺取王位的人，暗指当时的篡权者司马氏。例如，这位魏晋诗人对孔夫子关于管叔的说法提出异议，孔夫子说此二人是叛逆者，嵇康为他们辩诬，说他们仅仅有一种指责周公谋夺王位的意向，当然，他也替周公辩诬（说周公没有异心）。为了与司马氏作斗争，嵇康运用了其他的历史事实，在那篇将他送上断头台的《与山巨源绝交书》中，借古讽今的内容特别明显。鲁迅把嵇康的论文看作上乘之作，还说他的"思想新颖，往往与古时旧说反对"（第三卷，502页）。但是这位篡权者司马氏实在"没有办法"，"嵇康于司马氏的办事上有了直接的影响，因此就非死不可了"。（第三卷，501页）

被称作"竹林七贤"的嵇康和其他名士有许多古怪行为，其中最突出的是纵酒，鲁迅揭示了这些放荡行为的内情。例如，阮籍为了规避与司马懿结亲，一醉就是两个月，使司马懿没有提亲的机会。当时文上们为了避祸，"只好多饮酒，少说话"——鲁迅一语道破了那个时代纵酒问题的原因。

嵇康不但在政治上是抗议者，而且在哲学上也是异端派：否认儒家的主要信条。鲁迅将他的形象展现在读者眼前：孤傲不群，宁折勿弯，公开谴责卖友求荣的人，包括自己的兄弟在内，决不轻饶。他忠于内心的理想，以冷静、勇敢的态度迎接死亡。鲁迅力求出版嵇康的作品集，以引起社会公众对这位中世纪的自由思想家的注意，重温他当年对旧礼教的勇敢揭露，将他的思想方式与奴性、屈从的传统做对比。多少世纪以来，中国百姓都接受这种奴性传统教育，甚至推翻清朝政权以后也如此。这么一来，鲁迅如此热衷研究嵇康的一个原因就十分明显了：这与他作品中许多涉及历史的插话一样，旨在借古讽今。

然而，不管鲁迅对屈原、孔融和嵇康如何喜爱，我们在研究"鲁迅与民族遗产"这个复杂问题时，如果仅仅局限于这几位古代诗人流传至今的为数不多的作品，那就错了。第一，这几位诗人所处的年代（最晚为3世纪末）距今天太远；第二，他们的揭露性的文学遗产大多是诗歌方面的。我们要寻找鲁迅景仰的先贤应着眼于离今天较近的朝代，特别应在散文创作大师中去找。因为鲁迅对文学的建树主要在散文方面。为了重现鲁迅的古典遗产工作的全貌，无论这项工作如何复杂纷繁，首先应从中理出一个体系来，因而必须把鲁迅的文学著作（已发表的和未发表的）与他的日记放在一起参照研究。

日记显示，鲁迅早在1912年就花费不少精力充实自己的藏书，搜集物质文化的珍品，与著名的收藏家保持联系，校订某些古文献的稀有珍本以付印出版，与上海和其他城市的许多出版机构频繁通信，通过日本的出版社搜寻流落在海外的古籍珍本，努力宣传自己以往的翻译。所以，要弄清楚他工作的重点，的确是个艰难的任务。[①]

因此，他的每一本（也就是每一年）日记的末尾的购书目录（"书账"）引起研究学者的极大兴趣，而1912—1918年的目录具有决定性的意义。当然，这些目录依然是不完全的。经查对发现，作家列入目录的仅仅是在北京添置的书，有些是人家馈赠的，但是那些从绍兴[②]或日本[③]寄来的书却未入目

[①] 访问中国期间（1950—1951年），在鲁迅博物馆（按：当是宫门口西三条鲁迅故居。鲁迅博物馆1956年才在此处建立。——译者）接触到一些尚未公开展览的书籍。作家从日本带回的书籍，连同在北京（从1912年至1923年上半年）购买的书籍，都留在他弟弟周作人家里。而在厦门和广东收集的文献有一部分归上海图书馆收藏。此外，正如许广平告诉我们的，鲁迅没有在读过的书的正文旁边或页边加批语的习惯。

[②] 例如，P.Gauguin（高更）的 *Noa Noa*、V.van Gogh（凡·高）的 *Briefe* 等。

[③] 例如，1912年9月3日的日记云：向日本的相模书屋发了一封信，并汇银洋30圆购书，还代许寿裳汇寄了10圆。几乎每月的日记中都可遇到这一类的记载。可是没有收到书的记录。例如，11月21日汇去了50圆，11月28日收到了一本价值仅2角5分的书，书价只相当于汇去的钱款的0.5%。1912—1916年间，由日本寄来的新书不太令鲁迅感兴趣。只是从1917年6月30日开始，他对书的日期的热情复炽。令人惋惜的是，大多数书他没有写书名，只写"书两册""书三册""两册英国小说"诸如此类。1918年，寄来的书籍的数量大增。一部分书名（《俄国当代思潮和文学》，陀思妥耶夫斯基、契诃夫、库普林的作品集）表明他再度对俄罗斯文学产生兴趣。

录（日记正文曾提及这些书）。这可能是因为，他在日本的藏书都运回了绍兴，这批书也许另有清单；他去北京后，其弟据他所需选择一部分邮寄给他。至于由日本寄来的新书，他大多是为了弟弟们订购的，因而都转寄回绍兴了。然而，很可能鲁迅认为完全没必要准确登记所有的图书，或者有意识地避免这样做。

鲁迅住在北京的时候，定期访问一条旧书商和古董商聚居的街道——琉璃厂。他在那里搜寻到的书籍、古碑刻拓本和其他的东西都有清单，并一丝不苟地列入日记中。每逢岁尾，他要将所有买来的书籍文物作一次总结，估算其价值。①1912年购书92种，1913年购书87种，这些书包括历史、散文、诗歌、文学批评、佛经和古碑刻的拓本。1914年购买的161种书中，有70多种是佛经，而1915年购买的200种书中，有130多种拓本。这种对比关系一直保持到1919年，尽管根据购书的数量可以看出，作家对古代书籍的兴趣渐渐降低。由此可见，1912—1916年间，鲁迅花费许多时间研究物质文明。

许广平②简要指出鲁迅的古碑石研究工作的特色③，她也提到，这些未出版的东西，除了搜集的从碑石上印下的文字和画像的拓本，还保存着作家在这方面的劳动。④作家关注的这些题材和时代离现代很远，许广平用政治原因来解释这种情况。她指出，作家的收藏品中，有不少极为珍贵的东西。她回忆鲁迅对下列情况是如何痛心：许多中国古文献不是在中国本土而是在日本出版，中国的绘画和碑石画像已被外人盗光了。他还痛斥那些利欲熏心之徒的贪心和无知。⑤鲁迅与这些人截然不同，他认为将自己的收藏品转交给社会是自己的

---

① 第一本日记的末尾下列附言："审自五月至年末，凡八月间而购书百六十余元，然无善本。京师视古籍为古董，唯大力者能致之耳。今人处世不必读书，而我辈复无购书之力，尚复月掷二十余金，收拾破书册以自怡悦，亦可笑叹人也。"
② 承蒙鲁迅文学遗产委员会的美意，给我寄来了许广平的论文《关于汉唐石刻画像》打字稿，因此，我援引这篇文章时，无法注明发表这篇文章的出版物（那份出版物留存至今的极少）。（按：许广平的这篇文章发表在1938年10月20日《文汇报》。——译者）
③ 许广平的文章说："一般研究碑石的，向多倾注于文字；对于画像，大抵很少留意。鲁迅先生本其自幼爱好图画的心情，发展为两方面……其一为中国古代石刻画像探研，曾下过很多年的苦心。"
④ 许文提到："目下所保存的，除原拓画贴画像外，又有先生亲自编好的《六朝造像目录》，及未完成的《六朝墓志目录》。另外还有些手写的画像缩写和从碑帖之类中抄录的字等。"
⑤ 许文说："研究墓圹古物的人们，不惜重资收买，保存起来，堆满许多房间，仍然保存而已，充其量古董家而已……中国人脾气是奇怪的，对于古物，喜欢独得一份，收藏起来，藏到不肯使人看见，以示珍贵，有些人发见一个难得的碑石，拓了几张之后，赶紧把那石敲些坏，叫别的人就是得到也没有我的好。"

职责，他还论证现代版画艺术家必须研究中国民间的传统木刻。许广平竭力实现作家的构思，力争出版他的收藏品，她还尽心搜集鲁迅写给朋友和同事的书信，因他在书信中陈述了不少极其宝贵的意见，但终究不能归纳出一套完整著作中的严谨体系。①

  作家差不多直到临终都在设法实现自己的构想。他与朋友们通信，谋得新的拓片，搜寻比他现有的更精确的拓本。但是，严酷的现实使他只能感叹说：“数年收集之工，亦殊可惜……”许广平写道：“时间与财力，也是限制先生未能着手印行汉石刻画像的重大原因。”当时，她寄希望于未来，唯有新中国成立后，才有可能实现鲁迅的梦想。将作家的这些劳动成果（甚至包括未完成的）整理出版，在中国的物质文化史和艺术史上，是何等重大的功绩啊！许广平论述的鲁迅的工作特点可能指的是1912—1918年的事。当时他主要研究能说明人民的经济生活和劳动生活的资料，他甚至找到一些如买田券等稀少的材料。鲁迅曾在日记中三次提到买田券。②

  然而，这些年的许多资料证明，鲁迅曾锲而不舍地从事叙事文学的研究工作。某些古文献引起他的注意，为了整理它们，他寻找断简残篇，对照古代出版物进行校点修正。他自称这是"辑录"。作家本人曾在日记中及《〈古小说钩沉〉序》③和《〈唐宋传奇集〉序例》④中谈到这方面的研究工作。他研究的对象，除这两种体裁——4—6世纪的趣味小故事和7—10世纪的中篇小说外，还涉及13世纪以来的长篇小说（鲁迅于20年代出版了关于长篇小说的批判性评论的摘录集），因此，不言自明，他的常年研究对象正是这类叙事体散文

---

① 作家在1935年11月15日的一封信中叙述了出版自己的收藏品的全盘计划：“我陆续曾收得汉石画像一箧，初拟全印，不问完或残，使其如图目，分类为：一，摩厓；二，阙，门；三，石室，堂；四，残杂（此类最多）。材料不完，印工亦浩大，遂止。”在作家的1934年6月9日的一封信中描述了一个较简单的、缩小了的计划：“对于印图，尚有二小野心……二，即印汉至唐画像，但唯取其可见当时风俗者，如游猎，卤簿，宴饮之类。”由此可见，他已放弃了以处所为主要特征的分类法，将注意力转向当时的风俗方面了。在1934年2月20日的一封信里他谈道："武梁祠画像新拓本，已颇模胡……又有《孝堂山画象》，亦汉刻，似十幅，内有战斗，刑戮，卤簿……等图……亦颇可供参考……"1935年12月21日信中说：“今日已收到杨君寄来之南阳画象拓片一包……这些也还是古之阔人的冢墓中物，有神话，有变戏法的，有音乐队，也有车马行列……”
② 1915年10月16日，1916年5月21日和1918年2月10日。
③ "余少喜披览古说，或见诒敚，则取证类书，偶会逸文，辄亦写出。"（《鲁迅全集补遗》，唐弢编，上海出版公司，第三版，1949年，2页）
④ "向来涉猎杂书，遇有关于唐宋传奇，足资参证者，时亦写取，以备遗忘。"（第一卷，192页）

集。为印证这个结论，可参考他的日记资料：从1912年起，日记中就提到不少书（或他本人购置，或从图书馆和同事处借来），这些书都是他校点《古小说钩沉》[①]和《唐宋传奇集》[②]时的参考资料。

鲁迅在《〈古小说钩沉〉序》[③]中重新提起一种传说，这就是古代的皇帝任命采诗之官，似乎是为了从诗歌中了解自己的得失和民间的风俗。他一方面指出统治阶级对民间的笑话、故事的藐视，另一方面认为必须将读者的注意力引向叙事体文学。鲁迅援引了一种对叙事体散文的作者的看法，最早陈述这种看法的是班固（32—92年），这一点许多世纪以来一直为大家所认同；叙事散文集，也就是小说"出于稗官（小官）"，"闾里小知者之所及，亦使缀而不忘。如或一言可采，此亦刍荛狂夫之议"。但是作家要求崇尚古代的学者们研究叙事文学的发达形式。[④]他指出作品有两个基础——人民基础和文人基础[⑤]，并试图描述这种体裁的特征。[⑥]他打破儒家学者的成见，论证叙事散文是最优美的文学。可直到近代，儒家还认为小说是不登大雅之堂的与崇高的诗歌不相匹配的粗俗文字。所以作家竭力拯救这类古文献，使其不至于失传和泯灭。[⑦]

作家并没有因这篇序文中断文学活动，他只是改变了方向而已——潜心研究祖国的文学[⑧]。他在这方面研究整理的成果的数量是很大的。仅他收集编纂的一本五百余页的书（《古小说钩沉》）中的内容，就足可令人叹为观止——没有哪个国家自诩能收集到这么多中世纪的趣闻和故事。可新进又发现

---

① 《北堂书钞》《初学集》《酉阳杂俎》《世说新语》《艺文类聚》等。
② 《沈下贤集》《郡斋读书志》《元和姓纂》等。
③ 郑振铎假定说，作家辑录《古小说钩沉》是在1920年他兼任教师之时。作家《日记》新增的三卷作品集（《补遗》和《补遗续编》）的出版使我们有根据得出新的结论，特别是这篇于1946年发现的《〈古小说钩沉〉序》，由此可以准确断定这篇序作于1912年（《鲁迅全集补遗》）。（按：这本古小说逸文集约辑录于1909年6月至1911年年底。序文最初以周作人的名义发表于1912年2月绍兴《越社丛刊》第一辑。——译者）
④ "去古既远，流裔弥繁，然论者尚墨守故言，此其萌芽以度柯叶乎！"（《鲁迅全集补遗》，2页）
⑤ "况乃录自里巷，为国人所自心；出于造作，则思士之结想。"（《鲁迅全集补遗》，2—3页）
⑥ "虽丛残多失次第，而涯略故在。大共贲语支言，史官末学，神鬼精物，数术波流；真人福地，神仙之中驷，幽验冥征，释氏之卜来。"（《鲁迅全集补遗》，2页）
⑦ "人间小书，致远恐泥，而洪笔晚起，此其权舆。""惜此旧籍，弥益零落……爰更比缉，并校定昔人集木，合得如干种。"（《鲁迅全集补遗》，2—3页）
⑧ 近年来又发现了一些其他方面的著作，刊载于《鲁迅全集补遗》和《鲁迅全集补遗续编》中（1909年发表的《中国地址略论》和1914年发表的《生理实验术要略》及翻译的歌德的诗）。（按：《中国地址略论》发表于1903年10月《浙江潮》第8期，作者此处所记有误。——译者）

了另外7本他辑录的小说集①，每一本都包含同样丰富的内容。

在《会集郡故书杂集》②一书的序中，作家讲述了整理复原这些古文献的另一个动机。那就是培养对祖国的热爱。鲁迅向自己的同胞提起大禹和勾践这样的活动家的光荣事迹。大禹是传说中的水利工程建筑师，他平息了滔滔的洪水，建造了灌溉系统，使中国的山河井然有序；勾践是具有传奇色彩的卫国英雄，他十年生聚，十年教训，终于给予敌人毁灭性的打击。鲁迅号召中国人回首看看自己的过去，在新的战斗中不辜负勇敢的祖先，对得起开创这个国家和英勇捍卫它的古代斗士。大禹和勾践的名字体现着一项摆在公民面前的任务——建立中国的新国家体制。鲁迅有意用自己整理编纂的古籍向人们灌输祖国伟大的意识，向艰苦创业、创建家园的人们指出祖国河山的美丽，鼓舞当代人建立功勋。鲁迅号召自己的同胞认清目前国家转型的趋向，从酣睡中猛醒，投入战争和建设中去。这部书不但是鲁迅精心研究历史文学遗产的例证，而且是他的历史研究著作的范例。③

鲁迅并非如冯雪峰料想的那样，单只复原自己卓越的同乡的功绩而已（谢承是浙江人）。这些历史研究乃是另一个更重要的链条的一个环节，那就是将文学史的研究与近几个世纪以及现代的造型艺术史和物质文化遗址的研究联系起来。

鲁迅后来继续这项工作，他不太留意官方编修的断代史，特别重视"野史"。野史是非官方人士写的历史笔记，常常带有反对和揭露的性质，鲁迅早在日本留学时就表现出对这类历史政论文学的喜爱。他的日记中系统地载有购买神州国光出版社的这类古籍记录。从他的许多政论杂文中可看出他对这类历史文献了如指掌。他十分推崇这类史书，这从他的遗嘱中也可看出来，他不需

---

① 唐弢写道：这次出版（写作日期不详）是据手稿排印的。（《鲁迅全集补遗续编·下》943—944页）（按：唐弢的原文是"《小说备校》根据的是原稿……现在发现的一共有七种：《搜神记》《搜神后记》《十州记》《神异经》《异苑》《拾遗记》和《洞冥记》"）

② 鲁迅指出，某些人嘲笑他的这部书，这些"明哲认为他夸饰乡土，非大雅所尚"。鲁迅反驳这些人的攻讦，论述说，他既没有夸大，也没有美化，而只是真诚地向人们提起过去的历史。他的目的是"叙述名德，著其贤能，记注陵泉，传其典实，使后人穆然有思古之情"。（第八卷，7—8页）

③ 他的历史研究涉及三国、晋朝和其他朝代。1912年鲁迅辑录了散佚古籍谢承的《后汉书》（大约222年的古籍）。正如唐弢所指出的，（《鲁迅全集补遗续编·下》，937页），鲁迅写的《谢承〈后汉书〉序》现在已据手稿印行问世。专家推定本文写作日期是1913年3—4月（见《鲁迅全集补遗续编·上》，99页）。该文首次发表在1950年11月1日重庆出版的《大众文艺》杂志）。序文中讲了复原这部早在10—13世纪已经散佚了的古籍的过程，还讲到前人复原它的多次尝试，以及复原中产生的对原文的益损和转写讹异。

要给自己举行豪华的葬礼，也不需要出版关于他的纪念文集，只要求朋友们出版更多的"野史或笔记"。（第六卷，178—179页。——见《且介亭杂文·病后杂谈》）鲁迅给予这种历史政论作品很高的评价，是因为它们的确代表一种批判传统，这种传统在鲁迅自己的作品中得到了发扬。

郑振铎对鲁迅这方面的工作予以高度评价。

郑振铎在说明整理历史资料的重要性的同时，指出鲁迅在这方面的贡献特别显著④。他论证说，编辑整理古代佚书的工作"往往是文艺复兴的先驱"。他称鲁迅为新时期的大收藏家和大出版家。⑤近世出版，辑刊了不少前人的长篇小说、诗歌、戏剧和其他体裁的文学。但是唯独有一个领域无人涉足，那就是鲁迅在《古小说钩沉》中搜辑的古代趣闻和小故事。郑振铎认为这正是本书最为重要之处。

郑振铎认为，鲁迅编校《唐宋传奇集》也是立了一大功。他的话一点也不错，因为作家绝对地排斥掉14世纪以来的伪作，让唐人小说的真面目复现于世。郑振铎论证说，鲁迅的《小说旧闻钞》一出，所谓《小说考证》一类的支离破碎的杂辑，便都黯然失色了。⑥郑振铎援引鲁迅为《小说旧闻钞》再版写的序言中的话⑦，并强调指出鲁迅的辑佚工作与前人的工作不同之处在于，前人为书所奴役，无目的地工作着，鲁迅所做的校辑工作都是有目的、有意义的工作⑧。蔡元培在《鲁迅先生全集序》中论及鲁迅文学的活动在这一方面的成就，指出他受清代学者的濡染，与清儒家法的联系；同时也指出了鲁迅的创新之处，因为他不为旧的方法所囿，引入了新的方法，从而"打破清儒家轻视小说之习惯"。（第一卷，2页）

郑振铎在论文中得出结论说：作家从事一项这么巨大的研究项目（《古小说钩沉》《唐宋传奇集》《小说旧闻钞》），为的是在大学里主讲一门名叫

---

④ "《古小说钩沉》搜辑了36种公元7世纪以前的小说……大部分为马国翰未及辑者……鲁迅的辑佚工作的细密有序，较之马国翰确实是进步得多了……"[《文艺阵地》（半月刊），1938年，第二卷第一期，405页。]（郑振铎题为《鲁迅的编佚工作》。——译者）

⑤ "马国翰的《玉函山房辑佚书》，王谟的《汉魏遗书钞》《汉唐地理书钞》，甘泉黄氏的《汉学堂丛书》。"郑振铎认为，"严可均编辑的《全上古三代秦汉三国六朝文》尤为其精力所荟萃。"（《文艺阵地》，1938年，第二卷第一期，405页）

⑥ 这里指蒋瑞藻所写的一本书，1919年上海商务印书馆出版。（按：即《小说考证》，出版时间为1915年。——译者）

⑦ "《小说旧闻钞》者，实十余年前在北京大学讲《中国小说史》时，所集史料之一部。"（第十卷，13页）

⑧ 《文艺真谛》杂志，1938年，第二卷第一期，406页。

《中国小说史略》的课程。然而，郑文发表以来，人们又发现了不少鲁迅的著作。借日记中的记述之助，我们能略知这些著作的来龙去脉，因而可以得出这样的结论：这些研究叙事体散文的成果，即使不是全部，至少其中的大部分是在作家任教北京大学之前完成的。这不仅要求鲁迅在教育部做事时，一手抓博物馆和图书馆的组建工作，一手搜集散佚的古文献，而且要求他从日本归国后，就得弥补知识领域的不足，因为他在日本学的是自然科学和外国文学。他在《会稽郡故书杂集》的前言中说，爱国主义热忱引导他面向祖国文学，他努力将自己的理论知识运用于这方面的研究。

鲁迅开始运用新的方法，以与旧的儒学家法相抗衡，这种新方法虽不那么精确，却没有冬烘气。他将文学与民族和国家的生存及本国的历史、政治事件联系起来，他的这项研究工作使我们相信"沉寂的年代"并非毫无成果，虽然一般人在细读他的日记前往往抱有错误看法。那些年也并非如作家自己所描述的那样是毫无目的的。①落到他手头的文献庞大芜杂而不系统，其中包括许多民间故事和趣闻的片段记述，历代诗人和散文家的作品集和不少佛教经典。他不仅要对这些东西进行研究，还要整理大批造型艺术的真迹、历史资料和后人的注解阐释，这就是1912—1917年间鲁迅潜心从事的整理工作的全部内容。这些工作提高了作家的文学素养，使他进而能写出文学史方面的个人专著、各种文学批评论文和杂文。在这些20—30年代写成的著作中，他以一个创新者的姿态出现，变革了中国文学史研究的模式。

鲁迅是中国创建中国文学史体系的第一人，首次将叙事文学写入了文学史。多少世纪以来，它被认为是不登大雅之堂的俚俗文字。鲁迅使它从被漠视的境地脱颖而出，指出这种文学排除各种禁令阻挠，或以口头流传，或以通俗读物的形式传播，百折不挠，成长壮大。鲁迅给这种文学分门别类，论证说，早在公元前中国哲学家写的寓言中，叙事文学就有了萌芽，它与4—6世纪的短小精悍的讽刺性故事一起正式产生；从7世纪起，以中篇小说的形式存在；迄13世纪，则有民间戏曲的出现；到了14世纪，更有长篇小说的诞生。鲁迅从1920年起，便在大学开课讲授小说史，1923年出版了《中国小说史略》，从而将叙事文学列为科学研究的对象，给予了它公民权。我们发现，鲁迅锲而不舍

---

① "我于是用了种种法，来麻醉自己的灵魂，使我沉入于国民中，使我回到古代去……许多年，我便寓在这屋里钞古碑。客中少有人来，古碑中也遇不到什么问题和主义，而我的生命却居然暗暗的消去了，这也就是我惟一的愿望。"（第二卷，273页；《鲁迅选集》，第一卷，58页。——见《呐喊·自序》）

地搜集的这类作品中包含有大众文化的成分，因而继承了本民族的大众文化的传统。正是由于这项辑佚工作，他在从事艺术创作时，不但是一个继承者，也是一个创新者。

以上结论使我们可以推翻冯雪峰的一个论点："鲁迅的文学思想并非这个传统文学所培植成的。"①这种观点仍继续影响文学界，尽管它的提出者已经放弃了它。

很可能，俄罗斯的文学和革命民主主义思想引导鲁迅深入研究中国文学，使他在自己的作品里遵循大众文化的传统。但是，在鲁迅成长为一位艺术家的过程中，本民族文学起了决定性的作用。正因为他在本民族文学上下了功夫，并将民族传统引入自己的文学创作中，才便于20年代成为了不起的语言艺术家。作为一位作家的鲁迅的巨大的创新之处在于"停滞在中世纪阶段的中国旧文学"，经过他的作品，发展为一种现代的文学。

然而，作家这几年的活动（收集和编辑最重要的体现大众文化的文学作品）不能带给他满足，因为他认为，他的作品只有到达读者跟前并拥有大批读者才有存在的价值。他这些年的所有作品中，得到出版的只有《会稽郡故书杂集》和《百喻经》。根据鲁迅的日记判断，他倾注在《百喻经》上的心血远不如其他各书。但是，甚至这两本他设法出版了的书也没有收到理想的效果。其日记中的记述表明，当时中国的出版事业还停留在中世纪的旧模式里：鉴赏家和行家自己捐资刻印书籍，然后赠送给与自己差不多的鉴赏家和行家。书籍在狭小的专家的圈子里流传，不可能发行更远。鲁迅的其他著作成果最初只能应用于讲学，此后在长达20年的时间里才陆续出版。他的巨大成果《古小说钩沉》和他校订的诗人嵇康的专集在他有生之年始终未能问世。它们如同那时对教育领域实施改革的方案一样，被束之高阁。鲁迅和他的志同道合的朋友们的一切创举几乎都失败了。

作家在1925年的一封信中谈到推翻清朝以后自己对社会变革所抱有的希望及在革命中感到的失望。②"在风起云涌的革命斗争中，同盟会的领导人不再

---

① "鲁迅，我们能够肯定地说，他的文学思想，并非中国传统文学所培植成的。他自然最深通中国旧文学，而且也很注意中国的民间文学和艺术，但无需怎样证明也可以断定：停滞在中世纪阶段的中国旧文学，和散漫的未能发展的，一样停留在中世纪农业社会里的民间文学，都不能产生这个崭新的伟大作家。"（见罗果夫编《鲁迅论俄罗斯文学》，9页）

② "说起民元的事来，那时确是光明得多，当时我也在南京教育部，觉得中国将来很有希望，自然，那时恶劣分子固然也有的，然而他总失败。一到二年二次革命失败之后，即渐渐坏下去，坏而又坏，遂成了现在的情形。……招牌虽换，货色照旧……"（第七卷，47—48页。——见《两地书·八》）

提起孙中山的第三条原则，也就是他们的政纲中讲述平均地权的那部分。正是这一条有明显的反封建倾向的纲领，被他们当作与自由主义者结盟的牺牲品。"①

鲁迅曾宣誓忠于革命，忠于人民，他不仅在口头上承认秘密会社的领袖孙中山的纲领，而且撰写一篇篇激情洋溢的文字为实现它而斗争，因为这个纲领包含着许多许诺，召唤他投入捍卫中国主权，争取人民的经济权益，建立共和国的革命事业。

但是，即使鲁迅这样的思想家，尽管他写了大量的著作，而且深切探索过符合他需要的思想理论，也不能挣脱当时的科学水平和中国社会制度设置在他面前的樊篱，当时的中国还不懂得无产阶级的历史作用。这种情况使得鲁迅没有走向无产阶级斗争和革命的理论，而是向往民粹派的革命民主制，这个事实从列宁对鲁迅大体赞同的孙中山学说的分析中可以看得出来。列宁给孙中山的政纲作这样的评价："这是带有建立共和制度要求的完整的民主主义。它直接提出群众生活状况及斗争问题，热烈地同情劳动者和被剥削者，相信他们是正义的和有力量的。"但是列宁也指出："中国民粹主义者的这种战斗的民主主义思想体系，首先是同社会主义空想，同使中国避免走资本主义道路，即同防止资本主义的愿望结合在一起的，其次是同它宣传和实行激进的土地改革的计划结合在一起的，正是这两种政治思想倾向使民粹主义这个概念具有特殊的意义，即与民主主义的含义不同，比民主主义的含义更广泛。"②

当时鲁迅还不能理解列宁在1912年下的论断："中国社会关系的辩证法就在于：中国的民主主义者真诚地同情欧洲的社会主义，但把它改造成反动的理论，并根据这种'防止'资本主义的反动理论制定纯粹资本主义的、十足资本主义的土地纲领！"③这就是鲁迅后来写出下面这段话的缘故："先前，旧社会的腐败，我是觉到了的，我希望着新的社会的起来，但不知道这'新的'该是什么；而且也不知道'新的'起来以后，是否一定就好。"（第六卷，25页。——见《且介亭杂文·答国际文学社问》）鲁迅在革命中感到"失望"的

---

① Л.西蒙诺夫斯基：《辛亥革命中的同盟会》，载《远东国家历史论文集》，莫斯科大学出版社，1952年，77页。
② 《列宁全集》，第十八卷，144—146页。（中文版第十八卷，152、154页，北京：人民出版社，1959年）
③ 《列宁全集》，第十八卷，147页。中文版，155页。

原因是理论与实践的脱节，主观的社会主义与客观的中国现实条件的脱节。即使那几条旨在消灭中国的封建主义的纲领也不能付诸实施。辛亥革命"因为那时还没有无产阶级的自觉的参加，因为那时还没有共产党，所以流产了"。①

属于中国社会中最富有革命性的阶层的鲁迅不可能没有看到，从革命一开始，资产阶级就利用革命群众的英勇精神，凭借以武装干涉威胁中国的资本主义列强的帮助，阴谋窃取政权。鲁迅看到推翻清朝后孙中山无法实施自己的政纲而辞去了大总统职。鲁迅是袁世凯进行大规模屠杀的目击者，但是他当时不理解，革命的胜利却带来了一个问题："没有得到无产阶级政党领导的农民究竟能否坚持民主主义立场对付那些伺机向右转的自由党人……"②

"见过辛亥革命，见过二次革命，见过袁世凯称帝，张勋复辟，看来看去，就看得怀疑起来，于是失望，颓唐得很了。"③——鲁迅是这样书写他在那几年的感受的。事过多年后，他回归到这个复杂问题。他青年时代当作神来崇拜的那些叱咤风云的英雄人物逐渐失去了光彩。但是他将自己的处境形容成陷入苟安的泥潭不能自拔，则是言过其实了。众所周知，这些年他曾多次投入政治生活：出版《越铎日报》；为了抗击张勋复辟，短期离开教育部。很可能今后在这方面还会发现新的史实。那几年是鲁迅明显感到苦闷的时期，革命的流产失败，早先的希望的破灭都是造成他苦闷的原因。最重要的是，他彷徨无主，不知做什么好。他一生中，有许多年用于探索"新的"社会，心里怀疑"'新的'起来以后，是否一定就好"，这一切会不会又变得只对地主、军阀和帝国主义有利呢？新的意识形态暂且还没有着落。唯有伟大的十月社会主义革命才能给他带来新思想，可当时离这场革命还很远。

1911年的资产阶级民主革命使中国摆脱了清朝的封建统治，建立了共和国，但是没有给人民带来民主和物质生活的改善，也没有摆脱帝国主义的压迫。代替清王朝的是军阀的残暴统治和列强对中国的进一步奴役。作家少年时立志用文学改造社会的理想很快就破灭了，这是对他的第一次打击；革命的失败给予他一次更沉重的打击。生活向鲁迅表明，他的理想与现实不相适应，他的主张不可能在生活中得到实现。鲁迅以旧的浪漫主义的眼光看待生活和文学

---

① 《毛泽东选集》，第三卷，莫斯科：国外文献出版社，1953年，170页。(《中国革命和中国共产党》，《毛泽东选集》，第二卷，1963年，639—640页。——译者)
② 《列宁全集》，第十八卷，372页。(中文版，第18卷，396页，北京：人民出版社，1959年)
③ 《鲁迅选集》，第二卷，94页。——见《南腔北调集·〈自选集〉自序》

的时期结束了，一个清醒地估量周围现实的时期来临了。

如果说，他在1889—1911年寻求"怎么样是最理想的人性"这个问题的解答，因而投入外国文学的研究的话，那么，在1912—1917年间，他之所以将注意力转向中国文学的研究，是为了解决另外两个"伤脑筋的问题"："中国国民性中最缺乏的是什么？它的病根何在？"但是直到1917年他怎么也找不到问题的答案。

《鲁迅评传》（选）之六　杂文中的讽喻形象

作为几年文学笔战的结果，鲁迅的杂文中形成不少值得注意的讽喻形象，这些形象几经琢磨，逐渐臻于完整。

阅读作家的全集时，有时可遇到一些短小精悍的札记，它常常采用极简练的格言形式，仿佛一种思想刚从头脑中闪过他就捕捉住记入笔记本似的。随后这种仿佛骨架的草图，常常长了肉，增补了材料，发展成适于说明某个人的讽喻作品。例如，他关于昆虫的短记，关于鹰和老虎比人要好的阐释，都属于这一类的随感录。他评论蚊子、跳蚤①，称赞鹰和虎吃小动物时"决不谈道理，弄玄虚"。（第三卷，46页）最令他反感的是苍蝇，他常常在作品里提到这种害虫。

作家在散文诗《战士和苍蝇》中（1925年3月21日）歌颂牺牲在疆场上的战士，诅咒群集在他的身上的苍蝇②，战士即使有缺点和伤痕终究是战士，苍蝇再完美，也终究不过是苍蝇。

另一篇文章对苍蝇的评价还给它加上一些新的特点。③作家提醒大家说，中国人还不怎么知道苍蝇能够传播病菌，捕蝇运动还没有开展起来，"它们的运命是长久的；还要更繁殖"。但作家承认苍蝇与某些人相比，总算还有一点道德："它在好的，美的，干净的东西上拉了蝇矢之后，似乎还不至于欣欣然反过来嘲笑这东西的不洁。"（第三卷，46页）行文至此，这个寓言形象便与作家其他文章中的各种形象紧密连接起来了，读者开始明白苍蝇指的是什么人：这里暗喻那些卖身投靠的报刊记者，他们给纯洁的事物抹黑，污蔑诽谤女

---

① "跳蚤的来吮血，虽然可恶，而一声不响地就是一口，何等直截爽快。蚊子便不然了……未叮之前，要哼哼地发一篇大议论，却使人觉得讨厌。如果所哼的是在说明人血应该给它充饥的理由，那可更其讨厌了……"（第三卷，45页。——见《华盖集·夏三虫》）
② "苍蝇们所首先发见的是他的缺点和伤痕，嘬着，营营地叫着，以为得意，以为比死了的战士更英雄。但是战士已经战死了，不再来挥去他们。于是乎苍蝇们即更其营营地叫……""的确，谁也没有发见过苍蝇们的缺点和创伤……"（第三卷，43页）
③ "苍蝇嗡嗡地闹了大半天，停下来也不过舐一点油汗，倘有伤痕或疮疖，自然更占一些便宜；无论怎么好的，美的，干净的东西，又总喜欢一律拉上一点蝇矢。但因为只舐一点油汗，只添一点腌臜，在麻木的人们还没有切肤之痛，所以也就将它放过了。"（第三卷，45页。——见《华盖集·夏三虫》）

大学生，然后又伪装成道学夫子，为"道德沦丧"和"教育"而担忧，在报刊上朝着那些遭受他们中伤的青年舞文弄墨，嗡嗡地叫个不停，提出许多"补偏除弊"的建议、劝告和教训。

瞿秋白评价作家的政论杂感时，特意指出他的讽喻形象的生命力。他写道："现在选集鲁迅的杂感，不但因为这里有中国思想斗争史上的宝贵的成绩，而且也为着现时的战斗，要知道形势虽然会大不相同，而那种吸血的苍蝇蚊子，却总是那么多！"[①]

鲁迅的作品还逐渐推出另一个形象。作家读了日本作家武者[②]的文章《温良》后，对他将人分成两类（凶兽和羊）的见解深有感触，但他补充了一个更加复杂的区分标准"凶兽样的羊，羊样的凶兽"。（第三卷，65页。——见《华盖集·忽然想到（七）》)他在女子师范大学的校园内找到了这种违反自然现象的适例：以柔弱的女性出任一校之长，这在中国是破天荒的，中国女人历来被压，温顺甚于羊，可她摇身一变竟成了凶兽[③]，而女师大的一部分教员本须眉男子，应该是凶兽，可其摇尾乞怜之态好像公绵羊[④]。作家呼吁青年们"对手如凶兽时就如凶兽，对手如羊时就如羊"。（第三卷，67页）在杂文《一点比喻》中（1926年1月25日），这一类的讽喻形象又有了发展，作家留心观察一群走向屠宰场的羊，尤其注意那头走在前面的公山羊，并赋予它以人的特征。[⑤]因此他以自己的犀利而入木三分的笔触创作了一个新的重要的为反动派服务的知识分子的典型——"脖子上带着小铃铎的聪明人"。这些"聪明人"继承古代圣人为统治阶级服务的衣钵——圣人孔子为了维护封建统治者的利益，提出"刑不上大夫""礼不下庶人"的准则。这么一来，"卑贱"阶级受剥削的地位通过儒家学说合法化了，正如贵族犯罪不受惩治也被儒家合法化了一样。令作家同情的不是绵羊，而是野猪。野猪有两个牙，使老猎人也不得

---

① 瞿秋白：《乱弹及其他》，368—369页。
② 作者在这里把"武者"误作为日本作家"武者小路实笃"了。——译者
③ "……中国的女人是怎样被压制，有时简直并羊而不如。现在托了洋鬼子学说的福，似乎有些解放了。但她一得到可以逞威的地位如校长之类，不就雇用了'掠袖擦掌'的打手似的男人，来威吓毫无武力的同性的学生们么？"（第二卷，66页）
④ "而几个在'男尊女卑'的社会生长的男人们，此时却在异性的饭碗化身的面前摇尾，简直并羊而不如。"（同上）
⑤ "北京真是人海……雪白的群羊也常常满街走，但都是胡羊……山羊很少见；听说这在北京却颇名贵了，因为比胡羊聪明，能够率领羊群，悉依它的进止，所以畜牧家虽然偶而养几匹，却只用作胡羊们的领导，并不杀掉它。""这样的山羊……脖子上还挂着一个小铃铎，作为智识阶级的徽章……"（第三卷，204页）

不退避。鲁迅号召"用牙角或棍棒来抵御"统治阶级。（第三卷，206页）

另一类讽喻形象是狗：猎犬和叭儿狗。鲁迅以卓越的写作技巧揭露在某些人身上有狗类固有的特征。在鲁迅笔下，叭儿狗的讽喻形象体现了一种社会典型。鲁迅说，在上海遇见叭儿狗是危险的，这是狗类的极丑陋的变种，仅仅会暗中监视人和从角落里窜出来咬人。要摆脱叭儿狗的骚扰并不难：只须向管门人说几句好话，或抛给它一根骨头。但是，无论叭儿狗也好，或是某主人也好，他都不想让其得到满足。①

这个形象在《论"费厄泼赖"应该缓行》一文里得到充分的发挥；该文是对林语堂鼓吹"费厄泼赖"精神②的回答，而林的本意是要与教育总长讲和。

鲁迅的文章一开始就责备林语堂用英文来污染汉语，指出中国很少有人懂得这个词的含义，不如用"不打落水狗"来代替这个词。他这篇文章由于用"打落水狗"小标题而十分有名，前不久他的关于阿Q的中篇小说已引起中国政界和文学界的极大的注意。

大家知道，鲁迅到1927年仍不同意休战，当时陈西滢想利用他曾与鲁迅本人进行讨论战来给自己做广告，然而作家再一次给予他严厉还击，使他永不可能利用鲁迅——中国"思想界的先驱"曾经打击过他这件事为自己增光。（第三卷，439页。——见《而已集·通信》）

鲁迅一贯无情地打击统治者及其走狗，对于自己的暂时的战友——自由主义者，他也不留情面，后来，由于自由主义者进一步向右演变，鲁迅终于和他们分道扬镳了。

鲁迅严密监视诽谤者的一举一动，他们每一项卑鄙的图谋，每一个虚假的音符都逃不过他的眼睛。鲁迅的鲜明的立场也对准自己的同事林语堂。作家要求对每一个具体的场合都作出分析，"当看狗怎样，以及如何落水而定"。（第一卷，250页）他在自己的文章中为这样的分析提供了范例。

鲁迅的杂文对叭儿狗进行了专门探讨，时而赋予它人的特点，时而又将它归入狗类。其他品种的狗"究竟还有些像狼，带着野性，不至于如此骑墙" 站在后腿上，对左右两边都殷殷鞠躬致意。叭儿狗是一切狗类中最坏

---

① 《鲁迅选集》，第二卷，186—187页。——见《准风月谈·秋夜纪游》
② 林语堂的论"费厄泼赖"的文章刊载在1925年12月14日《语丝》第57期。

的狗，所以作家庄严宣称这种狗是狗类的死亡①。

作家并不否定一般的高尚行为，但是拒绝对那些不配承受"费厄"者实施"费厄"，因为执行人在当时的中国是专门与进步的斗士作对的。②必须对手也讲"费厄"了，然后才向他实行"费厄"。对于这个问题，作家主张以对手本人的手段回报对手，即以其人之道还治其人之身。鲁迅狠狠地讽刺那些仰慕古代的高士，建议将他们逐出现代化社会圈，请他们吃生肉，造几千间茅屋给他们住，不给他们汽车坐，让这些宣扬古代如何好的人们痛快"享受"古代的生活，其他人的耳根也就可以落得清净。但真可惜，作家不得不断定说："大家总不肯这样办，所以天下就多事。""费厄泼赖"的实施也是这样的，反动派要求革命者具有"费厄泼赖"的精神，对自己却不做这样的要求，仅仅委托自己的帮凶宣扬"费厄泼赖"。

20年代北京的频繁的政治变动及参与其事的人们在鲁迅的文章中得到了简短有力的评论，作家论证说，对那些下台的部长或军阀实在用不着怜悯，他们无须靠施舍过活，掠夺来的财富已够他们享用许多年了——不仅可以保证他们在远离政治风暴的环境中过奢侈的生活，而且为重返政坛准备了资本。

作家揭露自由主义者的妥协政策，向林语堂这样的"好心人"提醒说，"狗是能浮水的，一定仍要爬到岸上"，如果将"它的落水认作受洗，以为必已忏悔，不再出而咬人"，这样的希望是会落空的。他不同意将打狗与小说中描写的勇士们的诚实而公开的比武相提并论，"刚勇的拳师，决不再打那已经倒地的敌手"。鲁迅指出，这句话所代表的情况与自由主义者怜惜"落水狗"截然不同。

作者重提旧事说，1911年的辛亥革命中，革命党人心肠太软，往往怜悯自己的敌人，甚至对那些因告密而获得清廷褒奖的奸细也网开一面，不予追究。但是，对那些作恶多端的人的宽大只会造成政治投机派的人数的增多。鲁迅指出，林语堂出面为之请命的人都属于投机政客和告密者，应采取"现在的官僚和土绅士或洋绅士"特有的手段来识别敌人，凡事不合他们心意的，便会被他们扣上"赤化"和"共产"的帽子。那些认为这些词汇是骂人话的人，多半是进步人士的敌人。

鲁迅从辛亥革命的经验教训出发，不仅责备自由主义者心地太宽厚，而

---

① 《鲁迅选集》，第二卷，28页。——见《坟·论"费厄泼赖"应该缓行》
② 《鲁迅选集》，第二卷，31—32页。——见《坟·论"费厄泼赖"应该缓行》

且指责他们总是支持了统治阶级的头面人物。他得出结论说，许多自由主义者往往自觉地为那些塌台的政客请命，这些人的落水或由于政治风云的变化，或由于其劣迹被公众揭发了出来。自由主义者的"费厄泼赖"作风使他们得到喘息的机会以图东山再起。历史事实表明，信任自由主义的进步人士往往表现出宽厚心肠，可与此同时，反动分子的武器则是出卖盟友和口蜜腹剑。鲁迅呼吁不要怜惜反动派。① 他指出，需要进行战斗，如果对手真的具有"费厄泼赖"的精神，与他作战时可以讲点"费厄泼赖"，若遇到行为卑劣的对手，则当作狗来打：不仅要打它落水，而且要置之于死地，不让自己萌生任何侧隐之心。瞿秋白分析鲁迅的杂感时，准确地称这篇文章为"打落水狗"——"真正是反自由主义、妥协主义的宣言"。② 甚至作家自己也一反平素温文尔雅的态度，特意指出这一篇文章"可供参考"，"因为这虽然不是我的血所写，却是见了我的同辈和比我年幼的青年们的血而写的"。（第一卷，261页。——见《写在〈坟〉后面》）③

他对于"落水狗"的往后的表面的论述是一种预见，这种预见已被事实所证实——后来这群"狗"又跳上岸来，不但不终止其反动的行为，而且变本加厉了，仅仅改了口号和换了门庭改奉国民党为主子而已。可是鲁迅还有一点没有预见到，当时他说反动派的"手段的厉害也是已经无以复加了"，④事实上并非如此，因为敌人正是在这方面一天天地更臻完善，正如作家后来所承认的，国民党"清洗"手段的残酷，要超越以往发生在北京的包括枪杀手无寸铁的示威群众在内的一切事件。

这篇文章除很强烈的政治性内容外，还以独特的形式技巧和艺术形象的力量见长。鲁迅的敌人对这篇文章的反应证明了这一点，该文发表后，他们开始对鲁迅的揭露性文字望而生畏。

尽管鲁迅的政治文字探讨的内容大部分是地区性的问题，但由于他亲身参加这些事件，加上他对人对事的观察十分敏锐，这使他有可能在文章中进行概括性的评论和塑造具有全民族意义的典型。瞿秋白十分准确地评价鲁迅的论

---

① 《鲁迅选集》，第二卷，33页。——见《坟·论"费厄泼赖"应该缓行》
② 瞿秋白：《乱弹及其他》，393页。
③ 两个月后，鲁迅在短篇散文《狗·猫·鼠》中塑造了一个类似哈巴狗的讽喻形象——猫，猫尽情玩弄捕获物，与人们慢慢折磨弱者的坏脾气相同。与猫并列的还有一些形象，源自过去已有描绘的许多反面典型，但补充了一些特征；怜惜这些猫的自由主义者，宁可受生活中混乱现象的折磨，而不愿举手反对旧秩序。（见《鲁迅选集》，第三卷，9页）
④ 《鲁迅选集》，第二卷，35页。——见《坟·论"费厄泼赖"应该缓行》

战性文章说，这些文章描绘了全社会皆有的典型，他的高明之处在于，在个人论战的形式下，揭露反动分子及其政策的画皮，指出他们的政策是要从政治上和精神上奴役中国人民。①

耐人寻味的是，作家的笔锋往往不指向明显的敌人，而是精心描绘他们的隐蔽的走卒。杀害英勇的战士的刽子手是容易击败的，但是要揭露那些千方百计在被镇压者的身上寻找缺点，为屠杀进行辩护的人则难得多。作家偏偏要承担这项困难的工作。他的文章由那些悠然自得的嗡嗡叫着的苍蝇谈起，将读者的视线逐渐引向那些诬蔑进步青年及遭军警射杀的示威者的堕落文人。

受金钱贿赂的新闻记者们像苍蝇一样，在一切优秀、美丽、纯洁的事物上拉屎。作家号召驱赶这些记者，因为他们比苍蝇更坏：他们将美好、纯洁的事物弄污后，反转来嘲笑这些东西的不洁。

揭露了当权者的走卒们之后，鲁迅意犹未尽，他还要揭露另一群人——带着更巧妙的假面的自由主义者，这些人使用另一种手段，但同样千方百计为杀人者开脱，使之不落入人民的法网之中。

中国的自由主义者毕业于哈佛大学或剑桥大学，他们身着西装，口袋上挂着新型自来水笔，满口英语。鲁迅讽刺自由主义者说："杜威教授有他的实验主义，白璧德教授有他的人文主义，从他们那里零零碎碎贩运一点回来的就变了中国的呵斥八极的学者……"（第五卷，140页。——见《南腔北调集·大家降一级试试看》）他作为旗帜鲜明的反对经院哲学的代表人物出现在政坛。抨击自由主义的词句和大声呼喊的口号使他博得了追求新事物的斗士的美名。但是中国的经院哲学家们很快就明白，欧洲学者的长袍之下隐藏着他们的同盟者。

自由主义者玩弄着显微镜，要求将欧美的科学技术成果引进中国来。但是是为了什么呢？仍旧不是为了促进自然科学和医学的发展，他们提供显微镜为热心复古的人服务——在一块极微小的象牙上雕刻4世纪作家的文章。雕刻师工作时使用显微镜，雅士们与自由主义者一道，凭借显微镜欣赏这种玩意儿。

当社会上有人谈到要将标点符号引进中国时，自由主义者是逗号和句号

---

① "不但陈西滢……等类的姓名，在鲁迅的杂感里，简直可以当作普通名词读，就是认做社会上的某种类型……重要的是他们这种'媚态的猫''比它主人更加严厉的狗''……蚊子''……苍蝇'……到现在还活着……揭穿这些卑劣、懦怯、无耻、虚伪而又残酷的刽子手和奴才的假面具，是战斗之中不可少的阵线。"（瞿秋白：《乱弹及其他》，380页）

的大力提倡者。但是为什么呢？不是为了方便阅读和在民众中推广识字，而是为了翻印古书。这个策略使复古读经的雅士和想靠翻印古书赚钱的商人都心向自由主义者。自由主义者为扩大自己的影响，什么也不顾惜了，甚至与"鸳鸯蝴蝶派小说大师"结成联盟。鲁迅系统地探察自由主义者们怎样为自己准备了退路，怎样与进步中国的敌人建立"统一战线"——旧的保守派与新的美国化的绅士的联盟。

当革命群众开始走在街头的时候，自由主义者急忙号召"到研究室去"："且住""请坐""谈道理""调查研究""他们心底里的蕴蓄……不过是一个'不走'而已"。他们很少安于本分，希望担当说教者和青年导师的角色，引导那些被他们的优美辞令和温雅风度迷惑的青年远离社会的斗争。

鲁迅在一篇十分泼辣的讽刺作品中通过寓意形象——"带头羊"嘲笑这样的自由主义领袖。具有最新式的伪装的自由主义文学家与中国的贤哲们联起手来了，自古以来，贤哲们就开导人们说，"暴动，不过是空费力气而已矣"；劝导百姓"虽死也应该如羊，使天下太平，彼此省力"。（第三卷，205—206页。——见《华盖集续编·一点比喻》）鲁迅指出反动派的辩护士的新类型，他们接替自古以来中国"学者"们的岗位，披着"西方教育"的外衣，从欧美武库中拾取一些过了时的"思想"，用来美化自己的言辞和形象。

通过鲁迅创造的典型，我们可以探察中国的自由主义者的演变过程。1919年，自由主义者加入了反对经院哲学的斗争的行列中，与革命民主主义者结成同盟，但是处处给革命者设置障碍，力求磨光他们的棱角。后来，自由主义者们脱离了革命民主主义者，然而在1924—1927年的国内战争中，他们中有些人善于利用从前的关系网使反动派免遭人民的指控和审判。早在1925年，观察到的事实使鲁迅预言：一旦发生反革命政变，许多自由主义者就会与所有先进的事物一刀两断，投靠反动统治集团，帮助反动当局追捕共产党人。

后来，现实生活证实了作家的预见：自由主义的"老实人"成了"落水狗"。但是，对那些哈佛大学毕业的学者来说已没有外国人的租界可供其"从容避匿"了。1949年人民革命的胜利"打其落水"后，他们只能逃往海外。他们希望"他日复来、仍旧先咬"革命者，这是注定不能实现的。他们在中国的位置仅仅保留在这位伟大的讽刺作家创造的群像中。

鲁迅揭示了自由主义的中国变种的特征，这使得他笔下的自由主义不仅在当时的中国具有典型性，就是在整个殖民地和半殖民地世界也如此。这位伟大的中国作家对自由主义者、妥协主义者和叛徒的仇恨是何等强烈啊！他创造典型的夸张手法是何等奇异啊！在俄罗斯文学中，只有伟大的讽刺作家萨尔蒂科夫–谢德林的作品中的自由主义者的形象能与他笔下的人物相匹配。至于鲁迅在1925年对谢德林的了解达到何种程度，我们手边暂且没有这方面的准确资料。① 30年代，他曾谈到翻译这位讽刺作家的作品的困难程度②和这项工作的必要性。③然而，如果考虑到鲁迅临到生命的最后几年才翻译《死魂灵》，而他早在1907年的论文中就表述了自己对果戈里的热爱，那么可以推想，他熟悉谢德林的时间要早于他发表的题为《一个城市的历史》的译文（1934年）。将谢德林的作品和鲁迅的作品进行比较性的研究还没有人着手进行，但是这个课题要解决的不仅仅是关于谢德林对鲁迅的思想影响的问题。这位伟大的中国作家在提出社会问题和揭露反动派时，其文笔的深刻和尖锐与这个俄国文学家很相像，然而这些问题的本身与鲁迅创造的诸多典型只能产生在他的祖国，所根据的是中国现实生活中他亲自接触过的材料。

---

① 根据《中国新文学大系（1917—1927）》的《史料·索引》集（阿英编）。这段时期谢德林的作品介绍到中国来的只有1921年冬芬翻译的《失去的良心》。
② "萨尔蒂珂夫是六十年代俄国改革期的所谓'倾向派作家'之一人，因为那作品富于社会批评的要素，主题又太与他本国的社会相密切，所以被绍介到外国的就很少。"（第十六卷，739—740页。——见《译丛补·〈饥馑〉译者附记》）
③ "我觉得萨尔蒂珂夫的作品于中国也很相宜，但译出的却很少很少，买得原本后，《译文》上至少还可以绍介他一两回。"（《鲁迅书简》，856页。——见《1935年2月9日致孟十还信》）

《鲁迅评传》（选）之七　与共产党人的联系和左翼作家联盟的建立

大约1928年年底，鲁迅就与共产党有了组织上的联系，尽管他没有正式入党。瞿秋白、萧三等都证实有这种联系。[①]鲁迅公开表明自己亲近共产党是在1936年，可那是不寻常的恐怖年份——国民党对红军和进步文化进行反革命的"围剿"。毛泽东曾强调指出作家创作道路上的这个特点："而共产主义者的鲁迅，即正在这一'围剿'中成了中国文化革命的伟人。"[②]

白色恐怖在进步的作家们心中形成了一种共识：要对抗反动派，必须有更严密的组织和有组织的斗争。

1928年年底，冯雪峰加入了创办《奔流》和《朝花旬刊》的鲁迅和柔石的班子。他曾经在北京旁听过鲁迅讲课，和那里的未名社的成员都有交往。柔石也曾在北京学习过。这就显示了老的文学团体和在上海以鲁迅为中心进行的新的团体之间的继承性。有些老的编辑人员，也参加了新的团体。（第七卷，547—548页。——见《集外集·〈奔流〉编校后记》）一些未来的左联成员已经在《奔流》月刊合作共事，例如鲁迅和郁达夫。文学大师、作家茅盾与鲁迅一直保持着友谊联系。由于中国共产党的干预，创造社和太阳社里的青年作家与大师们展开的辩论也止息了。联合的土壤已经形成了。

"左翼作家联盟"的成立大会是1930年3月举行的，成立时间几乎与"自由大同盟"相同。参加这两个组织的作家差不多都是相同的人士：鲁迅、田汉、茅盾、郁达夫、郑伯奇、夏衍（原名沈端先）、冯乃超、钱杏邨（阿英）、胡也频、柔石、白莽（殷夫）、冯铿、李伟森和数十名其他人士。左联巩固了已有的进步活动家的联盟，引导他们与反动派作斗争。

联盟帮助进步作家学会怎样使自己的作品逃避检查机关而送到读者手里。国民党政变后不久，鲁迅曾经形象地描绘过革命文学的无出路的状况，说它只留下一条独木桥了，从外地寄给他的刊物，便通不过，"扑通！扑通！

---

① 参见《鲁迅》，苏联科学院出版社，38—39页。
② 《毛泽东选集》，第二卷，北京：人民出版社，1960年，695页。

都掉下去了"。（第三卷，473页。——见《而已集·扣丝杂感》）左联成立后，瞿秋白借用这个形象性的比喻，加以描述说，即使"独木小桥"依然是独木小桥，但是"扑通掉下去的"都学会游泳了。

要评述作家平生的这段时期，不能不读冯雪峰的《回忆鲁迅》[①]，因为他所熟知的作家的故事及共同工作的情况，充实了关于鲁迅上海生活时期的罕见的传记资料。

虽说冯雪峰与未名社的成员们已有交往，但他最初对鲁迅的判断是根据自己的第一印象，将他看作"一个很矛盾的人……确实非常热情，然而又确实有些所谓冷的可怕"[②]。只是从1928年年底起，在柔石的影响下，他这一种印象才开始消失。据柔石说，作家像一位"塾师，或甚至是一个慈爱的父亲"。[③]鲁迅总是不由自主地表露出这种父爱，不仅对柔石如此，对青年中的其他优秀分子也一样。有一次，一位翻译界的新手谈到他要翻译一篇十分重要的著作——蔡特金关于知识分子的讲话，柔石立刻领他前往鲁迅寓所求教。这样的事情是常有的。作家在同这些文坛新秀谈话的时间里，所讲的东西多半是告诉他们应多读、多译各种关于文学或马克思主义的著作。这类的书，在上海可买到日文译本。

作家成为左联成员后，像过去一样，大量做文学青年的工作，包括做该组织内部成员的工作。左联的成员们也都做了大量有益的工作，但是他们也常犯错误，这是党内的"左"倾或右倾错误造成的。组织内部也有宗派主义和庸俗的社会帮派习气，瞿秋白和鲁迅都曾著文批评。

虽然是白色恐怖时期，可左联却一直存在到1936年。它没有被国民党摧毁，是为了建立文学方面的统一战线而自动解散的。

鲁迅在左联成立大会上的演讲中谈到，文学家联合起来是为了给劳动大众谋利益，他要求左联的每个成员都完全意识到自己的目的。他批评某些急躁的人的虚假的革命性，指责他们只醉心于冠冕堂皇的口号。他还揭露那些想借"革命"来窃取名位的人。鲁迅警告说，左联面临严肃困难的斗争。他要求作家们善于识破旧世界的代表人物在进步阵营内制造不和的策略。鲁迅还揭露一

---

① 冯雪峰：《回忆鲁迅》，北京：人民文学出版社，1952年。
② 同上，6页。
③ 同上，9页。

些人，对他们来说，文学只是获得知名度的跳板。①这真是一种坏风气，由于这种风气"在中国无论文学或科学都没有东西，然而在我们是要有东西的，因为这于我们有用。"（第四卷，241页）

鲁迅重申自己的关于斗争需要韧性的观点，呼吁结束早先笼罩在诸进步团体内的宗派主义，为了一致的目标投入共同的斗争。他的这种观点，连毛泽东也援引作为范例。②鲁迅还提出一系列具体的建议：战线应该扩大；应当造就出专门化的工作班子；"翻译的可以专翻译，创作的可以专创作，批评的专批评"，这样，大家都能提高自己的理论水平。他认为左联的最重要的任务是培养"真懂得社会科学及其文艺理论的批评家"。（第四卷，244页）他指出，由于市场上有销路，出现了大量不负责任的社会科学译著。"较为可看的和很要不得的都杂陈在书摊上，开始寻求正确的知识的读者们已经在惶惑。"粗制滥造的作家们利用这个情势，以便"一笔抹杀"社会科学中一切有价值的文献。

鲁迅在对进步的活动家们的讲话中，往往直率、尖锐地批评个别人的宗派主义、名利思想——只图成名成家，对革命的认识肤浅。在这些场合，他的批评是不讲情面的、严肃的。但是，当事情牵扯到与另一个反动派的阵营作斗争时，他则为那些他曾批评过的左翼作家的进步作品辩护。例如，他说中国一切资产阶级文学，特别是新月派，怎么也不可能与虽然年轻，然而有思想内容的革命文学相比。他在《黑暗中国的文艺界的现状》一文中称革命的无产阶级文学为"荒野中的萌芽"，并断言："除此之外，中国已经毫无其他文艺。"属于统治阶级的文艺家"早已腐烂到连所谓'为艺术的艺术'以至'颓废'的作品也不能生产"（第四卷，270页），为了压制左翼文艺家，只能靠诬蔑、压迫、囚禁和杀戮等手段，站在左翼作品的对立面，只剩下流氓、侦探、走狗、刽子手了。那些著名的进步作家即便没有参加左联，也拒绝与国民党合作，以免玷污自己的清白。

鲁迅这篇文章是应美国的一家杂志之约而写的，他在文中指出，带头反

---

① "我们常常看见有些人出了一二本诗集或小说集以后，他们便永远不见了……有了一点小名或大名，得到了教授或别的什么位置，功成名遂，不必再写诗写小说了，所以永远不见了。"（第四卷，241页）
② "我们战线不能统一，就证明我们的目的不能一致，或者只为了小团体，或者还其实只为了个人，如果目的都在工农大众，那当然战线也就统一了。"（《毛泽东选集》，第二卷，北京：人民出版社，1960年，860页。——《鲁迅选集》第四卷，《二心集·对于左翼作家联盟的意见》）

对介绍到中国来的进步的文艺理论的，正是那些曾经在美国受过教育的中国人。但大部分革命的青年，却无论如何，仍在非常热烈地要求阅读左翼作家的作品，"左翼文艺有革命的读者大众支持，'将来'正属于这一面"，左翼文艺"是好像压于大石之下的萌芽一样，在曲折地滋长"。（第四卷，274页）

他颇为遗憾地指出，"左翼作家之中，还没有农工出身的作家"，并解释说，统治阶级一贯推行愚民政策，依靠巩固落后的象形文字的地位，强行阻止教育在劳动人民中普及。鲁迅强调指出，"左翼作家们正和一样在被压迫被杀戮的无产者负着同一的命运……将来当然也将和无产者一同起来"。（第四卷，275页）此后，鲁迅继续用自己的笔全力揭露国民党，支持左联的各项进步举措，拥护它的领导——共产党。

鲁迅曾担任左联的各种不同的出版物的编辑，他精心审阅即将付印的每一期杂志或文集的内容，版面上刊载的不是中国作家的佳作，便是翻译的外国名家的作品。尽管经常遭到查封，左联还是能做到让新刊物不断涌现，以取代被迫停刊的《萌芽月刊》《前哨》《大众文艺》《北斗》等。左联成员当时创作了大量有意义的作品，如茅盾的长篇小说《子夜》和短篇小说《春蚕》，田汉的喜剧，张天翼的短篇小说，胡也频的长篇小说《光明在我们的前面》，白莽和柔石的作品。鲁迅为每一部新作的问世感到由衷的喜悦。

鲁迅通过左联保持自己与共产党和革命群众的密切联系。鲁迅讲到中国革命文学的性质时，有时不主张用无产阶级文学这一口号，有时为中国没有工农出身的作家感到遗憾。然而，这并不意味着他将创作无产阶级文学仅仅理解为工人本身的事业。鲁迅多次指出，作家应该多观察，若要写工人，就必须透彻了解他们的生活和需求。如果一位作家写自己不熟悉的东西，他必遭失败。在中国，知识分子要想与工人结合是很困难的，他们之间的交往几乎是被禁止的，因为凡是外表不像工人的人出现在工厂区，都可能引起猜疑、监视和逮捕。与工厂内组织的联系则只能靠工会革命家和地下共产党员了。所以鲁迅一方面对现实主义的创作提出一些重大的要求，另一方面则呼吁他们写十分熟悉的东西，通过熟稔的东西去揭露旧社会；同时又要求"深切地感受着革命的脉搏"（第四卷，288页。——见《二心集·上海文艺之一瞥》）——唯有具备这种感觉，才能走上正确的道路。"我以为根本问题是在作者可是一个'革命人'，倘是的，则无论写的是什么事件，用的是什么材料，即都是'革命文学'。从喷泉里出来的都是水，从血管里出来的都是血。"（第三卷，525页。——见《而已集·革命文学》）鲁迅反对将所有的进步作家都归入无产阶级作家之列①，他说，叛逆的小资产阶级写的战斗性的或揭露性的作品"也能在革命的潮流中，成为一粒泡沫的"。作家指出，在诸如《列宁青年》这类进步杂志上面，所评论的主要是无产阶级文学，而对于当时的一个重要的问题——揭露旧的——则注意得不够；"对于愈认为敌人的，就愈是无话可说，也就是愈没有细看"。鲁迅建议："不但应该知道革命的实际，也必须深知敌人的情形……惟有明白旧的，看到新的，了解过去，推断将来，我们的文学的发展才有希望。"（第四卷，289页。——见《二心集·上海文艺之一瞥》）

鲁迅这段时期十分关注文学青年：他从不拒绝青年文学工作者的咨询，校阅文坛新秀的作品，为他们的作品找出版的门路，为他们作序文。他确切地理解他们的需求，他帮助新人新作的事被传为佳话，远近皆知，因而常常有一些从未谋面的人上门来请教和寻求支持。

叶永蓁写的《小小十年》一书的出版经过可以作为作家与青年人的同志般的关系的范例。

作家依照这位年轻作者的要求，替他的长篇小说写了序文（1929年），帮助他使这本书在生活书店出版。这个书店属于著名的进步出版家和民主主义者邹韬奋。邹对鲁迅十分崇敬，这从他沉痛悼念鲁迅逝世的文章中可以看出来②。因此，只要有鲁迅的推荐，这家出版社就为任何作者敞开大门。③

这部作品展示一位出身破落家庭的青年怎样走向革命的道路。这位青年想学习，但他必须与家庭作斗争才能争得受教育的权利。他爱上了一位姑娘，姑娘也真心爱他，但是家里阻碍他的幸福，姑娘被她父母许配给另一个人；而他的家长也不征求他的意见就包办了他的婚姻。对个人幸福的追求使长篇小说的主人公觉悟到必须起来反抗旧社会。

鲁迅在为这部长篇小说写的《小引》中评价它为一部真实的作品，因为作者"描出了背着传统，又为世界思潮所激荡的一部分的青年的心，逐渐写来，并无遮瞒，也不装点……至少，将为现在作一面明镜，为将来留一种记录，是无疑的罢"。（第四卷，155页）鲁迅特别称赞这本书真实反映了

---

① "我以为实在无须称之为无产阶级文学，作者也无须为了将来的名誉起见，自称为无产阶级的作家的。"（第四卷，288页）
② 《鲁迅先生纪念集》，第一辑，34页。（按：题为《悼鲁迅先生》。文章"从心坎里"悼念"伟大斗士"鲁迅，但未言及帮助鲁迅出版的事。——译者）
③ 按：出版《小小十年》的是上海春潮书局（1929年9月）。鲁迅的《小引》发表在该书局出版的《春潮月刊》第一卷第八期上（1929年8月）。——译者

1924—1927年的革命的参加者的感受，强调指出小说主人公打算投入反对国民党的战争，站到中国红军这来。鲁迅回应《申报》上一位批评家的文章中，更具体地谈论了这部长篇小说的作者。那位批评家不久前对于"社会科学的翻译，是加以刻毒的冷嘲的"，现在，突然要求（小说）作者表现"彻底的革命的主角"。（第四卷，233页。——见《二心集·非革命的急进革命论者》）而鲁迅则揭露这位蛊惑人心的论客"貌似彻底的革命者，而其实是极不革命或有害革命的……"按鲁迅的意见，小说作者的贡献是不容抹杀的，"（他）已经为社会尽了些力量……比起单是抱膝哀歌，握笔愤叹的文豪们来，实在也切实得远了"。（第四卷，231页）随后鲁迅将这部长篇小说和一些其他的作品评定为"这两年中"的"优秀之作"。（第四卷，244页。——见《二心集·我们要批评家》）

叶紫的短篇小说集《丰收》[①]反映红军（指工农革命武装——译者）和革命根据地反对国民党的斗争，描写地主对农民的剥削和农民破产后离乡参加游击队的故事。[②]鲁迅详叙了自己对作者的经历的理解，认为经历"是所遇，所见，所闻，并不一定是所作，但所作自然也可以包含在里面"。作品"还是不能凭空创造。描神画鬼，毫无对证"。他指出，这位青年作家是土地革命的直接参加者，他向读者推荐他的书，宣称"作者已经尽了当前的任务，也是对于压迫者的答复：文学是战斗的！我希望将来还有看见作者的更多，更多的作品的时候"。（第六卷，224—226页）同时，鲁迅在与叶紫的通信中还指出他的个别不成功的地方，他说，应当通过写周围的事件来展现作品的人物，减少对个人的描写。

[①] 鲁迅除了于1934—1936年间与叶紫本人的通信，在他与其他人的通信里也常提到叶紫，谈到他是左翼作家联盟的成员。当时为了保密，称"左联"为"周女士"。（《鲁迅书简》，783页）（按：鲁迅在致萧三、曹靖华等的信中，曾以隐语"周连兄""卓姊""莲姊""莲姊家"等代称过"左联"，但本书作者此处所引鲁迅1934年12月26日至萧军、萧红信中的"周女士"，系指左翼剧联的周颖，并非"左联"之隐语，鲁迅亦不曾以此隐语称过"左联"。——译者）

[②] 鲁迅写的序言见该书第一版，署明是1935年作。我手头只有该书的第二版，奴隶社，上海，1936年。（按：本书出版于1935年3月，上海容光书局出版，《奴隶丛书》之一。鲁迅的序文作于1935年1月16日。——译者）

他在与《生死场》①的作者萧红的通信中，指出了这本书的缺点②，但是，他强调指出这部小说出版的重要意义和促成出版的困难程度。的确，这个中篇小说拖了整整一年才得以问世，在检察官那里就搁了半年。鲁迅在序言中，强调指出本书的教育意义：一位来自东北的女作家写的一部着意描绘沦陷区中国人民的痛苦的作品。"如果还是搅乱了读者的心呢？那么，我们还决不是奴才。"他赞扬这本书，奉劝读者尽快读这部小说，"她才会给你们以坚强和挣扎的力气"。③

鲁迅对青年人的希望也有落空的时候，这时他就感到十分痛苦和绝望。某些人怀着不良的动机竭力利用他的一片善心和同情。他不得不因曾经提携像向培良这样的作家而懊悔，后来他给予他言辞尖刻的批评。④但是，作家满怀希望却上当受骗的例子是不多的。在他当作接班人培养的青年人中，为数更多的是忠于事业而牺牲在岗位上的作家和革命家。1931年他因自己心爱的学生柔石，天才诗人白莽（殷夫）和其他共产党员，左联成员被处死而痛苦哀伤，1935年他又因挚友瞿秋白的牺牲而深深悲痛。鲁迅逝世后，还有不少他曾扶助过的作家牺牲在战乱中——萧红死在日本帝国主义者占领的香港，叶紫死在日军占领下的中国中部农村里。

有一次，鲁迅收到一封青年文学家的来信，信尾的署名是密码代号——就在这代号里，潜隐着两位今天已经十分有名的作家：沙汀和艾芜⑤。他们在

---

① 我手头只有"民主建设协进会"的第二版，大连，1946年5月。（按：该书作为《奴隶丛书》之一，1935年12月上海容光书局出版。东北版最初于1946年4月问世，210页，《东北文艺丛书》的第二种。——译者）
② "那序文上，有一句'叙事写景，胜于描写人物'，也并不是好话，也可以解作描写人物并不怎么好。因为做叙文，也要顾及销路，所以只得说的弯曲一点。"（《鲁迅书简》，838页。——见《鲁迅全集·书信》之《351116致萧军、萧红》，北京：人民文学出版社，1982年，251页）中篇小说《生死场》在当时引起了巨大的反响。萧红以后的创作也证明，如果她不早逝（1942年死在香港）的话，很有可能成为大作家。
③ 《鲁迅选集》第二卷，379页。——见《且介亭杂文二集·萧红作〈生死场〉序》
④ "在革命渐渐高扬的时候，他是很革命的；他在先前，还曾经说，青年人不但嗥叫，还要露出狼牙来。这自然也不坏，但也应该小心，因为狼是狗的祖宗，一到被人驯服的时候，是就要变而为狗的。向培良先生现在在提倡人类的艺术了，他反对有阶级的艺术的存在，而在人类中分出好人和坏人来，这艺术是'好坏斗争'的武器。狗也是将人分为两种的，豢养它的主人之类是好人，别的穷人和乞丐在它的眼里就是坏人，不是叫，便是咬。然而这也还不算坏，因为究竟还有一点野性，如果再一变而为吧儿狗，好像不管闲事，而其实在给主子尽职，那就正如现在的自称不问俗事的为艺术而艺术的名人们一样，只好去点缀大学教室了。"（第四卷，285—286页。——见《二心集·上海文艺之一瞥》）
⑤ 王瑶：《中国新文学史稿》，上册，242页。（按：两位青年人的署名用的是拉丁化拼音字的缩写：TS-C.Y.——即杨子青，沙汀原姓名；Y-f.T.——即汤艾芜。——译者）

信中讲述自己的处女作。一个的作品的情节取自小资产阶级青年的生活，讽刺地描绘他们的弱点；另一个写的是为社会排挤的下层人物。他俩在自己的作品里描绘了"在生活重压下强烈求生的欲望的朦胧反抗的冲动"，两人都恳请这位闻名遐迩的作家予以指教。他们原想"捉几个熟悉的模特儿，真真实实地刻划出来"，但是他们心中没有十分的把握，不知道这样的作品是否符合中国的需要，"对于目前的时代"是否有用。（第四卷，355—356页）

沙汀和艾芜的犹疑不是偶然产生的。左联号召作家们培养工人通讯员和农民通讯员，从工人和农民的生活中汲取创作的素材，接近劳动人民，让工人成为作品的主角。提出这些重大问题是左联的功绩。但是，将这些贯彻到生活中去的时代还没有到来，作家们大都出身于小资产阶级。所以鲁迅支持青年文学家描写他们所熟悉的环境的渴求，同时提醒他们眼睛要朝前看，面向未来，指出随着时光的推移，揭露旧社会将成为过时的事情，会有其他的更重要的题材来取代。对旧社会的体验不会消失殆尽，但"那时来加以描述刻划的，将是别一种作者，别一样看法了"。鲁迅建议对这个问题多多思考。他在给沙汀和艾芜的信上说："两位都是向着前进的青年……那时也一定能逐渐克服自己的生活和意识，看见新路的。"

作家认为当时重要的创作方法是批判现实主义，然而他已谈到必须准备掌握新的方法，也就是社会主义现实主义方法。[①]"不可苟安于这一点，没有改革，以致沉没了自己——也就是消灭了对于时代的助力和贡献。"[②]这是他对沙汀和艾芜的告诫，也是对与他们一起的所有文学青年的忠告。在这些语重心长的话里，正如他对一切青年所做的工作一样，反映出鲁迅对未来的中国文学的关切。

作家在讲述自己与青年作者们交往时，一提起柔石，总带着一种特殊的温情。他俩一见如故，几次交往就结成了忘年知己，立即邀请几位志同道合的朋友一同组成了朝花社，"目的是在绍介东欧和北欧的文学，输入外国的版画，因为我们都以为应该来扶植一点刚健质朴的文艺"。鲁迅写道，柔石总是将一切最危险、复杂的事情揽到自己身上[③]，即使遇到困难和争吵也不能使

[①] 当时流行的是另一个术语——无产阶级文学。
[②] 《鲁迅选集》，第四卷，18—19页。——见《二心集·关于小说题材的通信》
[③] "只要是损己利人的，他就挑选上，自己背起来。""大部分的稿子和杂务都是归他做，如跑印刷局，制图，校字之类。"（《鲁迅选集》，第三卷，106、107页。——见《南腔北调集·为了忘却的记念》）

他放弃对别人的信任。①进步作家们既缺乏足够的金钱，又没有商人的经营技巧，他们开创的事业很快失败了，特别在那种经常遭到跟踪和监视的境况下，办事是很难成功的。生活一再粉碎柔石的幻想。尽管这些热心文学青年尽了最大的努力，朝花社开张不久就倒闭了。②在鲁迅的这位共事者身上，坚韧不拔结合着腼腆害羞——这样的性格令作家喜欢。柔石一生好学不倦，即使身陷囹圄，镣铐加身，他也还在学习，而腼腆并不妨碍他勇于承担最危险的重托。鲁迅将自己这位年轻的朋友描写成一个令人喜爱、略微滞拙、关心别人、与人友善的人。③

柔石的真名叫平复，姓赵，出身于破落的世家大族。他毕业于师范学校，本想继续求学，可是经济困难迫使他靠当小学教师糊口；后来终于进入北京大学当了旁听生。他生活艰难，每天靠大饼充饥，无法继续就读，只好离京回到家乡浙江省当一名中学教师。但是1928年那个地区发生了一次不成功的起义，柔石被迫出走，来到上海。

柔石做了大量翻译工作。例如，他翻译了高尔基的作品《阿尔泰莫诺夫氏之事业》。不幸的是，这部译稿还没来得及出版，便和出版社一同毁于1932年1—2月上海人民英勇抵抗日本侵略者的战火之中。柔石写下的为数不多的作品表明他是一位语言大师。

短篇小说《为奴隶的母亲》描写中国妇女的痛苦命运，就这篇小说的题材和精神实质而言，它跟鲁迅的《祝福》是相通的。柔石满怀义愤批判一种侮辱人的尊严的陋习——把自己的妻子租给一个陌生人使用，因为后者的妻子不生育。

柔石花了很多笔墨描绘这个妇女的感受。别人强行割断了她与自己的家庭、幼小的儿子的联系，把她交到另一个男人的手里。新的家庭的富裕生活既没给她带来休息，也没带给她幸福。"合法的"妻子因嫉妒监视她，使这位"临时的"妻子根本别想永远待在这座房子里。对于新的"婚姻"生下的儿子她也有缠绵的母爱，但是他已不属于她。而且，当女主人公回归到自己的家里，原先的丈夫的所有贫穷困苦又摆在她面前的时候，她在痛苦交织中色如死

---

① "我有时谈到人会怎样的骗人，怎样的卖友，怎样的吮血，他就前额亮晶晶的，惊疑地圆睁了近视的眼睛，抗议道，'会这样的么？——不至于此罢？……'"（《鲁迅选集》，第三卷，106页。——见《南腔北调集·为了忘却的记念》）
② 《鲁迅选集》，第三卷，106页。——见《南腔北调集·为了忘却的记念》
③ 《鲁迅选集》，第三卷，107页。——见《南腔北调集·为了忘却的记念》

灰，人们将她一度割舍的儿子又领到了她的身旁，可这个儿子已经忘记了自己的母亲，而她同时又永远离别了新生的幼儿。

鲁迅形象地评价柔石的中篇小说《二月》的主人公，指出，柔石运用巧妙的技术，成功地塑造了近代青年的典型。他把这个形象比作一面镜子，明敏的读者可以照见自己的姿态。他强调指出这篇中篇小说的揭露意义——这个青年眼中的"不安的大苦痛"，同时他也指出主人公的优柔寡断，说他没有能力坚定地采取先进的阶级——无产者的立场。[1]

这部作品描绘了一个中国青年的命运，但是没有提供答案，小说以疑问号结尾。

鲁迅曾说柔石的作品有一层悲观主义色彩，这样的结局证实鲁迅的话没错。但悲观主义并非他的作品的根本特征。

柔石的小说和叶永蓁的一样，展现出一个年轻人的人生经历，这个人与旧社会的决裂是出于个人的恩怨。将爱情问题当作主人公叛逆的原因并非这两个作家的独特构思，恰恰相反，对20年代的中国文学作品来说，这差不多是一种规范。我们在鲁迅的短篇小说《伤逝》（1925年）中也发现同样的主题。仔细研究一下其他作家的作品，也可察觉到这种"叛逆行为"的最初的闪光，例如，丁玲的《梦珂》《莎菲女士的日记》《庆云里中的一间小房里》等都有这样的内容。茅盾曾对这类被1919年的社会运动唤醒的男女主人公作过恰中肯綮的评价。[2]

这种"叛逆行动"后来引导他们投身革命活动。丁玲的作品《一九三〇年春上海》《我在霞村的时候》[3]，胡也频的长篇小说《到莫斯科去》[4]，都表现了这样的内容。

这些出身地主阶级或平民知识分子阶层的青年人转变了立场，站到被剥

---

[1] "他其实并不能成为一小齿轮，跟着大齿轮转动，他仅是外来的一粒石子……他幸而还坚硬，没有变成润泽齿轮的油。"（《柔石选集》，北京：开明书店，1951年，20页。——见《三闲集·柔石作〈二月〉小引》）

[2] "她的莎菲女士是心灵上负着时代苦闷的创伤的青年女性的叛逆的绝叫者。莎菲女士是一位个人主义，旧礼教的叛逆者。她要求一些热烈的痛快的生活，她热爱看而又蔑视她的怯弱的矛盾的灰色的求爱者，然而……她终于一脚踢开了这位不值得恋爱的卑琐的青年……莎菲女士是'五四'以后解放的青年女子在性爱上的矛盾心理的代表者！"（《丁玲选集》，莫斯科：外国书籍出版社，1954年，7—8页。——见《女作家丁玲》，《茅盾全集》，19卷，人民文学出版社，1991年，434页）

[3] 《丁玲选集》，莫斯科：外国书籍出版社，1954年，7—8页。

[4] 《胡也频选集》，茅盾主编，北京：开明书店，1952年。

削者这边来，成为具有一定革命热情的活动家，这样的文学典型既与19世纪中俄文学中的"忏悔贵族"和"多余人"十分相像，但是又带有半封建半殖民地国家的特征。他们是中国特有的典型，因为在当时的中国，有数量相当多的出身统治阶级的杰出青年在反帝斗争的感召下，投身战斗的队伍，不仅为民族的解放而斗争，还为社会的变革而出力。

"革命加恋爱"的题材与叛逆的文学典型对进步作家来说只是一个开端，嗣后他们便开始为创造劳动人民的形象而努力了。总共才只有五年的时光（1927—1931年），他们就有了如此长足的进步。胡也频的传记是说明这种成长的好例子："他还不了解革命的时候，他就诅咒人生，讴歌爱情；但当他一接触到革命思想的时候，他就毫不怀疑，勤勤恳恳去了解他那里从来也没听到过的理论。他先是读那些马克思主义文艺的理论，后来也涉及到其他的社会科学书籍……"[①]（1928年春天）他把整个身心投入了左联的工作，担任执行委员和工农兵的文学委员会的主席，被选为出席红军活动地区的真正的人民政权代表大会的代表，创作了反映政治阵营内的斗争及共产主义战胜无政府主义的长篇小说（《光明在我们的前面》，1930年）[②]。

由此可见，根据当时许多作家的创作道路，可以探索出中国的反映问题的长篇小说发展的规律，这就是从反抗旧式婚姻的叛逆问题发展到革命加恋爱的问题，最后发展到描写主人公参加革命运动。

当时最令鲁迅关注的是两位共产党员作家——柔石和殷夫。在很长一段时间，以白莽为笔名的富有才华的青年在鲁迅的心头留有一个疑团。他在《奔流》上发表译自德文的裴多菲的小传和诗，署名白莽，而他本人的诗刊载在杂志上则署名殷夫。寄给他的信件，只能由他人转交。后来，作家根据一本书上的签名推测诗人的原名是徐培根，但直待诗人就义多年后，他才知道徐培根是白莽的哥哥的名字，而诗人的真名叫徐白。虽然这位年方二十的投稿者有好些难以捉摸的地方，但鲁迅对他极有好感，主要是由于他们两人都热爱裴多菲。

早在30年前，鲁迅就爱上了这位革命歌手，《给国王们》一诗的作者。后来他继续阅读和翻译他的诗。1925年，他在《语丝》上发表了自己翻译的裴多菲的诗《我的父亲和我的手艺》《愿我是树，倘使你……》《我的爱——并不是……》等。作家得知还有一位笔名白莽的青年诗人也和他一样迷恋裴多菲

---

① 《胡也频选集》，开明书店，1951年，第一版，第17页。
② 胡也频：《光明在我们的前面》，莫斯科：国家文献出版社，1955年。

时，立刻从自己的藏书中取出两本裴多菲诗集郑重相赠，并叮嘱他务必多译点裴诗，让国人了解这位匈牙利民主斗士的作品的全貌。

鲁迅不经常与白莽会面。头两次会面他们谈论的不外乎刊登在杂志上的译作。直到第三次会面后他才开始明白这位青年人行为古怪的底蕴①。鲁迅写自己与白莽的熟识只提到翻译裴多菲的诗的事，而对当时诗人的另一部分工作保持缄默，这可能是出于对书刊检查的考虑，其实他还翻译过列宁关于某些问题（关于苏联工人、青年近卫军等）的谈话。对这方面的情况我们也是读了新近出版的《殷夫选集》才知道的。

这部集子虽说没有包括殷夫的全部作品，但收集了他所有的代表作。根据这个集子，我对这个热情洋溢的诗人、写作战斗的有号召力的诗歌的作者得出一个深刻的印象。他的诗歌颂的对象有城市（《夜的静默》《上海礼赞》）、无产者的节日（《一九二九年五月一日》《五一之歌》）、工人的斗争（《静默的烟囱》）、红军（《巴尔底的检阅》）等。白莽在其短篇小说中描写青年教师的失业现象，根据自身的体验描写犯人的生活（《监房的一夜》），工厂的党组织的工作（《小妈妈》）等，与当时的其他作家不同的是，他的全部作品几乎都是描写工人的斗争和中国共产党的活动的。

像共产党员白莽这样紧紧与党和工人阶级联系在一起的诗人在当时是为数不多的，他能够在作品里反映工人的生活和斗争。正因为如此，鲁迅认为他是中国无产阶级文学的奠基者之一，称赞他的诗集《孩儿塔》"是进军的第一步，是对于前驱者的爱的大纛，也是对于摧残者的憎的丰碑"。他说："这诗属于别一世界。"（第六卷，495页）

鲁迅热爱青年，与他们保持着紧密的联系，晚年他更与青年共产党人有密切交往，通过他们保持着与群众的经常性的联系。鲁迅自己说过，他能够写的只有农民，他熟悉他们的生活。鲁迅怎样也无法与工人接触。作家万不得已，只好放弃了与工人交朋友的念头，但这不妨碍他关心他们的命运。例如，听人述说工厂的学徒的故事后，得出结论说，现在的资本家对待徒工比往昔的手艺人师傅还要残忍。给鲁迅投稿的有白莽这样的青年工人运动的组织者，这

---

① "我们第三次相见，我记得是在一个热天。有人打门了，我去开门时，来的就是白莽，却穿着一件厚棉袍，汗流满面，彼此都不禁失笑。这时他才告诉我他是一个革命者，刚由被捕而释出，衣服和书籍全被没收了，连我送他的那两本；身上的袍子是从朋友那里借来的，没有夹衫，而必须穿长衣，所以只好这么出汗。"（《鲁迅选集》，第三卷，104页。——见《南腔北调集·为了忘却的记念》）

使鲁迅可以大致了解这条战线的斗争形势。鲁迅还通过瞿秋白、柔石等人了解工人内部的活动和共产党的地下组织。他根据上述几位的陈述，在留心研究工人运动的同时，还追踪研究红军的军事行动。他曾与红军的指挥员们、中国共产党中央委员会的工作人员多次面谈，甚至充当联络员，帮助失去联系的共产党员寻找党组织。例如，方志敏就是通过鲁迅将他就义前写的文章转交给中国共产党中央委员会的。① 日后成为著名将领的陈赓同志秘密来到上海，述说了许多关于革命根据地的活动和中央红军英勇抗击国民党的"围剿"的有趣的详情细节。他的陈述由中央委员会宣传鼓励部的工作人员朱镜我笔录并送到了鲁迅处。几天后，鲁迅邀请陈赓到家里吃饭，两人谈了一通宵。从此以后，鲁迅就有了写一部类似绥拉菲莫维奇的《铁流》这样的小说的打算。这个构想在他心中长久酝酿着，但始终没有动笔。他认为，缺乏亲身的体验，单靠听取他人的陈述是写不好红军的。他曾向有关方面探询是否应将收到的资料退还，对方建议他通通烧掉，但是他直到临终还保存着。

冯雪峰认为鲁迅不会实现自己的想法，因为他没有可能与红军战士接触，观察他们的斗争，统治阶级没有力量剥夺他的生命，但是剥夺了他与人们自由交往的可能性，因而使他失去了许多写作题材。②

当时即使在上海地下组织内部也很少获知红军的消息，尽管如此，鲁迅却善于冲破国民党新闻报道的谎言的罗网，探寻到真实的情况。鲁迅写文章不可能使用共产党的出版物的资料，因为当时这些都是秘密印行的。从共产党员们的回忆中得知，革命根据地的艰难的生活条件使鲁迅十分不安。

根据他与叶紫的交谊，我们可以设想通过与叶紫的交谈他一定获得了许多关于农民游击队的情况。与萧红和其他从日本侵略者的魔爪下逃出来的中国东北作家的结识，同样意味着鲁迅获知了有关占领军的行动和人民与他们的斗争及占领地区老百姓的情绪。我们从鲁迅的文章和书信中可以看出，他懂得怎样置身于斗争的旋涡中并追踪每一地区的情况，并且他曾说过，应当在地下工作者中间寻求中国的真正有志之士，因为他十分了解这些人的工作情况。但是这些人士的牺牲也带给他极大的悲伤。

---

① 唐弢：《鲁迅先生的故事》，上海：少年儿童出版社，1957年，40页。
② 冯雪峰回忆说，1936年鲁迅还在构思一部小说——描写中国近三四十年来的四代知识分子："知识分子，我是熟悉的，能写的。"（冯雪峰：《回忆鲁迅》，96页）我推想，鲁迅的这个构思是受了高尔基的小说《克里木·萨姆金的一生》的启发的，瞿秋白曾译出了这部小说的部分章节。

1931年1月16日晚，柔石匆匆来到作家的家里，商谈事务：明日书店准备出版鲁迅的译著。作家交给柔石一份他与北新书局合同的草样。柔石将这份草样当即塞入衣袋中，便匆匆走了。两人都没想到这次短促的会面是最后的永诀。

第二天，柔石和白莽与一大群共产党员一道被捕，他们都是上海选出的代表，本拟赴革命根据地瑞金参加全国第一次工农代表大会。警察将柔石带到各个出版社，以确认他的个人身份。搜查时，他们在他衣袋里搜出了那份作家交给他的合同。

三天后，鲁迅才获得朋友们被捕的消息，就在当天晚上，鲁迅烧掉了所有的信件，携带妻子和幼儿，住在一家旅店暂避，不久又转移到另一家更安全可靠的客栈。但是，他一方面打听消息，等待事态的发展，另一方面仍写作不辍。

地下工作者和亲属千方百计探听朋友们的下落，甚至买通狱卒。终于被捕诸人从狱中传出了书信，他们告知已遭到严刑拷打，女作家冯铿被打得遍体鳞伤，面目浮肿。后来人们十分准确地获悉：2月7—8日夜晚，23名被捕的革命者，包括作家白莽、柔石、胡也频、冯铿、李伟森5人在内，均被枪杀在龙华警备司令部。①柔石身中10弹。牺牲者的亲属或朋友都不可能领回他们的遗体。国民党政府没有公开执行死刑的消息，禁止任何人泄露。

后来，从那些被捕的人们口中获悉了详细经过。他们都讲述革命者们在死亡面前的英勇气节。许多年后，中国人民取得了胜利，上海解放了，人们在龙华警备司令部发掘出戴着镣铐、成群锁着的23人的遗骸。②

这些日子里，鲁迅的心情十分真切地表露在他的一首诗中：

惯于长夜过春时，
挈妇将雏鬓有丝。
梦里依稀慈母泪，
城头变幻大王旗。
忍看朋辈成新鬼，

---

① 五年后，鲁迅指出："至于看桃花的名所，是龙华，也有屠场，我有好几个青年朋友就死在那里面，所以我是不去的。"（《鲁迅书简》，911页。——见《鲁迅选集》，第13卷，《书信》，第360415信，《致颜黎民》，北京：人民文学出版社，1982年，358页）

② 《殷夫选集》，北京：开明书店，1951年，10页。

怒向刀丛觅小诗。
吟罢低眉无写处，
月光如水照缁衣。①

朋友们遇害后，想要立刻在合法刊物上发表纪念文字是办不到的②。鲁迅只能在《北斗》杂志的创刊号上选刊了一副德国民主主义艺术家柯勒惠支夫人的木刻，题名《牺牲》。木刻描绘一位母亲悲哀地与儿子告别。作家用这幅作品为年轻的朋友默哀，同时也表示对柔石的双目失明、孤苦伶仃的母亲的悲伤的理解，这位母亲也支持儿子远去，献身革命。

左翼作家联盟决定出版地下刊物《前哨》的专号以纪念死难者，鲁迅为该刊撰写了《柔石小传》和《中国无产阶级革命文学和前驱的血》两篇文章。在后一篇文章里，他说："我们的同志的血，已经证明了无产阶级革命文学和革命的劳苦大众是在受一样的压迫，一样的残杀，作一样的战斗，有一样的运命，是革命的劳苦大众的文学。"③

文章对未来充满信心，认为革命志士的牺牲使他们的战友变得更坚强。鲁迅写道："我们现在以十分的哀悼和铭记，纪念我们的战死者，也就是要牢记中国无产阶级革命文学的历史的第一页，是同志的鲜血所记录，永远在显示敌人的卑劣的凶暴和启示我们的不断的斗争。"④

为了出版这期刊物，地下工作者与印刷厂内的革命排字工取得了联系。这期杂志的印刷出版工作是在一个晚上做好的，并且是瞒着工厂主，在几乎没有灯光的条件下进行的。一边排字，一边读校样。排好一版印一版，赶在天亮前全部印刷完毕并运送出厂。烈士的照片是另一家印刷厂复制的，一张张用手工贴到杂志上面。刊名是在家里用木头刻好的，然后一份一份印上去。在极困难的条件下，杂志终于顺利出版了，这就是1931年4月出版的秘密刊物《前哨》。广大群众从这期杂志上获知了国民党的新的血腥罪行。它在国内外引起了巨大的反响。

在左联的宣言中，讲到国民党的白色恐怖正笼罩着国内的一切进步文

---

① 利谢维奇译。
② "可是在中国，那时是确无写处的，禁锢得比罐头还严密。"（《鲁迅选集》，第三卷，111页。——见《南腔北调集·为了忘却的记念》）
③ 《鲁迅选集》，第二卷，52页。——见《二心集·中国无产阶级革命文学和前驱的血》
④ 《鲁迅选集》，第二卷，52页。——见《二心集·中国无产阶级革命文学和前驱的血》

化，通告了枪杀、严刑拷打，极严密的书报检查，封闭出版社和其他的镇压行动。国际革命作家联盟也发表了宣言，在宣言上签名的有全世界杰出的作家和诗人。①国内外的抗议和反响有助于左翼作家更加明确自己从事的斗争的重要意义，把斗争深入下去，投身于与反动派更严酷的搏斗中。

关于鲁迅被捕牺牲的谣言不胫而走。一些报纸还将这当作可靠的新闻刊出。许寿裳回忆说："我正在忧虑焦急，而他的亲笔信忽然到了，知道他已经出走，这才使我放心。"②这是一封很不寻常的信——不著标点符号，信尾没有鲁迅的签名，笔名、别号、真名都没有，文字故意写得含糊不清，令人猜哑谜。但是许寿裳心里明白这封信是鲁迅写的，作家本人平安无恙。似乎关于他牺牲的谣言没有传到他年迈的母亲耳中，他及时禀告她，他活着，且在安全的处所。

朋友们牺牲一周年的日子，鲁迅再次出门避难：时值"一·二八"事变，上海军民抗击日军入侵，他的住宅成了火线。直到第二个周年纪念日，他才得以平静地坐在书桌旁，怀着深深的悲哀想起那些烧毁了的信件，翻阅着白莽留给他作为纪念的书——一卷裴多菲的诗集。他的注意力被用钢笔写在书的空白处的四行译文深深吸引：

生命诚可贵，
爱情价更高；
若为自由故，
二者皆可抛！

匈牙利诗人的这几行诗是这位中国翻译家的处世格言。他为了自由献出了自己的生命。国民党政府和世界上许多反动政权一样，又一次短暂地战胜了裴多菲：没收了他的作品，枪杀了他的诗的一位译者。这位年轻的中国革命诗人，如同他热爱的裴多菲一样，长眠在革命公墓里。

鲁迅十分伤感地想到，不是年轻的人写文章哀悼年老的人，而是他这个年过半百的老者痛悼青年被屠戮。他写道："在这三十年中，却使我目睹许多青年的血，层层淤积起来，将我埋得不能呼吸……夜正长，路也正长，我不如

---

① 《殷夫选集》，第14页。
② 许寿裳：《亡友鲁迅印象记》。

忘却,不说的好罢。但我知道,即使不是我,将来总会有记起他们,再说他们的时候的。"①

这样的时代终于来到了。当中国人民的革命取得胜利的今天,人们可以自由地谈论他们了。不仅如此,文化部还决定出版一系列《选集》,首先推出的是牺牲的作家——殷夫、柔石和胡也频的作品选集,许多30年代十分活跃的文学工作者(阿英等)都参加了编辑工作,他们要恢复国民党白色恐怖下沉重的岁月里的革命遗产。历史的那一页,用鲁迅的话来说,"是同志的鲜血所记录"的。在当年与国民党军警的力量悬殊的战斗中,许多同志倒下了——柔石、胡也频、白莽、冯铿,随后还有洪灵菲、应修人、潘漠华。在此之前,1930年秋天,著名的人民演员、左翼剧联的成员宗晖在南京遇害, 1935年,瞿秋白遇害。

1933年国民党暗杀了爱国人士杨杏佛——中国民权保障同盟的成员。作家特地写了一首诗哀悼他("岂有豪情似旧时,花开花落两由之。何期泪洒江南雨,又为斯民哭健儿。"——第七卷,86页),并不顾危险,亲临入殓仪式,悼念这个人民的"健儿"。中国民权保障同盟的具体活动和中国自由运动大同盟一样,保存下来的资料不多,但是这些组织为作家与宋庆龄这样的进步民主主义者的联系提供了方便。

杨杏佛在民主人士中间,不是大人物,但是他被暗杀是对鲁迅和中国民权保障同盟的其他领袖发出的一个警告:"蓝衣社暗杀的黑名单里面已列上他的名字(孙夫人、蔡元培先生等也列在里面的)……"②但是这些活动家用实际行动表明了他们对国民党的威吓的蔑视。

为了忘却,鲁迅一刻不停地投入工作。这期间,他主编了左联的地下刊物《文学导报》和《十字街头》。他住在寓所的上层,下层则腾给协助他从事编辑出版工作的青年们居住。他们常在四邻熟睡了的深夜工作。

(选自《鲁迅评传》,波兹德涅耶娃(即波兹涅耶娃)著,吴兴勇、严雄译,湖南教育出版社2000年出版。内容略有改动。)

---

① 《鲁迅选集》,第三卷,112页。——见《南腔北调集·为了忘却的记念》
② 冯雪峰:《回忆鲁迅》,110页。

论《红楼梦》

从前在中国，小说是被看作"卑下"的著作的，统治正统学术界的老爷们对它采取禁止和隐讳的态度。一直到这一世纪的20年代，小说才找到自己的研究者和历史家，这就是伟大的作家鲁迅。鲁迅的《中国小说史略》（1923年）及其他的一些作品找出了中国小说的发源地，那就是庄子（公元前4世纪到公元前3世纪）的寓言，以及保存了从4世纪到6世纪文学传统的唐宋传奇，带着音乐伴奏的弹词（从10世纪开始）和长篇小说（章回小说，从14世纪开始）。鲁迅也揭示了统治阶级憎恨这一类作品的原因：小说来自社会下层，并且是在民间和为了人民而形成的一种口头文学的形式。这一形式的保持者和创造者——说书人在中国一直到现在还是有的。关于说书人的材料在比较远的时代中都可以找到。

在中国，用"通俗语言"来讲故事在10世纪便已见于著录。诗人苏东坡（1037—1101年）曾经引用过和他同时代的王彭的话，说他遇到那样一些说书人的事：

> 涂巷中小儿薄劣，其家所厌苦，辄与钱，令聚坐听说古话，至说三国事，闻刘玄德败，颦蹙有出涕者，闻曹操败，即喜唱快……

大家都知道，从10世纪到13世纪，说书人有好些家数，有的专门演说历史，有的专门演说笑谈，有的专门演说佛教故事等。

关于12世纪农民起义的长篇小说《水浒》，鲁迅写道：

> 当时载在人口者必甚多，虽或已有种种书本，而失之简略，或多舛迕，于是又复有人起而荟萃取舍之，缀为巨袠，使较有条理，可观览，是为后来之大部《水浒传》。其缀集者，或曰罗贯中……或曰施耐庵……或曰施作罗编……或曰施作罗续……

鲁迅说这部小说有六种版本，其中四种，鲁迅认为是最主要的。

这些小说最先为一些民间的无名说书人的创作，接着就吸引了那些识字的、有学问的，然而是接近人民的人们注意。他们开始记录它，并予以文学加工，但是这里面还是保留了口头文学的极其鲜明的痕迹，这从作品的语言上、形式上都很容易看出来。长篇小说每一章称为一"回"，这就是说每一"回"书中包含着说书人为其听众在每一回说书中所能介绍的那么多的内容。每一回书照例在某一情节上不作结束，而在当中打住，这一个或那一个问题，这一种或那一种场面如何得到解决，在这里还不很清楚。在故事的一个紧张时刻，用"欲知后事如何，且听下回分解"来打住，这样就可以留住足够多的听众，从而保证长期的叙述。除去每回书用同样的方法结尾，用"话说……"开头外，在长篇小说中还可以找到作为口述传统的特点的其他手段，例如当一个人物或一群人物下场的时候，就会出现"这且不在话下"等这样的交代。

除去所指出的传统的手段，小说之为小说还在于它的语言。作家无论是给口述的传统作品加工，还是在这些基础上去创作自己的作品，都是用活的语言、用说书人用以讲说的语言去写的。他们不是脱离当时的人民语言，而是以它为基础，并加以琢磨和锤炼，创造出文学语言的。

从此以后，当许多作家不借用说书人所说的题材，而根据个人的写作构思，开始去创作自己的作品的时候，他们感觉到文学——"长篇小说、中篇小说等是宣传这一种或那一种思想的最通行和最成功的手段……"

像《儒林外史》的作者吴敬梓（1701—1754年）、《红楼梦》的作者曹雪芹（约1715—约1763年），这些语言艺术巨匠为了表现中世纪后期的某种主要思想——一种要揭露封建地主阶级、贵族和官僚主义的统治思想而利用了小说这一特别有效的手段，使用了现实主义的描写方法。虽然他们已经不是面对着听众，而是面对着读者，但是他们仍然继承着人民的传统，保存着严整的小说形式。他们发展并大大改善了文学语言，使它成为表现强烈的感觉、细腻的感情、高度的热情和深刻的讽刺的唯一手段。各种丰富多彩的感情，用文言文是表现不出来的。

这些作品有巨大的社会意义和高度的艺术技巧，从而为人民所喜爱，并且其中有些作品已经从作家手中转给说书人，开始在乡村的街道上和广场上及城市的茶馆里讲说起来，成为口述文学中的财富，广泛地散布开来。此后，这些作品在中国便和那些人民口头创作的故事一样，被每个识字的或不识字的、老的和少的所熟悉。就是因为这个缘故，这些长篇小说虽然离现代有好几世纪，但却仍然保持着自己的生命力，并且能够被利用为研究汉学语法结构的材料，王了一先生在其著作中就是用这种材料来进行研究的。

这些小说不但活在读者中间，也活在听众中间，因为它们是用了跟"文言"截然不同的白话写成的，可以用听觉来接受。它们不仅使人能获得优秀文艺作品所能提供的美感，而且，同样重要的，也成为中国文学语言发展道路上的里程碑。就是这些小说使得以人民语言为基础的文学语言战胜了文言文。在五四运动前后，文言是被那些脱离人民、跟人民对立的拥护封建文化的人们所支持的。

在中国，为人民所喜欢的小说遭受过批评家恶意的、刻薄的侮辱，说它们"鄙俗""下流"，说它们把高尚的文学庸俗化了。按照那些批评家的意思，高尚的文学仅仅是少数人的财富，这些作品的语言和内容不是一般人所能了解的。中国这些杰出的长篇小说是人民的、民主主义的文学，曾经流行过，并且继续流行在口头上和文学传统中。那些"八股文"及八股式的文学作品，却早已被人民忘记，仅仅剩下"八股"这样一个名称，作为废话的标志。毛泽东同志在《反对党八股》的文章中就是在这一意义上利用了这个术语的。

在中世纪，甚至到了20世纪初，中国的统治阶级对待长篇小说、中篇小说和短篇小说跟对待人民创作一样，是不把它们放在眼里的。有许多作品被他们查禁，有些干脆就不提。读小说会被人瞧不起。虽然所有有文化的人差不多都读过小说，但是谁要承认这一点就算是不体面的事。

所以，许多小说的作者不署自己的真名，这件事就很容易解释了。鲁迅及其他作家曾经提过，一直到现在还留下了这个可争论的问题：《水浒》这部小说是谁创作的呢？是施耐庵还是罗贯中？由于我们对这两个作者的历史并不清楚，即便确定是施耐庵或罗贯中，这对小说本身的了解也不起任何作用。

《红楼梦》的主要作者（前八十回的作者）曹雪芹（一名"霑"）和续作人高鹗（后四十回的作者，18世纪末至19世纪初）都有传说，因此情形比较好一些。

曹雪芹生长在最大的纺织手工业中心城市——江宁，他的祖父和父亲就在这里做过皇家纺织作坊的监察官（江宁织造）。当清朝的康熙皇帝到江南巡游的时候，曾经有四次住在他家里，这件事可以说明他家庭的富有。曹雪芹在奢华的生活中度过了他的童年时代，但成年之后所过的却是贫穷的生活。比较详细的情形现在还搞不清楚。我们仅仅知道，当作者创作他的长篇小说的时候"贫居（北京）西郊，啜饘粥，但犹傲兀，时复纵酒赋诗……"由此可见，一个在风流贵族世界中逗留过，并对这种世界感到厌烦和失望的人，很有可能用亲身的体会来深刻揭露罪恶放荡的生活。

应当指出，高鹗在落第之后"闲且惫矣"，也曾经怀着这样的情绪。就在这时候，他开始续写这部小说（但随后，他紧接着就入翰林，做了大官）。虽然故事的结局已经被曹雪芹在第五回书中规定好了，可是看来由于两个作者不同的社会地位和不同的世界观，因此作品的意图就被高鹗违反了。

正如常见的情形一样，《红楼梦》的续作者也不署名。在他所写的序里，以及他的朋友程伟元的序里，只说他们发行的手写本是程伟元从一堆烂纸里发现的，这堆烂纸是从一个售货人手里买来的，然后由程伟元和高鹗把原稿加以整理和修改。这种传说是可以相信的：曹雪芹的未完篇的小说，于1765年在北京问世，名为《石头记》，经过五六年后就非常出名了。但是那时却并没有付印，只是借手写本在流行着。这种手写本卖得很贵，差不多要几十两银子一部。在高鹗之后，这部小说还有好些个续本，它们是用《续红楼梦》《红楼梦补》《红楼重梦》等这样一些名字出版的。这些续作的作者极力使主人公"团圆"，这就破坏了原作者的意图。这些模仿的小说在思想的力量上和心理分析的细致上都不能达到原作的水平。因此它们也就经不住时间的考验，结果这部小说只有曹雪芹和高鹗的原本能流行开来。

有一个和尚和一个道士，他们在天上人间游历的道途中找到了一块玉石，这块玉石是注定要化身为人的。

这块玉石的历史始于远古，那时候正当共工氏破坏了大地之后，女娲开始进行她的整理大地的艰巨工作了。为了修补被破坏的天穴，她不得不收集许多五彩的石头，烧一个大火堆把它们炼成一块。她收集了三万六千五百零一块石头，但是只要三万六千五百块便已经够用了，因此有一块石头没用。这块石头在仙人女娲手中握过，因此通了灵性。

在石头的传记上记着：他在警幻仙子的赤瑕宫的时候，非常喜欢一株绛珠仙草，照料着它，经常为它洒上甜蜜的露水，而当这棵仙草注定要变成一个少女的时候，她许下一个心愿，要用自己的眼泪来报答石头所给的露水。

一对年轻人的故事就这样开始了。带着决定了的命运投生到人间——那青年因为降生时嘴里含着一块玉，所以名叫"宝玉"，那姑娘名叫"林黛玉"，天意让他们相逢。《红楼梦》这部小说的开始和结局（宝玉出家）贯穿着佛教思想，并且掺杂着道教的思想：再生、宿命论、报应说。尽管有这样的序幕和结局，并且尽管有像宝玉做梦那样几回，小说本身却是一部现实主义的作品，这跟它的作者所具有的宗教观点几乎是没有关系的。小说的内容上跟它的形式上的矛盾，正是它的作者的意图跟完成这意图的手段——现实主义方向之间的矛盾。

　　作者的意图在小说第五回中已经表露得非常清楚。这回书叙述宝玉在一次宴会之后，休憩在他的本家媳妇的一间收拾得非常精致的卧室里（红楼）的事。他梦游太虚幻境，并且翻阅了写着他家将来命运的书，听到《红楼梦曲》。这是警幻仙子为了指引这个年轻人才这样做的。最后的一首诗在这一方面说得最为显著：

为官的，家业凋零；
富贵的，金银散尽；
有恩的，死里逃生；
无情的，分明报应；
欠命的，命已还；
欠泪的，泪已尽。
冤冤相报自非轻，分离聚合皆前定。
欲知命短问前生，老来富贵也真侥幸。
看破的，遁入空门；
痴迷的，枉送了性命。
好一似食尽鸟投林，落了片白茫茫大地真干净！

　　宝玉在仙境里所听见的、所看见的本该能使他相信人世纷纭的徒劳无益，相信奢华浪费的危害，而这就是他所过的生活，从而指引给他正确的道路——出家。但他一点儿也没觉悟。作者企图借警幻仙子的口，用自己信服的"真理"来说服自己小说中的主人公。这件事当然不会成功，那么作者就不得不用自己的小说的主人公的一生来证明这一"真理"。

　　当曹雪芹把自己创作的人物从九霄云里引到大地上的时候，这些人物就成为有血有肉的、活生生的、具有丰富的大地色彩的形象了。那些大大小小的事件都是由于那个时代生活的进程所自然引起的。思虑与痛苦并不是被什么超自然的力量制约着，而是被各种情况的综合制约着。这些情况就是家庭或社会的利益，个人之间的倾轧冲突，而主要的是书中人物的意志跟那个时代的人们必须遵守的道德准则和社会规范之间的矛盾。

　　作者交代了和尚和道士的事之后，许多普通人物便开始活动了，从而在读者面前展开了中国一个大城市中作为贵族家庭之一的贾家的生活。贾家居住在"宁国"和"荣国"两座巨大的府第里。这两座府第是根据贾氏祖先的官衔而命名的。小说叙述当时宁国府里的长辈贾敬，他跟他的儿子珍和孙子蓉住在一起。蓉娶秦可卿为妻。荣国府里的长辈是贾赦，他的儿子琏娶王熙凤为妻。赦有个弟弟叫政，政所生的女儿叫元春，她后来成为一位皇妃。政所生的儿子叫宝玉。赦和政有个妹妹嫁给林如海，生下一个女儿叫林黛玉。林黛玉在母亲去世之后，就住到外祖母家来了。在"荣""宁"两府中，除去这些基本家庭成员，还住着远远近近的许多亲戚本家。如荣国府里住着美人薛宝钗及她的母亲和哥哥，还有许多别的人。小说中作为次等活动人物的总有好几百，列举他们是没有必要的。但是必须指出，最亲近的体己女仆是差不多跟主要人物如贾宝玉、林黛玉、王熙凤等起着同样作用的。虽然小说中的人物很多，但是作者不仅给他们每个人起了一个名字，而且差不多都刻画出他们每个人难忘的特点来。正如这些典型形象在表现上的多样性一样，作者在心理分析上的深刻性也是十分惊人的。

小说里的主要人物形象是主人公贾宝玉和林黛玉。宝玉是祖母史太君所宠爱的，她常常在他父亲处罚他的时候护着他；同时他也是大家所宠爱的。他并不是一个自私自利的人，不仅会忍受自己的痛苦，而且能够体察接近他的人们在情绪上最小的变化，保护不幸的人。温柔虚弱的林黛玉，锐敏地察觉到周围的人的态度，认识到自己是一个孤儿，不是在跟父亲和母亲过日子，这些事情常常令她苦恼，而家中别的孩子和他们的丫头们给她的自尊心带来的一些小小的伤害常使她痛苦。她对宝玉的爱情开始是无意识的，继而从各方面增长起来。爱情所带来的痛苦一直延续着。作者是完全同情林黛玉的，把她写成宝玉的忠实朋友和助手。她在他困难的时候解救他。而宝钗却相反，虽然她和林黛玉差不多一样美丽，可是却不像她那样诚恳，那样天真。宝钗在那样小小的年纪就已经小心翼翼地考虑到自己的行为了。尽管严厉的旧礼教把男人和女人从很小的岁数就远远地分隔开来，但是宝玉身边不仅有男仆，而且有女仆。男仆仅仅送他上学或者进城。所有空闲的时间，宝玉都是跟男子疏远，而在自己的姐姐和表姐妹群中度过的。这样就使他说出这样的话："女儿是水做的骨肉，男人是泥做的骨肉。我见了女儿便觉清爽，见了男子便觉浊臭逼人！"像这样的违反礼教的论调，在中世纪的中国是绝对不允许的，因此常常招致他父亲的愤怒。跟大家都喜欢的宝玉相反，他的同父兄弟环是一个嫉妒满怀、无才能而且惹人讨厌的人。他利用宝玉跟姑娘们的友谊来挑拨离间。环的母亲赵姨娘为了使自己的儿子得到继承地位就企图用巫术来谋害宝玉。虽然大家溺爱宝玉，姑息宝玉，但并没使他变坏。宝玉并不了解环对他心怀嫉妒。当环好像是无意地推翻了蜡烛台，用热油烫伤了宝玉时，宝玉并没有把这件事报告祖母让兄弟受处罚。宝玉是这样单纯、真诚，但却违背了父亲的教诲的孩子。他所迷恋的并不是《论语》，而是《诗经》，还有依照培养"好风度"的原则所不允许读的书，而他却躲在花园里去读它，这就是小说和戏剧。

　　小说主要的线索是宝玉和黛玉的恋爱。虽说作品在描写他们初次相见时已经预先设定了这一恋爱事件的悲剧结果，但是他们的爱却并不是第一次见面就发生的。作者在小说的叙述过程中展示了人物的成长及他们的感情的发展。当他们的爱情生长和巩固的时候，为了显示他们的性格，作者描绘了许多情节和温柔的抒情诗一般的场面。祖母好像是帮着他们的，最初叫黛玉就住在自己的房间里，那地方就是她钟爱的孙子宝玉曾经住过的。

　　宝玉常常在一些小事情上逗弄黛玉，然后又请求她的饶恕。林黛玉也常常找他的岔子，责备他轻浮，然后又生他的气，而自己又赌很大的气，但经常很快地又和解了。像她疑心宝玉把她赠给他的荷包送给他的小厮的事，像由于宝玉跟家中别的女孩子自由交际而引起她忌妒的场面，像当她埋葬落花的时候，宝玉企图引用《西厢记》中的词句向她第一次表示爱情这样的情节。对于他们的友谊，家里的大人们都已经看惯了，他们把黛玉就看作宝玉将来的妻子，而已经十四岁的林黛玉关于这方面的暗示是很敏感的。

　　但是祖母虽然爱孙子和外孙女，却仍然破坏了他们的幸福，因为她认为必须解决的是宗族主要继承者的问题，以及将来继承者的健康问题，所以她摒弃了温柔但却虚弱的林黛玉，从而企图把宝玉的注意力转移到另一个美人薛宝钗身上去。但是更主要的原因是薛宝钗家里很富有，而林黛玉却是一个无家的人。然而不管家里怎样努力遮掩结婚的准备，黛玉终于知道了一切，并且由于绝望，便在那一个隆重的日子的早晨死去了。宝玉感到幸福，满以为是和他亲爱的黛玉举行婚礼，但是当揭开自己年轻妻子的红盖头的时候，他才知道那不是黛玉，而是宝钗，才揭穿了这个骗局。由于痛苦，他病了，后来终于出了家。有一次，在一个落雪的夜晚，宝玉的父亲政旅行在外，当船舶到某一个埠头时，他看见那里有一个光头赤脚的和尚，披着红色的袈裟，向他鞠了一躬。当他认出来这个和尚就是宝玉时，他希望走近他的儿子并且跟他说话，但是有两个出家人（一个和尚，一个道士）很快就把宝玉带走了。

　　可爱的孩子们的幸福就这样被自己的亲人们破坏了。温柔美丽的林黛玉，她的花朵一般的生命就这样被吃人的旧礼教冷酷地断送了。正是这种旧礼教才使年轻人从亲切的家庭里走出去，并且知道这个家庭的破落与腐朽不是决定于什么超自然的原因，而是决定于人间的（大地的）原因的。皇妃元春死了之后，这个家庭就失去了最高的庇护者。贾赦由于勾结其他地区的官僚，倚仗势力，欺压人民，因而被革职并抄没家产。"荣国"这一家的破产，也影响了他的本家"宁国"。这样就接近于《红楼梦曲》中所预言的结果了。

但是《红楼梦》的续作者高鹗却不能够掌握小说原来的构思。这里表现出了旧中国所常见的佛教信仰、道教信仰和儒教及被儒教定为成规的崇拜祖先之间的矛盾。佛教要求"众鸟飞散"，要求"大地空虚干净"，而祖先崇拜则要求每个人留下自己的继承者；此外，显贵的家庭不能够让它降落到"老百姓"的地位，应该保留它的贵族等级。因为宝玉的伯伯既然已经失去了继承祖宗官衔的权力，所以宗族中的年轻人，就应该中举及第，以恢复这个贵族家庭的权力，恢复它在封建社会中的特权——在官僚机关中任职，并"括地皮"。在高鹗续写的最后部分，反映了佛教信仰和礼教所要求的贵族荣耀之间的矛盾。

于是宝玉在出家以前，便来改变有害于宗族的做法，执行自己的义务：跟被强加于自己而自己却不喜欢的妻子宝钗同居，留下了自己的后代——宗族继承者；他积极准备考试，并且考中了，从而保持了他的宗族的贵族地位。佛教的禁欲主义和儒家基础——宗族继承这两个水火不相容的理念在这里被折中地结合起来了。按照宗法制度的意见，这个家庭已经达到了它的目的：虽说宝玉出家了，黛玉死了，但这个关于个性方面的悲剧是不能够动摇家庭与国家的基础的。个性方面的叛逆是消极的。作者不能够贯彻他自己的宗教意见。在小说的结局，他反驳了自己的学说；他把自己的主人公从大地上取走之前，让人类继续干那些罪孽深重、荼毒生灵的事情。作者在小说中描写的贵族阶层和"下贱"阶层中间的被礼教的严峻的道德准则所戕害的青年们不是偶然的。他们不择手段地选择自杀：上吊、投河、吞金、投井等，其中许多人是由于痛苦和受辱而死。这就是要求绝对服从的严厉的家法所产生的结果。小说自始至终贯穿着生活的精致、供奉的繁华和主人公的悲剧命运之间的矛盾。专制家庭不客气地干涉每一个成员的私生活，从而决定了小说中主要人物的悲剧。作者的揭露所证明的不是宗教的正确性，而是中国普通人家或特权家庭里对人性的蹂躏。

作者不但描写了这个贵族大家庭的生活、习惯、对男女的教育、他们的深刻的亲身感受、他们的纯洁的玩笑、家中长辈的升官与降职，而且揭露了生活的另一方面——这一家庭中每一个人格的屈辱：无数的男仆、女仆和家庭成员，服从着一个最高权威——祖母史太君和她的意志展示者——荣国府的管家王熙凤。

王熙凤是一个年轻女人，她掌握着这个家族的庞大事务，是贵族管家婆的典型，又是做生意人的典型。使唤一个仆人去工作，这个仆人如果来晚了一点儿，就叫人打他二十棍，在她是不算什么的。她仗着自己家族的势力和广泛的交际，通过一个冒名顶替的人，用一封普通介绍信就能获得一大笔贿赂。贾家的那些贫穷的亲戚本家知道得很清楚，如果不给王熙凤送珍贵的礼物，是不能得到工作的。她对于放高利贷也是很感兴趣的。她通过自己的女仆平儿干种种黑暗的勾当。但是在她丈夫和宗族成员的面前，她却戴着假面具。她还常常诉苦，说她这样年轻，这样没有经验，却交给她荣国府和宁国府的事务，她的力量是不够的，但同时她却来得及监视她轻佻的丈夫，不让他讨小老婆。她的贴身女仆平儿帮助她，灵巧地转移了她丈夫对家中漂亮女仆的注意。但是关于这件事，她并不是完全成功的，因为她的丈夫利用一切可能在自己家里干私通勾当，而她的体己人平儿由于得到好处，就把她丈夫跟一个嗜酒的厨子的漂亮老婆私通的事隐瞒了。王熙凤本人的行为也不是无可责难的：她丈夫不在家的时候，她允许一个教师的儿子对她吐露对自己的爱情，这个教师是他们的穷苦本家。她听了这个年轻人关于爱情的倾诉，甚至约了他去幽会。但是这个奸诈的女人把这个年轻人的爱情仅仅当作一件取乐的事，她使他整整挨了两夜的冻，又派她的轻浮的本家浇了他一头脏东西，并且抢走了他的巨额期票，以致使他送命。

这不过是小说里许多小悲剧中的一个。这些悲剧是作者用来证明情欲——首先是痴恋，是人间的罪孽。但是尽管从宗教的观点看来，一切情欲都是有害的，可是在小说里，作者却把宝玉和黛玉诗意的青春的爱跟家里其他许多人堕落的淫乱勾当截然区别开来。

两府中无数美丽的少女不仅用劳动力去服务，而且还要供自己的主人玩弄。关于这件事，那些小厮们也不落在自己主人的后面，并且主人也不以为可耻。照顾宝玉的丫头袭人当然也不敢反对自己主人的放纵，因为"老祖母把她给了他了"。甚至那些尼姑也是供玩弄之用的。她们会有些什么结果呢——是从庵里被赶出去了呢，还是自杀了呢？对于这些问题，那些高高在上的人谁也不感兴趣。

作者特别用力刻画出薛蟠这样一种"公子哥儿"的代表来。他跟那些少女们——宝玉的女朋友们不一样,她们会写即兴诗,会作谜语,也善于猜别人作的谜语;他跟宝玉和黛玉也不一样,他们会用庄子的风格抒写自己的感想;他跟他自己的受过教育的伶俐的妹妹宝钗也不一样。薛蟠是个目不识丁的人,连一位有名的艺术家的名字他都记不住,他只跟像他那一类的少爷们在一起纵酒作乐,挥霍浪费,把时间全部花费在游玩、宴会、赌博、嫖妓上,浪费着祖先聚集的财产。为了一分钟的不正当的要求,为了他所喜欢的漂亮姑娘,他会大发雷霆,命自己的仆人将人打死。他可以肆无忌惮地横行霸道,因为他有有势力的亲戚庇护他为非作歹,而谄媚的法官不但不使他受刑罚,而且甚至不敢打扰他,把他传来审讯杀死没落地主的案子,仅仅判给死者的亲人一点埋葬费,就算了事。

作者并不把贾家成员的形象局限在统治阶级的正面形象和反面形象中。他构建两府仆人肖像的整个画廊。他工巧地、细致地描绘了那些女仆,譬如王熙凤的体己人——小心谨慎的平儿;温柔恭顺的袭人。袭人虽然不满自己的奴隶地位,却也不希望离开宝玉回到自己的家。小说也表现了仆人的等级制度,以及他们中间所存在的升等级的思想。譬如有个老仆人的女儿,名叫小红,她是一个做粗活儿的姑娘,可是她却努力使自己能升入少爷的屋子去工作,或者至少使少爷的亲戚能喜欢她。但是那些照顾宝玉的女仆们带着醋意监视着这个丫头,不让她们的主人看见她,不让她擅自给他倒茶。

小说里也表现了一些已退职的、养尊处优的老仆人,比如以前的奶娘赵嬷嬷,她利用自己的特殊身份,为儿子安插一个职位;又如宝玉的奶娘李嬷嬷,她到宝玉那里去收拾些残羹剩饭,并且大发脾气,在他那些愉快而轻浮的女仆身上出气。有趣的是在这些老仆人中有一个名叫焦大的,从前是一个士兵,是已经去世的一位祖先的战友。他曾经把自己半死的主人背在背上,从战场上救出来,因此多年来他利用自己的特权地位,躲避工作,并且经常喝酒,一直喝到醉,然后骂所有的仆人,并且连年轻的主人们一齐骂进去。当然,他虽有特殊的功劳,仍然难以免于被鞭打。

在这个贵族的府第里,还住着许多男女食客,他们都是穷苦的本家。也有大官的小同僚,为了得到老爷口袋里的施舍物而来认本家的。所有那些远远近近的亲戚本家,如蝇逐蜜,都飞到显贵的财主本家宁国府和荣国府来。他们有的得到几两银子,便满意地回家;有的得到一封介绍信,从而获得某一种职务;有的就安置在府里管香料或者做花园的监工等。当家里有事的时候,譬如像埋葬秦可卿的悲惨事件，或者像家中有谁过生日的快乐事件，或者遇到什么节日如过新年，用钱是无数的。但是所有这些浪费的例子都远不及皇妃元春得到皇帝的允许而回家省亲那一次的开销。元春回娘家，仅仅为了这一天就花费了不下五万两银子，这个数字是很惊人的。拆毁许多墙和住宅以建筑牌坊、亭榭、殿宇、游廊，一直延伸了三里半路，并且定制和购买了许多珠帘绣幕、古瓷器和手工雕刻的艺术品，单家具一项就有一千二百件之多。环绕着这些建筑物的有人造的山丘、溪港和池塘，池塘里可以划船。周围种满了美丽的树、竹子和奇花异卉。在园子的一角，还有一个小小的村庄，有着田畴，可以过"朴素"的农民生活。从很远的城市里买来了十二个女孩子，并且为她们请了专门的教习，她们为那些隆重的日子准备了十几出精选的戏曲。园里还有一庙一寺，各有十二个尼姑，这是为了发生像元春祭祷那一类事情用的。这一次的接驾如此奢华富丽，连住惯了富丽的皇宫的元春都一再说，这种过分的阔气，下一次是不应当再有的。为元春建筑的这个园子，被称为"大观园"。这个园子假如她不请求皇帝允许她的兄弟姊妹居住的话，那么在下一年她回家以前，是应当一直关闭的。

关于贾家的生活方式和事务，作者已经在这部小说开头的地方，在第二回书中，引用了一个来自京城的古董商人对他的熟人叙述荣国府的情形的话指责过了。商人说："如今虽说不及先年那样兴盛，较之平常仕宦之家，到底气象不同。如今生齿日繁，事务日盛，主仆上下，安富尊荣者尽多，运筹谋划者无一；其日用排场费用，又不能将就省俭。如今外面的架子虽未甚倒，内囊却也尽上来了。"

这个商人又批评了统治阶级并不高尚的道德，他说："如今的儿孙，竟一代不如一代了！""宁公死后……只剩了次子贾敬袭了官，如今一味好道，只爱烧丹炼汞，馀者一概不在心上。幸而早年留下一子，名唤贾珍……把官倒让他袭了……这珍爷那里肯读书？只一味高乐不了……"

照他说来，那荣国府也不见得高明。老一辈中的贾赦游手好闲，只是他的兄弟政"自幼酷喜读书"，为人端方正直。他又批评政的儿子宝玉说，这人才干恶劣，从小就可以看出来。当他周岁时，他父亲按照惯例把许多东西摆在他面前让他抓，他却只抓了那些脂粉钗环，使他父亲非常悲伤，说他将来不过是个"酒色之徒"。

书中除了贯彻作者关于宿命论，关于不信佛教者注定有恶报的思想，还有一种对像宁、荣二府中那些没有能力管家的人的斥责的思想。小说里显示，似乎每一个家庭成员都去纵欲，都想在奢侈上超过别人，却不关心使收支相符。必须指出，如果第一种思想——关于奢侈是造孽的思想只表现在小说的个别场合，那么第二种思想——过着挥霍浪费的腐朽生活的人们必遭破产的思想，在对以各种借口之下所举行的大小节庆、宴会、演剧（连祖母也跟别人一样是个大戏迷）的描写中则有着系统的表现。比起第一种思想来，第二种思想被作者证明更令人信服。如果宝玉了解了"梦"所显示的悔悟的必要性，那么也就只有宝玉才明白他的宗族在走向衰败。关于这些事秦可卿也做了预告，她在死后给王熙凤托梦说，必须划出一部分田地给祠堂，为了当宗族衰败的时候不断绝祖先的祭祀。由于小说的作者生长在纺织工业的巨大中心——江宁，并且由于他的父亲能和作坊的头目人物及纺织行业内有势力的上层分子交友，所以作者能借那个商人的嘴揭露贵族的奢侈与腐朽，最主要的是作者批评的内容本身。所有这些使我们可以作出这样的总结，作者所表现的是，市民阶级和农民阶级构成了无权力的第三等级。

旧中国的文艺批评家和考证家并不去钻研中国文学遗产的方法问题。关于《红楼梦》研究，一直到这个世纪的20年代才开始，其实主要目的仅仅在于考证曹雪芹在他的小说里写的是谁的历史——是顺治皇帝和他的董鄂妃的故事，或者是满洲诗人纳兰性德家里的故事，或者是描写反对满清统治而斗争的人们的故事，或者是作者的自传。还有许多考证去找小说里写的"大观园"究竟在什么地方。只有鲁迅在他的《中国小说史略》中说明了这部小说的现实主义性质，以及最近冯雪峰——中国的文学批评家和作家，在答复《文艺报》读者的问题时，首先开始了中国文学史上的现实主义和浪漫主义问题的发掘，介绍了《红楼梦》的风格，说它是"写实主义和浪漫主义结合在一起的"，而其作者应归于"封建时代的古典现实主义者"的一类。

最伟大的艺术家——中国的文学家曹雪芹创作了一部伟大的现实主义的作品，真实地再现了他的时代的现实生活情况。他表现了统治阶级最主要的代表者在经济上、政治上和道德上的腐败，以及当时中国封建家庭的内部矛盾。作者在自己的作品中表露出了关于人们的罪恶和佛教的观念，表露了关于高门望族一败涂地似乎是由于离经叛道所引起的观念，但是作者最终刻画出专制家庭逼人寻死的残酷图画，刻画出统治阶级奢侈浪费必遭破产的图画，而作者那种观念在与他所展开的那些画面比照之下显得多么苍白无力啊。在《红楼梦》中所表现出来的作者的观点和他的作品的现实主义之间的矛盾，跟列宁所指出的托尔斯泰作品中所存在的矛盾是非常相似的。

《红楼梦》作者所具有的矛盾，与社会主义现实主义以前世界各国的现实主义文艺巨匠所具有的矛盾是相同的，但这并不能降低他的小说给读者所带来的知识的及艺术的价值，因为他的小说反映了当时充满了矛盾的现实生活。作者在表现"下等人"反抗封建社会的压迫这一点上是站在民主主义的立场上的。除此之外，他的民主主义立场还表现在作品的语言里，因为他的作品是面向人民，使用人民的语言的，所以这部作品成为一座中国古典文学中语言最优秀的纪念碑。

（邢公畹译，原载《人民文学》1955年6月号，第110—117页。本文略有改动。）

译后记

莫斯科大学语言系东方部中国语文教研室主任柳鲍芙·德米特里耶夫娜·波兹涅耶娃（Любовь Дмитриевна Позднеева）是研究中国文学的专家，在该校讲授中国文学史。1954年，莫斯科外国文书籍出版局翻译并出版了王了一先生的《汉语语法纲要》一书，因为这本书的例句大多采自《红楼梦》，所以出版局约请她写一篇论文，介绍并分析《红楼梦》这部小说。这篇文章是她在莫斯科大学的讲演之一，改写后附在该书前面。虽然这篇文章出版在国内对古典文学研究中的资产阶级唯心主义观点进行批判之前，但是它对《红楼梦》作者的主观意图（作者自己的思想）和作品的现实主义风格之间的矛盾作了极为细致和极其具体的分析，其在中国古典文学研究方法的问题上所提出的意见，仍然是值得我们参考的。在翻译本文时得到莫斯科大学中国语文教研室同事沃洛章宁娜（Волочжаннина Л. С.）、华斯克列辛斯基（Воскресенский Д. Н.）和马努欣（Манухин В. С.）三位同志的帮助，最后经原作者细心校阅，一并道谢。

中国文艺复兴时代的文学

　　传统上认为,唐朝(618—907年)和宋朝(960—1279年)在新的统一国家中出现了繁荣的时代,这也是中国的文艺复兴时代,虽然两者的年代稍有出入。

　　中国的封建关系是在8世纪中叶成熟起来的,但早在7世纪后半期,其经济与政治已经强劲地崛起。这一时期游牧民族的侵扰减少,内部战争也趋于平息,赋税负担减轻,这些都为农业、手工业、商业与文化的发展创造了有利条件。即使后来对农民的剥削逐步加重、封建割据问题日渐突出并发展成叛乱,也没能阻止城市的发展。手工业达到了很高的水平,它们主要集中在城市,这些城市"主要出现在国有的土地上,最初与各地的封建主无关"。8—9世纪,手工业者与商人们结成了特定的行会,最富有的市民花钱捐取功名,以获得贵族的特权。

　　通过征战,中国控制了从朝鲜到印度支那的广大区域。广泛的商业联系有利于建立强大的国家,扩大商品及货币关系,开拓陆上和海上商路。商业使得南方的港口,如广州、杭州成为经济文化中心,它们与许多国家保持着联系。首都长安是最大的城市,拥有200万人口,以及大量经商的外国侨民。在元朝之前,中国一直与众多国家保持着活跃的商业往来,并借助手工业者与商人的力量在一些地方实行殖民统治。

　　在航海方面,中国起步晚于印度。印度是最早建造大海船的国家。早在7世纪,就有中国的朝圣者乘印度的海船前往印度。但到了9世纪末,中国人在航海方面已是首屈一指。他们自己建造的大船已经能够胜任在太平洋和印度洋的航行,直到波斯湾和非洲东岸。中国由此获得了比以前更加精确的关于这条海路上的各国的知识。

　　中国人在自然科学方面落后于阿拉伯人和波斯人,因为阿拉伯人和波斯人得天独厚地继承了古埃及人、腓尼基人与希腊人的成果,并在此基础上加以发展。但在这一时期,中国人也开始从其他民族那里吸取科学知识,特别是向阿拉伯人学习天文知识,尽管儒家认为"研究外国及外国人是不体面的"(K.弗卢格)。其结果是本国经济水平的大幅度提高以及与之相应的科技的强劲发展。"任何一个政权、教派或历史人物对于人与人关系的影响都无法与印刷术、火药和罗盘的发明相比。"英国伟大哲学家培根的这一中肯的观点也适用于中国,正是这些发明在文艺复兴时代的早期对其成熟起到了催化作用。

由于印刷术的发明,自然科学获得了极大的跃进。这一时期,在出版古代学术著作的同时还出现了新的著述,内容涵盖数学、天文学、医学和植物学,而且这些著作表现出追求具体化的特点,其证明就是那些带有插图的书籍以及为数众多的讲究的教科书。这一时期还出版了若干关于历史、历史地理、考古方面的综合类书籍(类似百科全书),表现出对于本民族历史的巨大兴趣,但"与以往的一味崇古不同",它们同时还有一种开放的、批评的眼光。印刷术的极大普及(从10世纪至12世纪,中国几乎没有手抄本),还有利于中国民间创作的整理记录和典籍的保存。

出版业的发展,特别是沿海各城市出版业的繁荣,使得进入朝鲜、日本的中国书籍增多。随着印刷术的推广,中国的雕版与印刷工匠也来到各邻国。在中国本土,私人印刷作坊的数量大增,于是出现了价格低廉的图书,从而使教育大大普及了。

中国开始出现印刷术的确切时间不详,长期以来,官方认可的印刷术发明时间是932年,其标志是一道印行儒家经典的政府指令。其后相继印行的还有佛教经典(10世纪末)、混合了道教与摩尼教教义的文献(11世纪初)。不过,尽管官方宣布了对印行儒家经典的垄断权,但是士大夫对于印刷的书籍仍然长期采取否定的态度。这些学究之所以对印刷高雅的文献抱着蔑视态度,是因为他们心爱的作者的著作的单行本成了一种商品(最迟在824年,元稹和白居易的诗就已经被"石刻套印,发行于市",甚至"被伪造")。对于印刷品的这种态度似乎由来已久,因为最早的所谓"印刷品"与"异端"的活动关系密切。正是道教,而后是佛教最先使用印刷术印制带有神像和少许经文、符咒的传单。最早的印刷品与其说是文字,不如说是图片,正如B. M. 阿列克谢耶夫指出的:"中国的民间版画早于印刷的书籍。"这些神像、符咒的印刷很快就从道士、僧人转向了手工业者和商人,和"店铺印刷"一起成为商业,特别是节庆商业的重要组成部分。在11世纪上半叶,过年所需的祥瑞驱邪画像部分用手工绘制,部分用印出的画替代(如"老虎"是直接画在门上的,而其他的形象则是买来印好的画贴在门上)。而到了12世纪,这一类的年画已经在中原及江南的城市中畅销了。从临自著名画家吴道子(8世纪)的钟馗(驱魔大神)像到被称为"神怪大师"的龚开(13世纪)所画的各式各样的鬼怪,这类年画中的形象都带有鲜明的狂欢特点。这些年画很早便采用了中国人喜爱的鲜艳的色彩，显得"喜气洋洋"（B. M. 阿列克谢耶夫）。大概就是从这时开始，新年或春天"换桃符"的庆祝活动（把旧的神像烧掉，换上新的神像）又增添了新的内容，就是不仅在室内及私宅与官府的大门上，而且在街上——店铺、饭馆等的门上张贴新画，把整个城市和村庄装点一新。文化与技术的发展使节日的艺术装饰大大丰富了，节日装饰及其他造型艺术中文艺复兴趋势的发展预示着在语言艺术中也会出现同样的趋势。

B. M. 阿列克谢耶夫在研究这些画上的人物形象时发现，中国人一点都不喜欢严肃呆板的面孔，尽管儒教，特别是佛教的人物画法与其他宗教并无二致，这种特点主要体现在孔庙中孔子及圣人们端肃的塑像上，以及佛教寺庙中释迦牟尼及菩萨们慈和的样貌上。与这样的形象相反，民间绘画中采用的是另一种形象系统：那些"神灵、隐士、自得其乐的人、魔鬼和念咒者""或面目狰狞，或大耳垂肩……他们首先是些神话人物"。

佛教的弥勒佛（民间称为大肚子弥勒佛）形象和道教中持金蟾的刘海有着共同的特征：都是不拘俗礼、笑容满面、貌似痴愚的得道者形象。对于神性的这种理解，正好与早期哲学家列子与庄子关于"弃智"的寓言相呼应，塑造了中国圣徒大智若愚的形象。这些人们喜闻乐见的角色与儒教的圣人画像那种克己坚忍的形象截然相反（B. M. 阿列克谢耶夫曾举出"孟姜女拉着笑嘻嘻的童子刘海"的画面作为这种反差的一个典型例证）。

民间艺术的另一个特点是追求表现动态，这也与正统的肖像画法相反。这种特点绝不限于日常生活题材的绘画。所有民间绘画都是叙述性的。例如，一个神仙乘车、敲门、进屋的一组画面；几个神仙聚在一起斗法赛宝的场面；面目狰狞的神话人物正在镇鬼驱邪的场面；等等。这些故事也绘制在正月灯节的灯笼上。在熙熙攘攘的人群头顶游荡的有巨大的龙、龟、"孟姜女"、"刘海"、判官、落第书生的庇护者钟馗和他的妹妹，以及各路神仙。这些画在纸上或灯笼上的形象与表演者的装扮、由手工业者和其他市民组成的各式各样闹元宵团会的名称（在12世纪的开封，团会成员动辄超过千人）都是彼此呼应的。

这些游行队伍中的化装者边走边演，因此画家对他们的描摹也动感十足。B. M. 阿列克谢耶夫所收藏的一组描绘阎王爷的年画在这方面就是非常典型的。第一幅画上，一个小鬼恭顺地伺候阎王爷赴宴；第二幅和第三幅画的是小鬼跳舞演戏为阎王取乐；最后一幅是小鬼们挥鞭为阎王赶着马车飞奔。最后一幅画最充分地表现了狂欢的节日里那种飞奔的节奏和动感。8—12世纪的绘画中对于神界和仙界自由的、充满欢乐的情形的诠释已经使它们在很大程度上变成了世俗的艺术。

文艺复兴的元素也体现在与近似于宗教的祖先崇拜（这是儒教的一部分）关系密切的艺术中。12—13世纪的随葬俑就是如此。它们清楚地分为两组，第一组是保卫坟墓的，第二组是伺候死者的仆从以及所有应当在坟墓中陪伴死者的东西。后一组俑的世俗艺术特征很明显，与第一组体现的宗教艺术特征截然不同。

坟墓护卫者的形象类似欧洲中世纪的魔怪，它们的功能是守护死者的灵魂，防备阴间的戾气，这些想象的怪物代表着强力与威吓（它们一个个龇牙咧嘴，弯腰弓背），甚至那些被赋予人形的塑像也完全不像人的样子（鸟的翅膀挡住了脸，头上长有喙、角和猪的耳朵）。这些形象中保存着中国人宗教观念的痕迹，从简单的图腾（如鸟、蛇）、复杂的图腾（如凤、独角兽、龙）到半人半兽的祖先。

在以后的时代，这一类的造型始终具有宗教的意味和功能，代表着人类对未知的阴间的恐惧。

与这些截然相反的是H. A. 维纳格拉多瓦娅所说的"反映尘世生活的"塑像："美丽的少女和贵妇身穿彩色长裙……细长的脖颈、俏丽的美鬓……还有和着节律婀娜起舞的舞伎……"讲到7—10世纪的艺术，维纳格拉多瓦娅说，每一个人物众多的风俗场面"都是优美的日常生活图景……在一个表现马球游戏的场景中，人们在颠簸的马背上的姿态，受惊竖起前蹄的马，无不具备强烈的戏剧张力和柔美的曲线造型"。她还补充说，与唐朝相比，10—12世纪的雕塑作品"对于个人感受及人物私生活特征的注重大大加强了"。从色彩柔和、符合解剖学的人体上，可以清晰地看到一种源自犍陀罗文化的新的人本主义潮流，在希腊东部地区的强大影响下，这股潮流在公元后几个世纪出现于印度北部、伊朗高原、中亚地区，后随着佛教传到中国（从4世纪开始），继而传播到朝鲜和日本（从7世纪开始）。来自其他亚洲国家的人们从4世纪起开凿石窟，石窟中的佛像与壁画就是这种"希腊-佛教"艺术的最主要代表。

但是在这些开凿期长达几个世纪的石窟中，我们看到本地传统逐渐渗透到了佛教绘画中，看到了不同文化风格的交融，以及各国人民对犍陀罗的雕塑与绘画艺术创造性的掌握和运用。例如，在中国的千佛洞中，那些绘于7—10世纪的鲜艳欢快的壁画与壁缘上那些绘于5—6世纪的苦修者形象之间的区别是显而易见的。而在8世纪的时候，对于佛、僧侣，特别是信徒等塑像的人体美的兴趣已经相当浓厚。

显然，这一时期的世俗艺术也很有成就，形成了不同的画类：山水类、日常生活题材类、肖像类（常常是群像）。在这些题材中最早取得成就的是韩滉的一幅画有几个诗人的作品（8世纪）、周昉的仕女图（《杨妃出浴图》，8世纪）等。它们最突出的特点是对于个人的关注，例如顾闳中的《韩熙载夜宴图》（10世纪）。正如维纳格拉多瓦娅所说："就像一篇情节曲折、引人入胜的彩色小说，在生活场景中毫不掩饰地表现出人性的所有弱点。"这一时期的世俗画中"体现了当时所有的人本主义思想特征"。

在包括文学在内的其他艺术中，对于世俗思想以及美好的尘世生活的表现构成了文艺复兴时代的洋洋大观。

中国文艺复兴时期很长，这不仅因为中国文化成熟很早，还因为这个幅员辽阔的国家各地发展不平衡。8世纪时，盛世开始于中国西北的中部——当时的首都长安（现在的西安）。后来历经唐朝的衰落、一系列农民起义、内部战争、游牧民族的入侵，终于在10世纪建立了一个稳固政权——宋朝。但王朝的重心已经移至中原地区和东南地区一些大的港口，许多百姓也从北方逃至这些地方。从这时起，围绕新的中心持续着文化的繁荣——先是在开封，而后迁往杭州，直到1279年最终陷落。于是，文化的繁荣经历了两个时期。第一个时期是北方时期，其主要特点是各种自由与批判精神的高扬和短篇小说的出现（当时政论文刚刚出现）；第二个时期是更为成熟的南方时期，其显著特点是城市文化在艺术创作上的胜利，小说开始流行，而且小说的产物——大众化的活泼的语言甚至渗透到已经为数众多的政论文乃至哲学领域中。11世纪的改革是经济和政治领域的改革，但同时也是思想斗争的高潮——这是在中国特有的科举制度中世俗思想反对宗教的斗争。在对这个制度进行改革的尝试中，在对其中徇私受贿现象的揭露中，可以清楚地看出：先进的人们希望从精神的封建主——士大夫手中夺回被他们垄断的教育权，同时也是在一定程度上夺回世俗的权利。尽管改革派遭遇了失败，但他们以世俗教育代替宗教教条教育的尝试对于当时却有着巨大的影响，而且在以后的时代仍然具有斗争号令的意义。

"复古"与8—12世纪的政论文

随着8世纪上半叶诗人作品的问世，古典的主题便进入了诗歌。杜甫的创作就是从古体诗开始的，李白则写下了《古风》及其他一系列诗歌。从8世纪末开始，一批作家便开始有系统地对古代文学大加称颂。由于这一名为"复古"的运动，Н.И.康拉德将中国的这一时期视为瓦萨里所定义的欧洲"文艺复兴时期"。

将革新者们联系起来的是一个纯形式问题：力求风格和语言的简化，反对从4世纪以来占统治地位的骈文和四六体。韩愈否定了所有写于3世纪以后的作品。元稹指责骈文是"凭空想象的华丽饰物"。但在这种被奉为楷模的"新的文风"中，高雅的古代程式已经被生活口语所取代。一些人（如元稹）复兴了司马迁的"纪传体"，在城市民间文学的影响下创造了一种新的文体——小说；另一些人（如韩愈），模仿古代的作者，开始从事政论文的写作。这样，中国文艺复兴时代的人物尽管意在回到古代，但却创造了表现自己时代的新艺术形式。

文艺复兴派在思想方面也各有特点。道家哲学因其对官方思想的批判态度而吸引了先进的作家。已经找到安身立命之所的市民——手艺人、商人等，也开始被道教吸引。在王维的风景诗中，在其画论及关于绘画比例的理论中，在柳宗元关于"艺术模仿自然"的观念中，都表现出自然知识的主导地位已经得到确立。李白表现出对权贵的蔑视，杜甫则揭露为谋取功名利禄而发起的战争。李白及其他一些人的作品中具有追求享乐与优越生活的倾向，按照杨朱的意见，不如此人无异于"戴着沉重枷锁的"奴隶。

于是，在8—12世纪出现了振兴杨朱思想的尝试，因为这种思想最能适应个性觉醒与形成的时期。在享乐主义哲学的发展中可以清楚地感觉到一股健康的溪流，它反抗所有的桎梏，赞美日常生活的快乐。它热烈地宣扬世俗生活的快乐和人的天性，这种人本主义的思想吸引着一切进步的人们。

但是革新者阵营内部存在着很大的分歧，甚至像韩愈与柳宗元这样总是被相提并论的朋友彼此也有很大不同。柳宗元对记录孔子言行的《论语》的真实性提出质疑，而认为《列子》是可靠的古本，并为它与"杨朱七篇"一起正名，呼吁对这些异端思想家给予宽容。韩愈正好相反，他要复兴儒家学说，推翻孟子以后的所有阐释，因为他认为其中弥漫着佛家与道家的思想。韩愈对佛、道思想非常反感，主张"烧掉佛经，令僧人还俗"。柳宗元发扬列子的学说，批判当权者的"渎职"。他指出，官员是"民之役"，而不应该"役民"。柳宗元的思想由此上升到一个新的水平，即承认人民是拥有主权的。而韩愈则继承了孟子思想，多次谈到如果人民不生产粟、米、麻，不为统治者服役，则处死他们。韩愈要求人民效忠于统治者，如果将他的文章与柳宗元的小品文相比较，这一点就显得更突出了。在柳宗元的小品文中，劳动者与统治者的形象是对立的。在这些文章中讲到"赋敛之毒"比毒蛇还厉害；讲到"梓人之道类于相"；讲到善于种树的人可以将种树之道"移之官理"成为"养人术"。柳宗元在作品中对具有道家特征的能工巧匠的形象加以重新思考。例如，他指出建筑师的任务是使建筑与风景和谐，从静态与动态的自然中"释恶而取美"，建筑营造的目的是供人游息，"使之清宁平夷，恒若有余，然后理达而事成"。柳宗元平和而有说服力的叙述风格与韩愈文章中常见的激烈的语气形成鲜明的对比。韩愈的观点前后矛盾，有的观点甚至是从他所批驳的杨朱那里借用来的。但尽管韩愈坚持对于儒教正统思想的迷信，却猛烈地抨击了佛教的迷信，甚至揭露皇帝本人默许的迷信活动。由于这篇《论佛骨表》的奏章，他遭到了贬谪。但是看起来韩愈这个儒家思想捍卫者的激烈言辞不像柳宗元的道家式的宽容那么危险，因为前者遇赦回到京城，而后者则死于谪所。

8—11世纪的另外一些作者的文章同样反映出，正在蓬勃发展的政论文内容丰富、形式多样，具有道家思想的人物与当时的正统派进步的、持儒家思想的人物之间也时有争论。政论文是作家政治热情的代表，在文艺复兴的第二个时期，即南方时期（与此相应的是"古文运动"的第二阶段），政论文的意义更为重要了。但是曾经统一的"古文运动"内部出现了严重的分歧，出现了"赞成"与"反对"11世纪的改革的两大阵营，这一改革在一定程度上是与王安石的名字联系在一起的。可以说这一时期最具特色的政论文是围绕改革的争论。

只有在科学思想高涨的条件下才会出现王安石这样新型的学者。他开阔的眼光与宽容的思想接近于柳宗元。他在政论文中（在给皇帝的奏折中以小心翼翼的方式，在私人信件中以相当直率的语言）建议对方放开视野。他写道："读经而已，则不足以知经。"他说自己"自百家诸子之书，至于《难经》、《素问》、《本草》、诸小说，无所不读"。他认为目前的混乱不是由于异端邪说，而是因为"学士大夫沉没利欲"。

这位改革者承认老子哲学对于认识自然的意义，但批评他否认"人为"的观点；他认为墨子的思想是"为他人"的学说，杨朱的观点是人的"自我认识"。他得出结论说，墨子学说离儒家思想较远，而杨朱的观点更接近于儒家，从而推翻了传统上将杨朱斥为邪说的观点，指出将他们看作异端是不必要的。王安石用儒家的语言表述作为掩护，吸收了杨朱关于人的天性的思想以及商鞅的法家主张，试图建立自己的国家管理机制，并按照法家的方式回归道家。

现在有一种看法,认为11世纪的这场改革与德国的宗教改革运动有些相似,这种观点是否恰当,很难判断。因为目前关于中国人民运动与思想斗争的关系还没有得到充分研究,无论在总体上,还是针对9—11世纪这一段的研究都很缺乏——当时受到城市贫民支持的农民起义往往是打着某种道教奇谈怪论的旗号,或打着"均贫富"的旗号起事的。改革派的右翼属于新派的儒家,他们仅限于向上呼吁,12—14世纪皇帝的一些敕令使得他们获得了胜利。而改革派的左翼是否曾诉诸人民,这一点并不清楚,但王安石是不惧怕把人民武装起来的,为了击退游牧民族的侵犯,他实行了募役法。也许,11世纪某些君主的个人特点——他们对于道教的好感,对于自然科学的兴趣,以及对于保卫国家的迫切需要的认识——这一切都自上而下地促进了改革的推行。

王安石主政之后,除了进行经济改革,还试图推行世俗教育。为了使"士人阶层"安心,他保留了旧式学校,不过缩减了经书的数量,按照王安石的说法,死记硬背这些经书已经造成了头脑愚钝。他建立新型学校,有军事、艺术、司法、医学、药学等科目,这些都是"大人君子"鄙视的行当(例如,主审案件的官员们不屑于了解法律)。这些科目的学习与实践相结合:未来的医生与药师的知识要通过诊治的过程及药方的临床验证等方法来考查,而未来的法官要利用侦查到的材料断案,通过这种方式接受考查。在军事学校及其他学校中,不论出身,人人平等。这一措施使得行政机关向着民主化的方向转化。除此之外,还有一系列的改革:士兵有了升迁的机会;免除了体罚;军饷有了保障——因为军饷不足的原因是贪污腐化,而这种现象使得正直的人不愿从军。当时来自下层的官吏数量剧增,连皇帝身边也有很多不谙礼仪的侍卫。

这一改革试图使教育与管理国家的权力摆脱儒教的控制,在此过程中道家哲学也发生了改变——从清静无为变为积极进攻。儒家的冠冕堂皇的话语已经既无法遮蔽道家的无神论思想,也无法抵挡反儒教的主张。王安石死后之所以遭到激烈抨击,就是因为他说过"天变不足畏,祖宗不足法"。这不是偶然的。因为第一句话以无神论的思想否定了儒教的教义,而第二句话则指向教育的改革,它使得满口儒家经书中的"祖宗"之法的"士人"在一切方面都失去了对于真理的垄断,因此,新老儒家团结起来,一起反对改革,将其视为离经叛道。

当时出现了不少攻讦性的作品(类似于《拗相公》),甚至在给皇帝的奏折中也出现了肮脏的诽谤:"衣臣虏之衣,食犬彘之食。"例如,苏东坡的奏折中就采用了多种"手段",如对皇帝提出警告:"若法令一更,则士各怀废弃之忧";用与前朝类比的方式直接威胁皇帝有可能被推翻:"昔秦禁挟书,诸生皆抱其业以归胜、广,相与出力而亡秦者,岂有它哉?亦徒以失业而无所归也";凡此等等。当时还出现了反对印刷书籍的意见。苏东坡就赞成成卷地手抄书籍,并按古老的方式背诵,嘲笑爱好印刷本的人,说他们搞得"汗牛充栋",认为书越来越多,而年轻人却越来越粗鲁不文。朱熹甚至借口保持经典教育的纯洁试图将印刷的书籍从书院藏书中清除。

学校教育的民主化,自由思想的传播,先进的诗人与小说家作品的风行挑战了占统治地位的儒教,表明文学与科学也开始摆脱它的控制。由于廉价图书的出现以及读者大量的阅读需求,作家们不再需要权贵的庇护以及来自上层的支持。他们可以绕过审查者来传播自己的作品。与此相关的还有一个使儒教不安的现象,就是对于自然科学和精确科学的强烈兴趣。有些皇帝本人就对医学很感兴趣,有一个皇帝(11世纪初)曾降旨铸造铜人以供针灸考试之用;另一个皇帝(12世纪初)还写过医学著作。事情发展到政府允许进行"伤天害理"的尸体解剖,并让医生和画家绘制解剖图。

在这种情况下,文人在一定程度上认识到一成不变的原始儒家学说是有问题的。从韩愈开始,他们中间出现了改革派,这些改革派之间又有着很大的不同。到12世纪,他们的观点整合为一个统一的新儒学系统,战胜了正统派思想,并有了号称"完美无缺"的新权威——朱熹。A.A.彼得罗夫指出:"理学(这是新儒学的名称)力图'更新'儒学以适应新的社会条件,为封建制度提供坚实的理论依据……"为了在思想领域占据统治地位,抵御更有吸引力的佛道思想,新儒家也汲取了对方的思想,来丰富自己。为了便于传播,这一新学派采用口语和"语录体",虽然一般认为这似乎是继承了孔子的《论语》的古老传统。

新儒家借用了道家学说,即万物都是由物质的实体自发凝聚而成的,他们在每种东西中将物质的因素与无形的精神因素(道)结合起来,同时将这种精神的"理"看作第一性的,而将物质的内容看作第二性的。他们用"天命"与"善恶"的观念来补充原有的关于自然基本元素及"阴""阳"运行的观念,用它们,特别是"性本善"说(来自孟子)将儒家的道德观念套用于自然,暗中以道德取代科学。朱熹的"格物致知"说就是一个特别典型的命题。其中似乎表现出对自然知识的兴趣,但是这个似乎近于经验论的命题却是一个假象,因为朱熹认为"物"只存在于经书——旧的"五经"和新的"四书"

（开始出现于13世纪）之中。朱熹的"格物"应当是取自"圣人之言"，又通过著述来传达这些"圣人之言"。新儒家继续将这些话当作"科学"，并在此基础上将人生的主要目的规定为"侍奉祖先和最高统治者"（父与君）。朱熹特别维护孔子的"正名"原则和孟子的上下观念，要求严格遵守封建等级制度。

在借用道家观点并加以改造的同时，儒家学者对于道家代表人物却是竭力反对的。例如苏东坡就曾试图"剔除"《庄子》中批评孔子的段落。他说庄子"暗中"支持孔子的学说，并称他一直怀疑《庄子》中的某些篇章是伪作，因为其中有对儒家的抨击或文辞浅陋，所以他从《庄子》中剔除了四篇。但是除他自己的"诗的灵感"以外，却没有任何证据。许多新儒家经常引用杨朱的话"怀五常之性，有生之最灵者，人也"，但却反对杨朱本人。王安石曾试图为这位自由思想者的学说正名，但后来朱熹将这一学说斥为"伪学"，从而断绝了这种尝试。

11—13世纪对道家经典的研究结果是将列子这个人解释为庄子的杜撰，而《列子》（其中也记录了杨朱的思想）则被认作伪作。但是这种"证伪"建立在老生常谈的基础上，没有任何科学意义，因为它成了1281年"焚毁所有道家书籍"（除了"老子亲作"的《道德经》）的借口。

新儒家没有马上取得对于正统派旧儒家的胜利，但是朱熹去世以后，它很快得到了承认，1241年、1298年和1313年中国的皇帝曾三次为此下诏。正如В.П.瓦西里耶夫指出的："新的学说开始时甚至遭到迫害……但到宋代末年，它获得了优势，并在元代大行其道。"这种新的正统学说成为"儒家裁判所"的可怕武器。由此，内部的反动与外来的桎梏相结合，使得中国的文艺复兴归于沉寂。

王维、李白和杜甫

8世纪的三大诗人王维、李白和杜甫是转折时代的诗人（Н.И.康拉德），但他们也是新时代的奠基人，因为在他们的作品中形成的现象，自8世纪末成为许多作家作品的主要特征，促成了中国精神生活的巨大发展。

王维（701？—761年）是一位诗人和音乐家、画家、绘画理论家，他天分极高，兴趣广泛。他十岁开始写诗，十五岁便以诗而闻名。他还善于弹琵琶——一种类似吉他的乐器。他十九岁来到京城参加考试。但尽管这位外省官员的儿子才华出众，他的成名却是依靠一个偶然的因素——得到了一位显贵的青睐。凭借巧妙的安排，王维得到了为一位公主献曲的机会。在演唱了自己填词的新曲之后，他向公主进献了歌词，从而得到公主的赞赏。王维得到了公主的大力支持，凭借这个靠山顺利地通过了所有考试，一度仕途顺畅。但是他也不能幸免于命运的波折，在仕途中既有升迁，也有失意。王维曾因演员在表演"狮子舞"时的过失受到连累，失去大乐丞的职位并遭到贬谪。他的一位诗人朋友帮助他调回京城，但这位诗人很快失势了，于是王维也同他一起长期受到冷遇。和许多同时代人一样，王维所经受的最严重的考验是安史之乱。王维为叛军所获，被囚于寺庙。尽管王维假称有病，依然被迫在安禄山的政权中担任职务。平叛之后王维未获重罪，只因写过一首即兴之作，表达叛军的宴席给诗人带来的强烈痛苦：

万户伤心生野烟，
百僚何日更朝天。

在得到新的任命后不久，王维便辞了官，在郊外的别墅中宁静地度过余生。

王维的世界观同时受到佛教和道家思想的影响。当时的其他一些诗人思想中也有这样的矛盾。这说明他们对儒家抱有否定的态度，试图探索新的道路。反复无常的仕途与喧闹的京城生活都促进了这种倾向。王维这一代人从偏僻的省份到长安赶考的时候，已经能接触到许许多多闻所未闻的新鲜事了。这些年轻人在这里经常遇见曾经去过他国的本国人，还有前来留学的日本人和高丽人，出售各种稀奇古怪商品的印度人、阿拉伯人、波斯人。外国人在京城有自己的聚居区，按照本国的风俗生活，建造自己的寺庙，其中有信仰拜火教、景教、摩尼教及其他宗教的信徒。这些眼花缭乱的事物促使这些年轻人对许多问题进行思考，促使他们去追求知识。

王维青年时代也许爱好佛教寺庙中描绘人物、自然和动物的壁画，特别是画中的光影变化，这反映在他对于水墨画的嗜好中，而晚年则可能更加喜好希腊-佛教风格雕塑作品中那柔和的美及宁静与冥想的气息。这些正好可以解释王维为何取字摩诘，以及其诗歌中的某些意象。他的诗歌中经常出现佛学（"忽入甘露门"）及参禅（"安禅制毒龙"）的象征。在王维的绝句中，也有一些道教思想的反映，如对于长生不老的向往：

日饮金屑泉，
少当千余岁。

然而佛寺常常只像是休息与享受清静的场所，而龙则是怀疑的象征。在他的诗中可以看到对于道教炼丹术的苦涩嘲讽：

白发终难变，
黄金不可成。

从王维的诗中可以看出他善于观察自然，认知并享受自然的美。深山中的寺院是他最喜爱的地方。在这种出世的倾向中既有道家的享乐主义也有对整个官方体制的抗议，而支持王维这种生活方式的是安贫乐道的思想，其中最重要的是陶渊明作品中的形象。王维对陶渊明十分崇敬，他被称为陶渊明的直接继承人。至于王维艺术手法的丰富和结构的多样从以下两首绝句的对照中可见一斑：

北垞
北垞湖水北，
杂树映朱栏。
逶迤南川水，
明灭青林端。

栾家濑
飒飒秋雨中，
浅浅石溜泻。
跳波自相溅，
白鹭惊复下。

第一首诗的开头是静止的。这幅画面中只有鲜艳的色彩引人注目：绿色的小山，明镜般的湖水，红艳艳的栏杆。第三行引入了动感——弯曲的河道和如在眼前的流水。最后一句写的是河消失在树林背后，随之留下一个疑问：它召唤和诱惑旅人到哪里去呢？

第二首诗正好相反，开头的两句诗充满动感：风在飒飒地响，雨在潇潇地落，好像流水一样无休无止。但是诗人过河的时候踏碎了水波，似乎只有他打破了大自然永恒的运动。人过去后，水波继续向前流去，白鹭也飞回来了。但这里也留下了疑问：也许，白鹭象征着即使在风雨和波浪中也依然如故的宁静？也许宁静只是大自然中的一瞬间，而白鹭在警觉地谛听，什么又将要来打破这宁静？

这两首绝句已经表现出当时诗人们的一种创新，而王维在这方面尤其突出。诗的开头写的是一个想法，一种感觉，到第三句加入某种新的东西，于是开始的想法发生了转变，而第四句则通过某种暗示出其不意地给全诗留下未尽之意。它要读者去体味诗人的意思。"绝句"的名称就是由这一特色而来的。

孟浩然的《春晓》也是绝句中的经典之作：

春眠不觉晓，
处处闻啼鸟。
夜来风雨声，
花落知多少。

在这首诗中，春晓的鸟鸣与黎明前的风雨相对。在结句孟浩然以疑问加感叹的方式特别有力地表达了对中国暮春时节大自然的感伤，俄国关于秋天来临的诗歌也往往表达出类似的情绪。在这里，盛开的繁花会在一夜之间被摧毁：疾风和骤雨打落了甚至没来得及绽放的花蕾，自然界的这场恶战到早上留下些摧折的花枝和"落红满径""花落水流红"的忧伤景象。这首诗在节律方面也很有特点。Е. Д. 波利瓦诺夫曾对唐代五言绝句的诗律做过研究，总结出其典型的形式：

单句（第一、三句）：仄（或平）仄仄平平　或：仄（或平）平仄仄平
双句（第二、四句）：仄（或平）平平仄仄　或：仄（或平）仄平平仄

其中，第一个音节是自由的。七言绝句的诗律也与此类似。

绝句的特点是简练到极致，没有一个多余的字。至于写诗的缘由、赠诗的对象则写在诗题中。诗的题目有时非常长。在诗题部分甚至会有生平资料的记载，如家庭和职务方面发生的变化、朋友的聚散等，例如《哭孟浩然》就是这样。再如《送崔兴宗》和《崔兴宗写真咏》这两首诗，如果没有题目，简直看不出是写同一个人的。《崔兴宗写真咏》这首诗中意思的转折很有特点：从

回首过去转到期待未来——希望对方能得到像年轻时一样牢固的友情。

> 画君年少时，
> 如今君已老。
> 今时新识人，
> 知君旧时好。

与民歌中将人与动植物世界简单并列或对立的情况不同，王维的抒情诗中，人与自然共同构成一个整体。如果说民间文化中多是一些习见的象征形象，那么在王维个性化的抒情诗中则表现了自然与人的情绪的多样变化。自然景色中有诗人的个人感受，诗人的思想感情又通过自然现象表达出来。例如，在《临高台送黎拾遗》这首诗中，王维把朋友面前的道路描写为一条带状的、没有尽头的河，而自然界中永恒、静止的景象——落日、巢中的鸟儿——与人变化无常的名誉构成对比：他不知道何时才能休憩，哪怕是在归来以后。

作为杰出的诗人和画家，王维是一位敏感的自然观察者和富有灵感的自然歌唱者。人们说王维的作品"诗中有画，画中有诗"，他的诗句色彩丰富，好像山水的调色板，而在他的笔墨之间，又回荡着人对自然界万千变化的惊叹。

在《画学秘诀》中，王维要求做到构图的统一，例如小雨的时候"树头低压"，但还要画上"行人伞笠，渔夫蓑衣"。他还谈到画家在不同的时间和空间画山画水的各种情况，"咫尺之图，写千里之景"，而且要与人物融为一体："渡口只宜寂寂，人行须是疏疏。"王维诗中对于透视的处理与画论所讲一致："丈山尺树，寸马分人。"也就是说，画中的山林是高大的，而人却很小。人只是自然界中很渺小的一部分——这种看待事物的眼光的确很接近于道家。由此可见，人们的一个发现是有道理的：这类画论大部分都是采用"道家的语言"，它们作者的"世界观是以道家思想为主的"。王维的理论表述与他的绘画实践是相符的。"山水画派""山水诗"与"花鸟画派""花鸟诗"这些形象的名称说明风景差不多同时在中国的绘画与诗歌中变为一种独立的体裁。

李白（701—762年）的生活道路迥异于所有之前的著名诗人。尽管出身于富商之家，但按照中世纪的等级，他只是一个平民。但是他不去寻求权贵的庇护，也不参加科举考试谋取官职。他无意于可以使他跻身"士大夫"的功名，以此抗议自古以来的体制。由于历史文献中没有李白的履历，所以关于这位诗人的资料不太确切。除了四十岁左右曾在宫廷短暂任职以及五十岁左右在安史之乱期间的经历比较清楚，差不多他整个一生都充满传说——李白自己和同时代人的作品可以作为这些传说的佐证。李白从少年时代起就学会了写诗与剑术。在十七八岁的时候他曾随一位道士进山隐居。由此也许可以看出，诗人从早年就已向往"出世"。但是一两年后，他又来到一群半是侠客半是强盗的"好汉"中间，而引他入伙的似乎就是那个道士。李白跟这伙人一起干起了除暴安良的壮举。李白用手中的剑劫富济贫，同时也挥霍着父亲的遗产。从李白自己及其朋友"竹溪六逸"的作品内容来看，在漫长的游历之后，到三十岁左右的时候，他似乎决定投入到创作中去了。四十岁左右，"谪仙"李白成为"醉八仙"之首。他来到朝廷时，已经是一个享有盛誉的诗人了。他在玄宗面前展示才华，玄宗对他的作品大加赞赏，他没有经过考试就很快得到最高学位——翰林。但是诗人自由不羁的性格使他得罪了一些当朝权贵，包括玄宗的宠妃杨贵妃。李白请求允许他"还山"，得到了皇帝的许可。安史之乱期间，诗人投奔了一个王子，但这个王子后来又被指控发动叛乱。李白被判死刑，后改为流放。全国大赦之后，李白被委任了新的官职，但不久就去世了。

在其后的年代中，关于李白的小说和戏剧讲述了种种传说，证明这位热爱自由和放荡不羁的诗人及其诗歌是广受人们欢迎的。小说《李谪仙醉草吓蛮书》（成书于17世纪）中安排李白应试不第的情节不是偶然的。这个情节是用来揭露科举制度的：主考官，也是国家的最高官员，因为没有得到贿赂，甚至连考卷都不看就将李白批落并轰了出去。但是当国家接到渤海王的"最后通牒"，急需人才的时候，宫廷中却无一人认得外国文字，只有李白不仅能读，而且写信有力地回击了对方的战争威胁。于是玄宗不得不授予布衣李白"翰林学士"，而让主考官来接受他的戏弄——为他脱靴磨墨。

在小说中，当朝高官被描写成一群不学无术、贪赃枉法的人，而他们对于李白的陷害与诬蔑被描写为"上流社会"的普遍现象。李白对于当朝者的极端蔑视则似乎破坏了礼仪规范：皇帝不得不派急使到各个酒馆去寻找李白，允许他骑马进宫，亲自帮他醒酒。以后李白在其周游天下的旅行中的行为好像皇帝"秘密的助手"，来阻止官吏欺压和掠夺人民的行为。

关于诗人的死也有很多传说。一种说法是李白醉酒后想捞取水中的月亮，从船上坠河而死；另一种说法是李白成仙飞上了天。事实上人们的确修建了庙宇供奉这位诗歌之父。

李白在"暗示""思绪的转换"等方面不逊于王维,而从声调的抑扬顿挫来说,《静夜思》这样的诗歌堪称典范,但李白创作的主要特点是其特殊的主题与形象。李白最突出的特点是对于游历与饮酒的热衷。王维在一首写给赴日本任职的朋友的诗中已经描写过"沧海东"的遥远行程:

向国唯看日,
归帆但信风。
鳌身映天黑,
鱼眼射波红。

他的这首赠别诗中童话的成分大于实际的成分,而结尾讲的与其说是旅行的美妙,不如说是归来的愉快:

别离方异域,
音信若为通。

而李白的绝句《侠客行》则讴歌了游历中获得的自由以及未知的远方。他青年时代的作品中充满了这种无忧无虑、天不怕地不怕的豪情。他赞美"银鞍白马度春风"的"五陵少年",配着银鞍和"绿地障泥锦"的骏马。李白还非常喜欢急流(巴水急如箭,巴船去若飞)、险渡(一日三风吹倒山,白浪高于瓦官阁)。

作为一个"古代英雄传统"的继承者,李白的一些诗取材于古老的情节,歌颂"十步杀一人,千里不留行"的英雄(《侠客行》)。在对于少年豪气的歌颂中伴随着对于主人公的勇气以及他所遭遇危险的夸张。对于自然的描写也采用同样的方法。李白用"疑是银河落九天"描写瀑布,用"何当凌云霄,直上数千尺"描写松树,用"落彩虹"来形容双桥。诗人同时也喜欢夸张人,包括自己的能力:

夜宿峰顶寺,
举手扪星辰。
不敢高声语,
恐惊天上人。

我有万古宅，
嵩阳玉女峰。
长留一片月，
挂在东溪松。

李白感到自己离星辰、月亮是那样近，还可以"划却君山好，平铺湘水流"。在"古风"系列中，李白通过回归古代，复活道教的龙、凤等形象来表达这种基调，李白将这些形象加以丰富，赋予它们出人意料的新意义：

吾当乘云螭，
吸景驻光彩。

李白的道教自然观发展为控制自然的企望，他想获得自然的力量，驾驭宇宙的时间与空间，超越短暂的人生（白日何短短，百年苦易满……）。他想让驾驭太阳车的六龙停下来，"北斗酌美酒，劝龙各一觞"。与人间的权力相比，他认为对于自然的驾驭更为重要：

富贵非所愿，
为人驻颜光。

产生将无边无际的自然与永恒混沌融为一体的愿望的原因往往是对于当时现实的不满：

逆道违天，
矫诬实多。

李白对于当权者的蔑视一如古代的道家，这还表现在他对自己性格的描述中："安能摧眉折腰事权贵，使我不得开心颜！"

除了对于自由的向往，李白还很热衷于生活享受，在这方面他是道家享乐主义者杨朱的传人。李白在美酒中寻找快感，写了很多充满灵感的诗句来赞美酒。在饮酒的时候，他也不忘邀请天上的月亮与他的影子来作陪（《月下独酌》之一）；在其他的诗中他也用很亲昵的口气谈到月亮，如：

醉起步溪月

他与朋友把酒交谈的时候，则要到达"醉来卧空山，天地即衾枕"的境界。

但李白毕竟生活在现实中，所以他的不少诗写的是日常的感受、普通人的悲欢。例如，在仿乐府诗中，李白重新发展了美女罗敷的形象，《白头吟》则继承了卓文君开始的为妇女争取人的尊严的主题。他的长诗《长干行》好像一篇女主人公用第一人称讲述的诗体小说。她回忆了童年的游戏、婚礼，和丈夫在一起的短暂的幸福时光，然后讲到一个必须无穷无尽地等待的妻子的痛苦命运。她只有一个选择：随时准备出门迎接心爱的人，直到老年。李白在这个故事中运用了民间叙事的风格，已经接近于小说了。

李白的一系列诗歌有力地表现了征战给人民带来的悲剧命运。例如在乐府《战城南》中，他为士兵的命运哀叹："乌鸢啄人肠，衔飞上挂枯树枝。"同诗又用另一种说法，求助于人民的智慧："乃知兵者是凶器，圣人不得已而用之。"

李白晚年在流放生涯中不时流露出哀愁之音：

兰陵美酒郁金香，
玉碗盛来琥珀光。
但使主人能醉客，
不知何处是他乡。

在这里，酒帮助他忍耐痛苦，他甚至把痛苦变成了调侃。在其他的时候他也经常这样做。他调侃那些爱饮酒的圣贤（《月下独酌》之二），或已经去世的造酒人：

纪叟黄泉里，
还应酿老春。
夜台无晓日，
沽酒与何人。

可以看出，这样的玩笑是相当放达的。他的朋友杜甫（712—770年）在诗中讲述了李白在酒中获得灵感，诗兴随着一杯又一杯酒而渐渐高扬的风采。醉酒还帮他获得自由之感，冲破所有官方的礼仪，甚至对皇帝的召见也不为所动：

李白斗酒诗百篇，
长安市上酒家眠。
天子呼来不上船，
自称臣是酒中仙。

尽管李白才华横溢，是中国首屈一指的浪漫诗人，远远超前于自己的时代，但他还是受到了严重的迫害。杜甫怀着痛苦写下了这些。不过，尽管杜甫在诗中描写了失去自由的诗人——好像落入笼中的鸟儿，即使有力地拍打翅膀也无法冲破那个罗网，但他不相信有人能够征服这位酷爱自由的诗人（《梦李白》）。人们也记住了他这位伟大诗人。李白诗歌中独特的形象与强大的力量，直到今天的中国都是无人超越的。

在李白充满创新与反叛的创作与生活中，最强烈地表现出了中世纪世界观的危机，同时也显示出一种新型的、完整的人已经在中国出现。

李白与杜甫的名字常常并列，称为"李杜"。他们同为诗人，又是朋友。他们都在创作中展示了诗歌才华，但个性却截然不同。

李白首先为诗歌注入了浪漫的飞扬精神，而杜甫首先将现实主义因素引入诗歌。他们以各自的方式反映了那个时代，抗议社会的不公，并为中国文学的发展做出了不可磨灭的贡献。

杜甫的人生道路是痛苦的。他出身没落贵族，祖先中曾有一些著名的将军和大臣。他必须继承家族的传统。然而不管是其祖先显赫的名声，还是他自己的才华，都没能帮助他飞黄腾达。杜甫多年在各地漫游，因为贫寒不能赴京考试。三十岁的时候他终于来到京城，然而科举落第。于是他向皇帝进献了《大礼赋》，得到赏识。然而他拒绝了一个隶属刑部的外省官职，后来又得到了宫廷里一个更加卑微的官职，这个徒有其名的官职既不能解决生计问题，也没有参政的资格。

755年诗人为叛军所俘，又逃了出来。他被封了一个高等职位，并随朝廷回到京城。但是杜甫很快被罢黜外放，不久辞官移居四川成都，在那里一直生活到去世。20世纪50年代，人们在成都为他建立了一座纪念馆。

成都时期之初，杜甫第一次处于备受关照的环境中，一些有权势的朋友资助他，而晚年则重新开始了漂泊的生活，贫病交加。一个关于杜甫之死的传说反映了这一情况。传说在发大水的时候杜甫没能从河中小岛转移到岸上，整整十天没有吃东西。县令得知这个消息赶忙派船接他，并为他大摆宴席。于是他死于饥饿后的暴食。这个传说很能说明问题，它表现了这位关心民生疾苦的诗人的悲剧命运。

很多诗缺少精确的时间，为对杜甫的创作进行分期造成了困难。一般将他的一生分为三个阶段：第一阶段与第二阶段以安史之乱为界，第二阶段与第三阶段以迁居成都为界。郑振铎根据杜甫向皇帝进献的歌赋，认为他在其第一阶段"似乎只想做一个歌颂太平盛世的宫廷诗人"。但是这些"奉上"的作品和那些应酬的作品一样，几乎从来都不会反映作者的真实情绪。从杜甫拒绝担任刑部的官职可以看出他对现实的批判态度。长诗《丽人行》《兵车行》也表现了同样的倾向。这两首诗很重要，标志其第一阶段创作已经进入高峰，而不是如郑振铎所认为的，在第二阶段才由于玄宗朝由兴盛走向崩溃的影响而成熟起来，出现创作高潮。

杨贵妃因美貌而成为诗人与画家经常描写的对象，但她的生平事迹绝对不是无可非议的。В. М. 阿列克谢耶夫说："玄宗皇帝对于这些享乐已经感到厌倦了……他开始寻找新的、不寻常的艳遇。这时候他偶然在一个儿子的妻妾中发现了这位使他神魂颠倒的美人，于是做了一件很不光彩的事——将这个年轻女子占为己有。于是她成了他的宠妃……"他说得没错，但是漏掉了一个细节——为了将这个妃子从儿子的宫中转移到父亲的宫中，皇帝一度将她送到道观，并赐名太真。新的名字好像是把她换了一个人，因此杨贵妃出现在皇帝的宫中在形式上就没有什么值得非议的了。

杜甫在第一阶段中描写了京城贵妇们令人难以置信的奢华——她们的服饰、她们出行和宴饮的情景。诗中并没有明讲杨贵妃，只是通过杨家姐妹的封号暗示了这些盛大活动的真正主角。

《兵车行》对现实的揭露更为直接。的确，诗中既没有提到玄宗，也没有提到某位权臣——直接挑起这次扩张性质的远征的人，只是引用俗语"信知生男恶，反是生女好"暗示杨贵妃的兄弟杨国忠无才无德，却依仗杨贵妃平步青云。诗中主要描写了士兵的痛苦和死亡，他们妻子的痛苦，田园与乡村的荒芜。这首诗明显受到《战城南》《十五从军征》这些诗人漫游中听到的民歌的影响。在全国各地看到的生活现实以及自身的遭遇很早就唤醒了他对下层人民的同情,对于暴政的抗议。他的艺术逐渐成熟,而发生在755年的政治剧变对于杜甫影响极大,促使他成为一名成熟的揭露者。他对于痛苦与压迫的表达加强了,他对于现实的批判更加犀利。人们认为这场叛乱的原因正是那个杨贵妃。杨贵妃庇护边疆的军事长官安禄山,认这个突厥人为义子,于是他有权自由出入朝廷并与杨贵妃关系暧昧,就像民间话本所讲的那样。因此军队拒绝为皇帝护驾,直到他处死了杨贵妃和她的兄弟。杜甫早在这场戏悲剧性的结局之前便揭露了它的主人公,表现出他对于当时的政治斗争感觉很敏锐。其他的一些作品也与这两首诗题材相近,如《自京赴奉先县咏怀五百字》中揭露杨氏姐妹("中堂舞神仙""君臣留欢娱"),《前出塞》中反对征服战争(责备皇帝"君已富土境,开边一何多";谴责贪恋战功的人"众人贵苟得")。已经有丰富生活经验的杜甫用越发大胆和有力的语言表现割裂社会的鸿沟：

朱门酒肉臭,
路有冻死骨。

他自己也遭到了悲惨的变故。当他结束漂泊回到家里的时候：

入门闻号咷,
幼子饥已卒。
吾宁舍一哀,
里巷亦呜咽。

但他竟然能够写出这样的诗句：虽然自己如此贫苦,但百姓的生活比他还要痛苦百倍：

生常免租税,
名不隶征伐。
抚迹尤酸辛,
平人故骚屑。

在这些诗句中，杜甫第一次表达了人们之间的不平等，即使是他这个贫寒的士人（也就是其他国家的所谓"贵族"），相对于普通人来说也拥有某些特权（免于赋税、兵役等）。

由于这样的一些发现，杜甫的诗中出现了一些新的特点。他不止一次地描写风俗画式的场面，简洁有力地表现国家的衰败。例如，在对夜间捉来的新兵进行点名的时候，听到的只是为年纪很轻的少年送行的女人们的哭诉（《新安吏》）；乡村只剩下老人和孩子（《石壕吏》）；还表现了普通百姓的其他痛苦。诗人与这些劳动者一道痛苦，把他们看作真正的人，把他们当作品的主人公。他不止一次地借助人民的智慧，在国家的多难之秋通过士兵或乡村老人之口对文武官员提出忠告（《出塞曲》《垂老别》等）。

但杜甫并不只写揭露性的诗歌。他还表现朋友间、诗人间那种传统的交游，以过去的人物为吟咏对象，而在写给李白的诗中描写了这位杰出的同时代人颇有特色的画像。他写朋友从"远方的海"带给他的珍珠（《客从》），表达对于辽阔的海洋的向往（《自京赴奉先县咏怀五百字》），对自然的描写也很突出。例如在《绝句》中，第一、二句用鲜艳的色彩渲染大自然的宁静，第三句将主人公的忧愁投射到风景中，而最后一句则是对第三句的回应，并留下了一个问题：最终是绝望呢，还是希望？

在杜甫的绝句中，结句除了具有出其不意的艺术特点，还往往赋予全诗某种新的色彩。例如在绝句《八阵图》中，结句就带有一种幽默的意味。第一、二句诗人热情赞颂了一位古代战略家的智慧和他摆下的著名的八阵图；第三句更加庄重地宣称：刻有八阵图的巨石已经历经几百年了，好像其军事艺术的纪念碑；结尾却是一声带有嘲讽意味的叹息：这位战略家的遗恨⋯⋯没有胜利！

杜甫缺乏对于古代甚至对于天子的足够景仰，这与他另外的许多特点都说明中世纪意识的瓦解。杜甫的自由思想与他对陶渊明的爱好有关（"焉得思如陶谢手""此意陶潜解"）。在《茅屋为秋风所破歌》和《蚕谷行》中这位伟大空想家的影响很明显。在前一首诗中，年老体弱的杜甫在大风把屋上茅草掀掉，又被村童哄抢之后，不是没完没了地自怨自艾，而是抒发了这样的理想：

安得广厦千万间，
　大庇天下寒士俱欢颜。

风雨不动安如山。

在 E.B.谢列布里亚科夫称为"创造性的和平劳动的真正颂歌"的《蚕谷行》中，杜甫表达了铸剑为犁的理想，希望农民不仅生活温饱，而且得到劳动的快乐——歌声。杜甫的这两首诗为自古以来关于幸福生活的乌托邦理想——共同居住、快乐工作——增添了浓重的一笔。

杜甫的创作丰富多彩，但其中最重要的是勇敢的揭露和对人、人的感情与需求的关心。这证明其创作具有现实主义的因素。

以上三位8世纪的诗人各有创新，其中王维以山水诗见长，李白表现了追求自由的浪漫气质，而杜甫的诗则具有现实主义的成分。在他们的影响下，从8世纪末开始，进行内容与文学形式创新的诗人不是个别地，而是大批地出现。这时候，文化已经开始了向新阶段的转变，印刷业成为高雅文化的支撑，国内最优秀的人才终于不再需要依赖权贵的庇护了，这种情况促进了文学的创新。

白居易、元稹及其他诗人

8世纪末9世纪初出现了一大批有才华的诗人。经济政治的繁荣时代已经过去，强大的国家显现出没落的趋势，而思想界的批判倾向正是这种时代特点的反映。

据《旧唐书》说，元稹（779—831年）与白居易（772—846年）书信往来，平民与官员争相吟诵和传抄他们的书信，以至于洛阳纸贵。这两位漂泊遭贬的诗人的思想使得所有读者为之伤心。而《新唐书》则说他们的"淫言媟语""流传人间，子父女母交口教授"。在10世纪与11世纪的官方史书中对于他们截然不同的评价说明这一时期的斗争是相当激烈的。

当时，令代表社会先进思想的人感到忧虑的问题是人民的痛苦、帝国崩溃的危机以及游牧民族新的进犯。白居易、元稹和其他后来被称为"社会派"的追求自由的诗人在作品中反映了尖锐的政治问题。他们也写一些传统题目的诗歌，如与朋友共饮、同游或别离等，并继承王维的风格，吟诵山水，但是他们创作的主流是揭露性的诗歌、讽喻诗（在中国，讽喻与幽默几乎没有关系）等。他们还在时论（如给皇帝的奏章等）中发表批评性的言论。为了打破近世宫廷诗歌华而不实的"虚文"，他们引证《毛诗大序》，主张回归古代，重新用直白的语言写诗。白居易与元稹互相应和，提倡恢复古制：通过收集民歌恢复皇帝与人民的联系。但同时两个诗人都提到往昔揭露批评的自由："言之者无罪，闻之者足以戒。"他们以古讽今，以匡正时弊为己任。他们的观点非常接近（他们的名字并称为"元白"），以至于似乎具有相同的创作主旨，如"文章合为时而著，歌诗合为事而作"（白居易）。

白居易和元稹均出身于没落的显赫家族，都在科举考试中名列前茅，获得高等官位，但不久便遭贬。两位诗人在贬谪时期认识到，他们期待出现依靠民众从而使工匠与商人、官员与百姓都能表达自己意见的明君，期待出现皇帝与人民一起倾听……与全国人民同心的状况是完全不现实的。宫廷的佞臣与各地的权贵战胜了他们。我们可以从他们的诗中了解到这两位遭贬谪的诗人的悲剧命运。如元稹在一首绝句中写道：

残灯无焰影幢幢，
此夕闻君谪九江。
垂死病中惊坐起，
暗风吹雨入寒窗。

白居易也用同样悲伤的诗句回答他（《江楼夜吟元九律诗，成三十韵》等）。这个集团几乎所有的成员都受到排挤，如韩愈被贬为"潮州刺史"，而张籍则一直做太祝这样的小官。白居易在写给元稹的信中讲到诗人们的贫寒境遇："足下又十年来困踬若此……陈子昂、杜甫，各授一拾遗，而迍剥至死……彼何人哉！"他说自己的诗歌使整个上层切齿痛恨，但这些作品也使志同道合的诗人们互相发现、互相扶持。

这些诗人继承杜甫的传统，有力地揭露现实。在元稹的《田家词》中可以看到战争期间农村的沉重负担，农民最后的耕牛也被征走，而胜利以后还回来的只有两只牛角。张籍在《野老歌》中讲述了劳动者不得不以橡实果腹，而官仓的粮食却腐烂的情况；在《废居行》中他描写了战争期间的贫困状况，战争后很多人没有回到家乡，只有里长回来务农。李绅描写了农民饿死在归还的土地上的情景。刘禹锡写了《石头城》和另外一些讽喻诗，柳宗元也是这批诗人中的一员。白居易的《秦妇吟》与"新乐府"就是这些作品的突出代表。

在这些诗中似乎贯穿着同样的主题。白居易在《新丰折臂翁》中批评了扩张疆土的战争和好大喜功的武将；在《宿紫阁山北村》中揭露了军卒在农民家中的横暴行径；在《卖炭翁》中，表现了在任何一座城的任何一条街上随时发生的横行霸道的一幕。但是对于同样的题材，白居易总是能找到最完美的艺术形式。他的讽喻诗脱胎于绝句的结构，从四句诗扩展为乐府或长诗，从而将这种体裁推向极高的艺术水准。他诗歌的主人公既有来自上层社会的，也有来自下层社会的，因此意思的转折总是引向激烈的冲突，而结句也几乎总是留下悲剧性的情感，揭露出不平等社会的全部不公正性。白居易凭借天才将对比的方法转化为出人意料的艺术，表现出不同社会阶层之间、奢侈与贫困之间令人震惊的巨大悬殊。

《买花》描写了花市的美丽色彩，情绪柔和。但这种悠闲的气氛中出现了一个格格不入的"偶然"来到花市的乡下老头儿，诗的最后两句简洁地道出了他的叹息：

一丛深色花，
十户中人赋！

在《轻肥》中描写了朝廷的文武高官骑着肥壮的马赴一场盛宴的豪奢场面。但是诗的结尾两句却是另一幅图景：

是岁江南旱，
衢州人食人！

《歌舞》似乎继承了杜甫"朱门"的主题，但是白居易诗中对比的强度与手法却强烈得多。开头写的是舞宴，结尾写的却是死亡：

岂知阌乡狱，
中有冻死囚！

作者称宴会的主人为"秋官"（刑部的长官），而主宾为"廷尉"（监狱的主管），在他看来，他们正是违法现象的罪魁祸首。白居易用生活语言写诗，这也大大提高了其诗歌的表现力。传说白居易将自己的诗读给普通的老太婆听，并修改到她们能完全听懂为止。这种创新的平民化的语言却使得诗人及其创作在几个世纪中一直受到指责和否定。

这批追求自由的诗人除了对政治进行揭露，还对宗教迷信加以批判。不错，这一类的作品没有一个统一的整体，每位诗人反对某一种宗教或宗教的某一方面，但他们共同为克服宗教势力的影响和发展世俗世界观做出了很大的贡献。韩愈在小品文中提出没收寺院财产，白居易在《两朱阁》中，张籍在《求仙行》中，其他一些诗人在他们的作品中分别揭露了佛教以及使许多人失去生命的道教炼丹术。元稹反对一切宗教，立场始终如一。在《人道短》中，元稹第一句诗就否定了儒教关于"天意"决定全部尘世生活的信条，提出与"天道长，人道短"相反的观点："古道天道长人道短，我道天道短人道长。"作者认为，不是上天赐予人永生，而是人用自己的功业赢得不朽。元稹总的来说发展了道家的思想，但他否定了"天"具有完成合理行为的能力（若此颠倒事，岂非天道短）。

元稹发展了杨朱关于人是最理性的生物的观点，将"作为"提到最重要的位置上：人能拣得丁沈兰蕙，料理百和香。他指出人可以改善自然，唱出了人的理性行为的真正颂歌："若此神圣事，谁道人道短？"人胜于天的思想实际上就是人胜于自然的思想，是中世纪人类认识向前迈出的一大步。总的说来，元稹的这首诗表明他具有自由思想，致力于恢复道家的无神论，但是与过去道家的"出世"取向不同，他歌颂人的功业。这种对于道家思想的再思考会唤起人们为人、为人的尊严而奋斗。例如，白居易就主张消灭奴性，他赞扬一位刺史，因为在他的治下产生的是真正的人，而不是奴隶。

很多作品表达了保卫人的权利的思想。元稹在《织妇词》中描述，贫穷的织女羡慕蜘蛛，因为它不需要用那么长的时间来学习纺织。沉重的劳动与对技艺的要求甚至使织女们不能出嫁。在《上阳白发人》中，作者揭露了君王及其侍从的恣意而行：为了满足"礼"的需要，各宫都要配备足够数量的美女，只为皇帝的一时兴起，少女便永远地离开了亲人。元稹呼吁保护贫穷的织女、后宫的宫女以及皇帝家庭成员过"自然的生活"的权利，希望"女有归，男有业"。

这种维护人的权利的努力是建立在杨朱学说基础上的，它必然会带来对爱情的歌颂，对子女无条件服从长辈的儒家家庭秩序的抗议。白居易的弟弟白行简的《天地阴阳交欢大乐赋》以及元稹的《杂忆》组诗都属于这样的题材。在《天地阴阳交欢大乐赋》的序文中，像一切抱有道家思想的人一样，诗人表达了对于追名逐利的否定，但对于追求快乐乃至性爱，却表达了肯定的态度。韵文部分赞美了青春的美，描写了给少男少女带来爱情的约会。他们的结合是人生中最重要的大事，就像大自然的所有生命一样，这种结合是快乐、美丽、健康的。诗歌部分用源自古代礼仪及道家医学的观念来表达文艺复兴时代人所特有的肯定肉体的观念。白行简还在传奇《李娃传》中通过讲述一个不惜为情而死，又因情得到新生的故事继续其赞美爱情的主题。

元稹的《会真诗三十韵》《离思五首》和《杂忆五首》是多年间陆续写成的，其主人公都是女性——《会真诗三十韵》更是用在了《莺莺传》当中。这些诗写的是具体的活生生的人、隐秘的感情和个人的感受，这些元素第一次成为中国文学作品女主人公性格的组成部分。每一句都是一幅画面，或是描写与心爱的姑娘会面的时刻，或是描摹她的容貌：

眉黛羞频聚，
唇朱暖更融。
气清兰蕊馥，
肤润玉肌丰。

无力慵移腕，
多娇爱敛躬。
汗光珠点点，
乱发绿松松。

她的美丽，她的服饰的每一个细节，他们共度的幸福时光的记忆，都在诗人的心头萦绕不去：

自爱残妆晓镜中，
环钗谩篸绿丝丛。
须臾日射胭脂颊，
一朵红酥旋欲融。

他曾经观看她梳妆打扮，在明媚的阳光或美丽的月光下，所有的装扮都那么地适合她。他回忆起他们一起荡秋千、捉迷藏时的情景：

寒轻夜浅绕回廊，
不辨花丛暗辨香。

忆得双文笼月下，
小楼前后捉迷藏。

有时诗人仿佛看到她的面庞出现在石榴花丛中，她的身材轻盈柔美，好似幻影一般：

山榴似火叶相兼，
亚拂砖阶半拂檐。
忆得双文独披掩，
满头花草倚新帘。

春冰消尽碧波湖，
漾影残霞似有无。
忆得双文衫子薄，
钿头云映褪红酥。

元稹还在一些长诗或乐府中流露出相聚苦短的悲叹。一个曾同仙女相与的人不会爱上另外的女人，一个看过大海的人会觉得任何一条河都微不足道。在描写幸福的画面之后，元稹的组诗中出现了离别的悲剧。然而即使二十年后，忠于自己心中美好记忆的诗人仍然在为她写诗：

富贵年皆长，
风尘旧转稀。
白头方见绝，
遥为一沾衣。

后来，元稹和他的朋友们继续发展这一青年男女爱情的主题，完善诗人钟爱的少女的形象。这位女主人公的形象一直吸引着随后几百年中的优秀文人。

属于这一诗人集团的还有一位女诗人薛涛，她代表了对于"良家妇女"那种与外界隔绝的生活方式的抗议。难怪她的名字很长一段时间一直是才女的代名词（例如在17世纪的小说中）。当时的女子很少读书，但薛涛接受过良好的教育并喜爱写诗。她的父亲去世后，她本应出嫁并随之结束诗歌的创作。为了保持自由，她做出了闻所未闻的大胆决定：入乐籍。但是薛涛赢得了文人的尊敬，节度使召令其进入幕府，甚至准备奏请朝廷授之以秘书省校书郎的官职。尽管这个申请并没有得到皇帝的准许，但人们还是按照对男子的称呼方式称她"薛校书"。她发明的"薛涛笺"也享有盛名，她写在这种自己制作的精致信笺上的文字深得收藏爱好者的钟爱。

围绕着薛涛组成了独特的文学沙龙。在贵族文化的成长过程中常见的沙龙，在中国却是一种特殊、少见的现象，因为在中国，文化圈子只产生于名妓的身边。的确，由于职务的要求，薛涛主要是与军人打交道、出席酒宴等，不过，除了赞颂战功的诗歌，她也写一些嘲讽的诗句。但是许多著名文人与她保持来往及书信往还，如元稹、白居易等。与才智相当的人交往使薛涛获得了最大满足。薛涛的诗歌流传下来的不多，这些诗充满生动的暗示，说明她具有敏感的诗才。除了传统的应景之作，还有一些仿民歌的诗：

花开不同赏，
花落不同悲。
欲问相思处，
花开花落时。

在描写风景的抒情诗中经常使用新鲜的比喻描写不常见的花卉，如郁金香：

阑边不见蘘蘘叶，
砌下惟翻艳艳丛。
细视欲将何物比，
晓霞初叠赤城宫。

有时，诗人在描写风景时用色彩对比或感情对比的方法表达惊奇的感受。纸上的黑白山水与自然界蔚蓝天幕映衬下的积雪皑皑的山顶形成强烈反差；从画里看上去登山是那样轻松，而真正身处峭壁下临深渊时却是那么惊心动魄。在这些诗句中没有任何陈词套语，完全是诗人自己的发现与感受。

> 今朝纵目玩芳菲，
> 夹缬笼裙绣地衣。
> 满袖满头兼手把，
> 教人识是看花回。

在薛涛短小而热情的自然赞歌中甚至含有酒神的主题。她目迷五色，沉醉于自己的自由——她可以随心所欲、坦然自若地去自己想去的地方，感到自己是一个自由的人。在赞美爱情的诗中，薛涛引用了宋玉、司马相如作品中的形象，这两位古典作家作品中对美的崇拜和对自由爱情的追求帮助她去打破中世纪的禁欲主义枷锁。她毫不掩饰地表达对李白的喜爱，尤其喜好他关于美酒的诗句。

> 凭阑却忆骑鲸客，
> 把酒临风手自招。

但是连她也不免遭受痛苦。在她写给元稹的《十别诗》中充满着悲伤的感情。因为在一次酒宴上得罪了元稹，薛涛想用这些诗来挽回他的感情。这组诗中的每首绝句都以一种动物（《鹦鹉离笼》《燕离巢》）或物品（《珠离掌》《镜离台》）为喻，结构相同：开头写这种动物或物品的好处，笔锋一转，写它偶然的过失或主人对它的漠视，结句写失去爱情和生活意义的悲痛。鹦鹉长时间地给人们带来消遣，一旦发出了一次难听的声音便受到冷落；珍珠"皎洁圆明内外通，清光似照水晶宫"，可是只因上面有了一点瑕疵，于是"不得终宵在掌中"。由于妇女的命运总是被他人乖张的情绪所左右，所以她们的不幸便在所难免。但是在《马离厩》《鹰离鞲》中则表现了另一种命运：不是等待恩赐，而是让自己的天性获得自由。马甩掉马鞍奔向太阳，而山鹰冲向云霄。

薛涛必须做出选择：是仍然做某人的玩物，还是做一只自由的鸟儿。在最后两句诗中她做出了决定，表达了热爱自由的骄傲心灵以及人的自尊意识的觉醒。薛涛这位9世纪的新女性本身也体现了这种意识的觉醒，她具有人文主义思想，其整个生活与创作都像李白一样充满反叛。同时代小说家们塑造的一些妇女形象也体现了薛涛式的反叛。

8—10世纪的小说

4—6世纪小说（短小的故事、笑话、逸事等）的出现标志着散文作为一种文学体裁已经形成。8—10世纪的小说有所发展，出现了署名的作品，其情节和主题大多是众所周知的，其形式与最早的小说一样，仍然处于幼稚的萌芽状态。小说的结构建立在情节的基础上，人物的出现缺少准备，以曲折的故事吸引人。人物的性格处理很粗略，描写、形容的词句多取自民歌。对人物感情的展示方法也很单一，主要靠快速推进的情节取胜。例如《离魂记》和《杨娟传》只用一两页的篇幅就讲了一生的故事。这一时期也出现了成熟的小说（如《李娃传》《莺莺传》），这是因为作者有意识地回归古典，学习司马迁写人叙事的生动笔法。对小说作者产生影响的还有记叙生平事迹的作品，某些小说就是脱胎于这类作品的。小说有一个共同的名字——传奇，其中包括多种类型，有剑侠小说、志怪小说、爱情小说和讽刺小说。"传奇"的名称本身说明作者所追求的是引起人们的注意与惊奇。这些小说的构思在某种意义上与绝句的"出乎意料"的艺术手法有异曲同工之处。

剑侠小说主要是围绕历史人物展开的。小说的情节建立在史书中记载的真实事件的基础上。不平凡的主人公使得这一类小说接近于杰出人物的传记。杜光庭的《虬髯客传》讲的是一个爱情故事，但其情节源自历史事件：一个朝代的衰亡和一个新朝代的建立。小说中的若干主人公都是真实的历史人物：司空杨素代表旧朝代的邪恶，面临叛乱威胁的李靖将军是正面人物，还有新朝的建立者——太原李氏。但是与记载战争的史书不同，小说对于战争只用了很少的笔墨：开始写叛乱，结尾写唐朝的建立，而小说的主要内容是表现唐朝第一个皇帝及他的同道们的英雄性格。他们的形象是通过小说其他人物的言行曲折地表现出来的，这些小说人物虽然不是真实的历史人物，但他们的头上也笼罩着神的光环。司空杨素的侍女红拂"以天人之姿，蕴不世之艺"，她一眼就看出当时还是无名之辈的李靖必能成就大事，于是跑到李靖处，并嫁给了他。他们途中遇到一个外乡人，李靖险些与他争吵起来，妻子得体地化解了争吵，并看出这位外乡人也是一位大人物。其实这位绰号虬髯客的外乡人就是准备夺取王位的各路豪杰之一，但他不是一个普通的野心家，而是追求正义的勇士。于是他决定会一会自己的竞争对手。会面之后他认定对方是一个"真正的天子"。这位太原李氏有一种非凡的力量，而一位道士的预言也是对他的一种重要支持。这位外乡人离开时将身上所有的财宝都留下来帮助新国家的建立。小说通过不断出现的信号——关于"非凡人物"的说法，关于"天"，来塑造太原李氏，即新王朝建立者的形象。所有这些都符合儒家关于帝王（天子）出身的学说。但主人公的具体特征却是与儒家观念相矛盾的，其突出的特点是平易的作风（"不衫不履，裼裘而来""长揖而坐"）和异乎寻常的风采（"神气清朗，满座风生"）。小说将政权的更迭比作季节的自然交替，民间传说以及道家的神仙传也被用于帝王的神化。一般认为，唐朝之所以受到道教的支持，以及唐朝之所以对道教格外庇护，是因为唐朝的皇帝姓李，是老子的后人。但是小说中并无这种说法。小说的作者杜光庭生活的时代，已经开始出现新的叛乱和起义，大概他想使唐朝已经暗淡的光环重放光彩，但是客观上却寄希望于能用谦逊朴实的态度和强大的内在力量征服人心的人物。小说将人本思想与关于明君的传说结合起来，反映了道家思想的一个新特征——介入人间问题的企图。

袁郊所作《红线》中的历史人物是两个互相竞争的武官。而为了完成让他们彼此妥协的艰难使命，小说中引入了一个虚构人物——侍女红线（红线是媒人的形象说法）。这是一位比较积极的人物，她会道教的咒语，一夜之间可以走很远的路程，潜入敌营帐中，从枕头下盗出金匣。这些小说歌颂的不是战功，而是英雄的气质和用很少的代价（指物力与生命）赢得世界（在《虬髯客传》中指天下，在《红线》中指某个地方）的智慧，其中英雄的元素与神奇的元素经常是平分秋色的，在其他的一些小说（如《无双传》《聂隐娘》）中均是如此。

在游侠小说中现实感最强的是一篇关于普通女子的小说——《谢小娥传》。谢小娥十四岁就遭到了不幸，其父亲和丈夫被海盗所杀，但她终于为父亲和丈夫报了仇。小说中唯一的超现实因素是谢小娥的父亲和丈夫托梦给她，用字谜暗示她谁是凶手。但是谢小娥不认识字，无法解开字谜，于是作者李公佐帮她找出了谜底。作者将自己引入叙事之中，使得故事显得更加真实可信。小说的主题是复仇的事迹：谢小娥女扮男装，周游全国寻找凶手，以女佣的身份打入强盗团伙卧底，最终杀死匪首，将团伙其他成员交朝廷法办。尽管有擅自杀人之过，但皇帝鉴于谢小娥的勇敢赦免了她，完成了复仇使命的谢小娥随后出家。在小说末尾的"赞"（这是从司马迁那里学来的）中，作者非常开通地肯定道，一个普通人（而且是一个女人）所建的功业与那些帝王将相的功业是同样值得载入史册的。

志怪小说主要与民间传说有关，不过来自异域的消息也开始渗透其中。

小说中出现了诸如黑奴（裴铏的《昆仑奴》）、海难（佚名的《王榭传》）这样的内容。小说中还谈到一些神奇的生物及其不同寻常的变形方式。主人公入龙宫、上高山、战胜毒蛇和狐狸，把人们从恶势力的控制下解救出来。主人公的助手总是拥有魔镜、宝剑和其他具有魔力的东西（王度的《古镜记》）或直接以道教神仙的面貌出现。有些小说则类似神仙传的扩展（如牛僧孺的《玄怪录·张左》）。

在爱情小说和讽刺小说中，幻想成分已经转化为一种文学手段。在12世纪就已经把它看作隐藏"叛乱的内容"的手段："旧时当小说涉及有伤风化的内容时，作者便将故事转入灵怪世界或梦境。"陈玄祐的《离魂记》（8世纪60年代）中讲的是一对表兄妹的爱情故事。女主人公倩娘的父母将她许配他人，倩娘违背父母之命，跑到心爱的人身边。两年后这对恋人已经生了两个儿子，他们一起回到家中，这时才知道，这些年倩娘一直在家卧病不起。两个倩娘一见面便"翕然合为一体"。在这里，"奇迹"使得擅自出走的女子得到开脱：因为离家出走的只是她的魂，尽管这离开身体的灵魂过着完全现实的生活。小说的结局是这对夫妇白头偕老，他们的儿子仕途通达。陈玄祐以此表明，尽管他们的婚姻违背儒家的礼教，但却是幸福的，因而肯定是符合天意的。作者用这种方式怯生生地尝试着发出反对礼教奴役的声音。

另一篇更完备的爱情小说是李朝威的《柳毅》，它的女主人公好像直接来自民歌。她是一个被公婆赶出家门的媳妇，因为她敢于抱怨丈夫对自己的冷淡并表现出妒忌。接下来作者描写女主人公在仙界孤立无援的处境，以此表明天上与尘世是受同样法则支配的。按照常规，女主人公通过媒妁之言许配给人，她自己不知要嫁给谁，而她的父母也没有打听。从其叔父及父亲的言谈中可以看出这场婚姻是失败的（叔父说她"见辱于匪人"，父亲则自责说"老父之罪，不诊鉴听，坐贻聋瞽"），但是她的亲人还是很快把她许配给第二个人，仍然没有征求她自己及对方的意见。但是李朝威用另一种方法来处理这个女人的命运——一个凡人为神建立的秩序带来了新的内涵。主人公被描写成真实的历史人物，而情节也引入现实中的事件——科举考试，这样使得整个故事落实到现实生活上来。

从儒家的观点来看，柳毅是一个反面人物：他科场落第，帮助别人家被休的媳妇，最后，当高官为他说媒时，还拒绝了婚事。但是从人性的角度来说，柳毅是很有魅力的。他不贪图功名富贵，富于同情心，急公好义，看到一点不公正的事便满腔怒火。当别人想把他搭救的女人嫁给他，作为对他的奖赏时，他感到愤怒，因为对方试图依仗权势将自己的意志强加于人。他有自己的原则，因此拒绝娶这个女人为妻，尽管他喜欢她。

这一切已经表明反对家庭权威的思想，但是作者还通过人物之口直接揭露了占统治地位的宗教，因为在仙界与尘世有着同样的秩序（例如龙王"披紫衣，执青玉"的样子就像一个朝廷要员）。主人公与钱塘君的争论演变成与整个儒教的论战：所谓"真丈夫"却"不顾其道"，"坐谈礼义"者却"以威加人"，"将迫于人"。柳毅对强制婚姻的反抗、维护个人自主权利的热情言辞，表明他是一个真正的人本主义者。小说将柳毅对手的力量加以神化般的夸大，这加强了柳毅胜利的分量——因为他最终战胜了那个强大的对手。直到告辞的时候，柳毅才明白自己爱着龙女，他感到后悔。两个相爱的人又经过很多波折才结合在一起。在小说的结尾，男女主人公成为仙人，说明勇敢地追求真正爱情与其他形式的功业一样，都是超凡登仙的途径。对于永生的描写具有寓言性，愉悦、安宁、永远年轻，这一切都是对爱情的赞美。小说的作者李朝威提出了与儒家不同的关于公正、道德、道义的观点，而最主要的是主张自由选择人生的伴侣。

有些小说家能够完全脱离神怪的元素，这主要是一些表现风尘女子——娼妓的作品。房千里写于9世纪20年代的小说《杨娼传》描写了美貌的杨姓妓女与一位被夫人折磨致死的名士之间的爱情。这位忠于感情的妓女将自己得到的所有礼物都拿出来祭奠死去的情人，最后自杀。作者在最后的"赞"中说杨"虽为娼，差足多乎"，暗示她高于良家妇女。小说中描写嫉妒的妻子的一幕也说明了这一点。当她得知自己的情敌扮作婢女来探视丈夫时，便为杨准备了"应得的"招待：让十来个健壮的女佣手拿棍子站在院子里，架起一口大油锅，准备把杨扔进去。

作者将杨姓妓女描写成一个极富魅力的女子。"杨娟者，长安里中之殊色也……王公钜人享客，竞邀致席上。虽不饮者，必为之引满尽欢。长安诸儿，一造其室，殆至亡生破产而不悔。"但是杨为了爱情拒绝了所有的追求者、奢华的生活以及名妓的地位，追随心爱的人而去，作者通过这种对比突出了她的深情。作者描写的画面还有助于对其他一些小说的理解，并展示了文艺复兴时期的都市生活，特别是"欢场"的风情。

当时的优秀文人已经意识到乐籍制度是不公正的。漂亮的女孩子像奴隶一样从小被买来，被授以琴棋书画，成年后这些女性过着矛盾的生活：她们操贱业，被视为堕落，但她们又受过当时最好的教育，娴于优雅精致的艺术；

她们像奴隶一样，毫无人身自由，却又艳名远播。她们的才艺与美貌使多少王公贵人倾倒，甚至士大夫阶层最古板的代表和卫道者也不免在"勾栏"设宴会友。诗人、画家更是乐于在这里享受精致的生活，与同样有才华和鉴赏力的女子一起自由地享受艺术的美感。但是当他们将这些妓女作为作品的主人公时，便会如房千里那样，揭示她们命运的悲剧，把女主人公描写成一个真正的人，一个应当得到最好的命运的人。这一类人物形象往往是作家创作中最成功的部分，因为作者可以直接描写自己熟悉的妓女，而不限于程式化的描写。在刻画人物和作品结构方面最为突出的是白行简的《李娃传》和蒋防的《霍小玉传》。前者的情节很简单。贵族公子进京赶考，却因迷恋女主人公而荒废了学业。一年后老鸨将已经落魄的客人赶了出去，他走投无路，濒临死亡。与心爱女人的重逢给了他新的生命。在小说中爱情是唯一的主题，它从两人一见面便开始了，并带来幸福。与爱人的分离使人陷入绝望，而失而复得的爱情甚至可以起死回生。妓女的自我牺牲拯救了公子，帮助他科举及第，步步高升，最后她也终于得到公子父亲的承认，甚至得到了皇帝的赞许。作者强调说，这是不同寻常的："虽古先烈女，不能逾也，焉得不为之叹息哉！"他对于女主人公的赞美也就是对于历经痛苦磨难，终于获得圆满结局的爱情的赞美。小说的结构建立在主人公住的变化上，与之相伴的则是命运的变化。搬到妓女的家中意味着他与"士大夫"的决裂；卖掉车马后他失去了老鸨的尊敬，于是她带着李娃不辞而别，主人公卖掉最后的衣物后，"赁榻而寝"；当试图回到最先租住的房子时，奄奄一息的他却被送到了"凶肆"。但是在那里，这个年轻人开始了新的生活。他被救活，而且展现出一种才能：爱情的悲剧使他成为一个出色的哭灵人。他通过在葬礼上哭灵、在大庭广众之下与另一位歌手的比赛成为全城最好的歌手。但对于他的父亲来说，这是败坏家风的堕落行径，于是年轻人被狠狠地责打一顿，倒在地上，几乎冻死。现在他落入了生活的最低点。"被布裘，裘有百结……持一破瓯巡于闾里，以乞食为事……夜入于粪壤窟室……"李娃几乎认不出这个乞丐就是过去的情人。作者让主人公满城迁移，似乎在展示不同的区域及其居民的特征。高官不惜将亲生儿子打死，如果他去做不体面的职业。但对于工匠来说，一个人哪怕非常贫穷也值得关心。普通市民对任何才能都乐于肯定。妓女则为了搭救情人不惜跟老鸨闹翻。有人本主义思想的作者所偏爱的显然不是达官贵人。小说所有的情节都与城市的景观联系在一起，这个新的特点在白行简的小说中表现得尤为鲜明。

蒋防的《霍小玉传》也是以城市为背景的。她的悲剧命运在于其充满诗意的气质与低下的地位之间的矛盾。她年轻的生命掌握在精明强干的媒婆手中，小说中说这位媒婆为"故薛驸马家青衣也……性便僻，巧言语，豪家戚里，无不经过，追风挟策，推为渠帅"。男主人公来向这个老奸巨猾的女人求助，而他的身上也有这种性格的影子。媒婆对于小玉的描写却正好相反："有一仙人，谪在下界，不邀财货，但慕风流。"这个小说写的是霍小玉与诗人李益（9世纪初）之间的感情故事，其中作者着力表现的是女主人公。她是一位王公的私生女，受过良好的教养，被赶出家门以后，为了养活母亲，被迫成为妓女。与李益相逢时，小玉对自己暗淡的前途有着清醒的认识：一旦红颜老去，幸福也就会随之而去。但是诗人发誓不会变心，他们长达两年的爱情又使小玉重新燃起希望，即使分离也没有将这个希望放弃。但是李益注定无法实现他的承诺。他无法违拗母亲的意志，不敢拒绝母亲为他物色的新娘。小玉越来越不安，于是变卖了所有贵重物品，前去寻找李益。她一贫如洗，又得了重病。她的故事广泛流传，许多人都指责轻浮的李益，这促成了他们最后的会面。小玉梦中预感到将要见到李益，这给了她惊人的力量。已经多日卧病不起的小玉来到客人中间，愤怒地看着李益说道："我为女子，薄命如斯；君是丈夫，负心若此！韶颜稚齿，饮恨而终……绮罗弦管，从此永休……徵痛黄泉，皆君所致！"她将手中的酒一饮而尽，摔掉酒杯，然后死去了。小说在她死后出现了若干神秘的情节：小玉发誓死后变成厉鬼，"使君妻妾，终日不安"。这个威胁毁掉了李益的生活。他总是觉得妻妾对自己不忠，殴打妻子，休妻，把妾关起来甚至打死。作者没有交代这是小玉的灵魂在复仇，还是李益的嫉妒心膨胀。小说的结尾没有做出道德判断，让读者自己对这个悲惨的故事加以思考。小说的新意在于女主人公性格的发展。小说开始的时候，她是一个满怀爱情的少女，后来成为一个被嫉妒、痛苦的等待所折磨的妻子，最后陷入绝望。

蒋防、白行简和其他的作家描写了一些优雅、聪慧、有才华的妓女形象，表现了她们的社会地位与精神气质之间的矛盾，指出这些深情的女主人公是应当得到幸福的家庭生活的。而元稹正好相反，他塑造了一个贵族少女的形象，却揭示出这位注定应该成为贤妻良母的女主人公同样拥有丰富的内心世界，而从前人们以为这是只有那些自由的"多情女子"才具备的。

莺莺是名门之后，与孀居的母亲在一所寺庙中偶然遇到漂泊的年轻书生张生。她的美貌使张生一见钟情。但是与其他小说中青年男女很容易和迅速地接近不同，这篇小说中双方的接近却经历了很多周折。每一次莺莺的性格都得到了新的展示，她的形象打破了所有以往文学的陈规和程式。她第一次与张生见面是在母亲为张生设的宴席上，因为当母女俩受到叛军骚扰的时候，张生搭救了他们，于是母亲让莺莺认张生为兄。莺莺"常服悴容，不加新饰。垂鬟接黛，双脸断红而已"，在整个宴席期间始终没有说话，并且很生气地瞪了一眼有些唐突的张生。

在这里，元稹引入了一个新的角色——红娘，作为恋人之间的中间人，她的作用非常独特。但是与一般老练狡猾的媒婆掮客不同，她很天真，几乎像小姐一样有教养。张生按照红娘的建议以诗传情，莺莺则在回复中暗示了约会的地点：

待月西厢下，
近风户半开。
拂墙花影动，
疑是玉人来。

可是在约会的时候，莺莺却对张生一顿痛斥，使张生陷于绝望。在这一幕中，表面上看少女的贞操似乎是不可动摇的，但实际上她内心中理性与情感的斗争已经达到了最高潮。当张生完全失去希望的时候，她却自己来找他了。感情占了上风以后，莺莺的性格中出现了新的特质。她成了诗人的朋友和伴侣。作者表现了她对诗歌、音乐的喜爱，但更着重表现她的克制和含蓄，甚至在分别的时候她也没有表现出自己的悲伤，只是用中断琴曲这种姿态表现内心的悲痛。她写给情人的书简最集中地表现了她的才华与深挚的情感，这是在9世纪文学中少见的书信体文学范例。信是莺莺本人所写，因为小说本身就是一部自传性作品。这说明当时的文学具有一种普遍的倾向，即在主人公身上再现自己的同时代人，描写真实的生活。

莺莺的信中说，张生要去赶考的京城长安是"行乐之地"，会夺去她的爱情。她只责怪自己逾越了礼法。很多歌曲中关于多情少年和痴情女子的形象告诉我们，莺莺信中的那种道德说教并不仅仅是儒家的，而是全人类的。她献给情人的礼物是富有诗意、含义丰富的珍宝；"意者欲君子如玉之真，俾志如环不解。泪痕在竹，愁绪萦丝。"在表达了强烈的绝望与忠诚的誓言之后，她又一一嘱咐生活上的细节："春风多厉，强饭为佳。慎言自保，无以鄙为深念。"她像一个忠诚的妻子那样等待他，爱他，关心他的健康和成就。但是张生没有回来，家族决定了两个主人公的命运（莺莺嫁人，张生娶妻）。后来张生来到她住的城中，请求跟她见面，但她并没有出来，而是悄悄地先后捎给他两首满含痛苦的绝句，后面一首写道：

弃置今何道，
当时且自亲。
还将旧来意，
怜取眼前人。

这首诗为她的形象增添了深深的人本主义特征：莺莺能够去关怀那个对于他们的悲剧没有过错的女人。她对张生表示，你我已经不可能找到幸福了，希望张生能够爱他的妻子。

造成张生与莺莺分离的不是外部的原因，而是张生的性格。这个形象的塑造受制于描写"文人"的模式，而情节却要求新的性格特征。作者摇摆于两者之间，这就造成了主人公性格的矛盾。也许这种矛盾也反映了充斥作者一生的矛盾：他时而为莺莺害相思，时而混迹于声色场所；时而准备献身于国家社稷，时而抛开功名，与诗人们饮酒作乐；时而揭露，时而隐遁。他的主人公的情绪也是如此剧烈地起伏不定。

张生被描写成一位老实巴交、不解风情的年轻人，就像一般的同龄人一样。爱情的到来好像一场大病，使他时而充满希望，时而陷入绝望，最终得到幸福。第一次京城之行之后，他的感情继续成长。但是他第二次进京的时候，内心却发生了某种变化。作者只是简单地交代了一句，说"文战不胜，张遂止于京"。而这可能意味着关于金榜题名、加官进爵的幻想的破灭，使得他无法成为与莺莺地位平等的、受欢迎的女婿。张生把莺莺给他的信向朋友们展示，他们对她同样非常赞赏。可是张生在热情洋溢地谈论爱情之后，却突然宣布决定同她分手。他对此的解释是儒家通行的"红颜祸水"的说法。这个理由使得他的决定似乎无懈可击，但也与对于初恋的充满诗意的歌颂，与两个主人公的形象产生了强烈的反差，特别是莺莺的形象，因为无论怎样的道德说教都无法将她归为"邪恶有罪的女人"。小说的结尾再次将读者引向爱情：莺莺拒绝见张生，而他"怨念之诚，动于颜色"。作者告诉我们，与心爱的人分离并没有使主人公获得安宁。

元稹为莺莺写了很多诗，又创作了关于爱情的鲜明大胆的小说。正如李朝威的《柳毅》一样，这篇小说中可以听到反抗压抑个性的呼声。这些小说家理所当然地遭到官方的禁止（李朝威被斥为"其罪当诛"，而元稹则被斥为"淫荡"），但是他们却受到进步的人们最大的肯定。鲁迅就曾指出：这一类的小说存世不少，但最杰出的却只有两篇。他指的就是《柳毅》和《莺莺传》。

在情节的发展和性格的成长方面，《莺莺传》代表了当时最高的艺术成就。对于主人公内心世界的分析使我们得出这样的结论：元稹的《莺莺传》在中国正如薄迦丘的《菲洛美塔的哀歌》在意大利，都是从心理入手刻画性格的初次尝试。

除了对家庭制度的挑战，在散文中还表现出与儒家思想分庭抗礼的趋向。这里没有"引经据典"，而是公开地确立现代主人公的新主题，从而确立了小说在社会生活中积极的作用。这一切在揭露性的小说中表现得最为突出。沈既济的《枕中记》这篇小说值得一提，因为它具有向讽刺小说过渡的特点。小说通过著名的道士吕洞宾（7世纪）生平故事发展了道家"预言性的梦"的主题。吕洞宾年轻时向往功名，一日遇见一道士，道士给他一个枕头，自己则在旁边煮起粥来。吕洞宾在梦中得到了向往的一切：科考及第，做官，步步高升，但也不免经历罢官失意，最后是死亡。吕洞宾醒来，看到梦中一生都过去了，而粥还没有煮好。这个梦告诉吕洞宾，生命是短暂的，面对永恒，人世间的一切谋划都是枉然，以此将他引向宗教。在有关吕洞宾生平的记载中，这个梦只是他走向宗教过程中的一个环节，而最主要的则是神仙所施的各种法术。但是在小说中，吕洞宾又把枕头给了另一个姓卢的年轻人。梦境——也就是对于功名的详尽描写——在此起到很重要的作用。小说的结局很简洁：主人公干脆地拒绝了所有的欲望，但并没有讲他成为道士。小说的侧重点由此发生偏移，读者对整个情节也必须重新审视。从中可以看出拒绝追名逐禄、拒绝为君主服务即拒绝"士人"的所有基本价值追求。在此，对道家思想的宣扬与对儒家的功名思想的揭露是结合在一起的。

李公佐的小说《南柯太守传》也是建立在"梦"的主题之上的。这篇小说是对朝廷的讽刺性模仿。其主人公淳于梦梦中被请到一个风俗法度与人间相似的国度，他在那里任事多年，高官显位，最后回到自己家中，醒来发现原来是在自家花园的蚁穴中"度过了一生"。与前一篇小说一样，作者也是借助道教灌输尘世生活虚无的思想。尽管如此，小说中的形象确实揭露了现实的统治者。小说的结语就说明了这种揭露性的指向："贵极禄位，权倾国都，达人视此，蚁聚何殊！"

柳珵的《上清传》与上述小说不同，完全没有梦境或其他的玄怪成分。这篇作品的特点是特别大胆地揭露了朝廷中徇私舞弊、贪赃枉法等丑恶现象。小说的矛头指向一个具体的人——一位以才智深受儒生们推崇的大臣。作者明确地将事件发生的时间定为8世纪末，并提到一位被这个奸臣陷害而死的高官。死者的侍女向皇帝本人揭露了奸邪的朝臣们。侍女上清和其他小说中来自民间的勇敢的女主人公属于同一类型。

两篇幻想作品——《补江总白猿传》和《周秦游记》是针对具体人的攻讦性小说。第一篇小说出自佚名作者的手笔，目的是嘲弄一位大臣的出身，故事讲的是一只大猿猴掳走一位美女，后来生下一个面貌酷似猿猴的儿子（即这位大臣）。第二篇小说讲的是主人公科场失意，夜间迷路，进入一个宫殿，受到大人物的迎接。小说除了描写各种娱乐，还公开地描写了一些皇亲国戚的私生活。小说快结束的时候，这一切都被解释为妖术。小说采用第一人称叙述，其作者与主人公都是牛僧孺——一位诗人、小说家和国家重臣。他曾遭贬谪，临死时（8世纪中期）才遇赦。这样便产生了一个问题：他为什么要把自己描写得那样不堪，而且以自己的名义——历数朝廷中的新老谣言呢？答案早就找到了。鲁迅指出："这篇小说其实并不是出自牛僧孺之手。"他同意一些批评家的意见，认为这篇小说是与牛僧孺对立的阵营中人所作。尽管这篇小说是一封"诬告信"，其目的显然是为了铲除牛党（在小说中牛与皇亲国戚平起平坐，将皇帝呼为"沈婆儿"，这是对太后和当朝皇帝的严重侮辱，加上其他的一些细节，足以让牛僧孺被治死罪），但却写得很有才华，体现了时代精神。小说在私人场景中描写人物——他与贵妇们一起饮宴行令，谈话之中充斥着不雅的暗示和笑话。这样的揭露性作品是讽刺作品的一种类型，同时也已经是一种政治斗争的形式，赋予艺术的语言以新的力量。

小说创作的迅猛发展，对于现实生活的极大兴趣，促进了政论文体的萌发，这就是"小品"和"笔记"。作者在这些书中将书信、日记、回忆录这一类个人文件公之于众，同时刊印的还有一些近似于特写或情节草稿的速写、故事性片断等。这里有以俏皮与出人意料而引人入胜的笑话，也有对于现实的探索。"笔记"是各种片断的、表面上互不相关的材料的集成，其中表现出广泛的兴趣，对于形形色色性格、命运以及人的生活中某些片段的关注与好奇。这一类的散文中还孕育了以生平研究为主的文学批评。

这样的"笔记"出现于文艺复兴的第一阶段，到文艺复兴的第二阶段获得了长足的发展，而从11世纪起，获得了一个比较一致的名称——"诗话"。

诗话的兴起又引起一种特别的文本——"带有事件记载的诗集"，这些诗集一般是按朝代编成的。在诗的注释中用作者的个性特点或生活中的偶然事件来解释其创作某一作品的原因。在这些诗集中保留了大量关于当时的生活、关于某一作家所属派别、关于其朋友与对手、关于正面与负面评论的记载。确实，在出现新的萌芽的同时，其中也有一些攻击性的笑话，但这些材料总的来说大大超过官方记载的生平材料，而对于那些在朝代的历史上默默无闻的作者来说，更是替代了生平传记。由于喜欢将个别的特点加以归并与综合，一些关系密切的朋友构成了文坛上别具特色的双人肖像，如李白与杜甫，元稹与白居易（例如在9世纪出版的他们合集的序言中，在改编为鼓词的《莺莺传》的序言中）。

　　另一种散文文体——格言，以李商隐（9世纪）的《义山杂纂》为代表。他收集的几百条格言有的简洁、精练，近于谚语；有的幽默、出人意料，近于笑话。这些格言分为很多栏，这可以帮助我们复原一种筵席中的娱乐：格言比赛。这种比赛近似于酒令和猜谜，输的人要罚酒。令官自古以来就很有名，他说出一个题目，比如 "可笑的事"，筵席上的人们便赶紧想出相应的情节，如 "穿短衣的大个子" "结巴骂架"；或令官说 "留不住"，其他人便说 "赌徒的钱" "老丈夫的少夫人" "妒妇的漂亮丫头"；等等。

　　这些格言中有城里人笑话乡下人的（ "酸寒"：村汉着新衣，牛背吹笛； "难容"：武人村夫学书语），嘲笑和尚道士的（ "不相称"：屠家念经； "难容"：僧道对风尘笑语），嘲笑士大夫的（ "相似"：京官似冬瓜暗长，县官似虎，动辄害人； "恶不久"：骂爱宠，大僚门客发怒，赃滥官打骂公人），有时候其中表现出商人或手艺人的生活观念（ "须贫"：家有懒妇，早卧晚起； "必富"：主母不信佛），有时候又表达出自由思想者颠沛无定的生活体验（ "不嫌"：饥得粗食，遇雨得小屋，徒行得劣马； "惶愧"：欠债不偿主，醒后闻醉语）。格言中还表达了对于美的细腻敏感（ "煞风景"：花下晒裈，月下把火，松下喝道； "枉屈"：好女无好婿，有好花不吟诗酌酒，家富不追陪），对于私人生活权利的要求（ "失去就"：不敲门直入人家，开人家盘盒书启）。它们反映了当时生活中发生的一种变化：当印刷能力可以满足社会对于世俗书籍的需要以后，书籍便不仅仅被用来满足皇帝与权贵的需求，而更多的是一些满足市民、乐工、歌手需求的作品。

　　这样，8—9世纪的文学开始了署名创作艺术散文的时代，出现了大作家及完整的作品。其中表现出一些全新的特征：从宫廷诗歌转向个人生活与私密的个人感受的世界，从崇高题材转向日常但具体的生活问题，从讲述英雄与神圣的功业转向讲述按照中世纪的标准不入流的人物。小说的这些特点促进了现实主义成分的出现。小说作者们努力摆脱浮华的形式，将艺术大大地通俗化，他们的努力有助于在文艺复兴第二阶段确立口语在文学中的地位。具有自由思想的作家们经常结为创作派别，在散文与诗歌中开创了具有文艺复兴早期特征的新艺术领域，创作了在以后的几个世纪中为诗人、剧作家和小说家提供灵感的艺术珍品。这些情节后来得到很大发展，继续着文艺复兴早期人物所发起的反对宗教束缚、争取世俗权利的斗争。

柳永与11—12世纪的其他诗人

词产生于李白的时代，从10世纪起，它成为主要的诗歌形式而大兴于世。所有的人，甚至包括妓女、仆人、士兵、出家人，都能填词。这种创作形式的产生有一个新的条件：词曲作者的分工，尽管有时候一个人可能像柳永那样同时具备作曲家和诗人的才华。这一次创新的角色属于乐工，他们与演员一样，属于被人轻视的阶层，因此他们的名字没有流传下来。但正是这些乐工在为歌手准备曲目的时候，将已经广为流传的诗与音乐相配合，后来又向诗人求词，从而与诗人们形成了共同创作的关系。这些与歌曲节奏相配合的词开始叫作"长短句"，因为每句的长度从一个字到十四个字不等，而停顿与韵脚则可以有多种选择。诗人们喜欢填词，是因为受到这种自由形式的吸引，而且作品又可以通过歌妓之口广为传播。所有这一切使得词的爱好者越来越多，作品也变得比较通俗。词与曲牌的关系很密切，曲牌的选择已经决定了词的基调是悲伤还是欢乐，节奏是急促还是舒缓。曲牌不仅影响诗的内容，而且弥补了一般爱好者常见的在技巧方面的缺欠。于是，词成为一种抒情诗的创作形式，以城市为中心的世俗音乐文化的载体。如果说过去的民歌主要产生和存在于农民中间，那么市民的歌与诗创作则在词中得到了长足的发展。在文艺复兴第一阶段所提出的问题吸引了越来越广泛的社会阶层。市民日益觉醒的民主自觉意识也通过趋于激烈的批判表达出来。一个特殊的因素是，自10世纪以后中国北方受到游牧民族——契丹人、女真人、蒙古人的相继进攻和占领，因此反对财富和地位不平等的抗争表现为要求保卫祖国的权利——武装全国人民。

一部词选通常首先要列出皇帝和文武高官的作品，但这只是为了表示这种新的形式得到了承认。所谓"一本正经"的词多是配合某种活动而作的，如"祈雨"，觐见高官显贵，或在筵席赏花等场合的酬唱之作。在人本主义者与自由思想者的影响下，这一类的词中也出现了对于爱情和私人情感的歌咏。来自"非特权阶层"作者的词也可以结成集子，单是这个事实便可以证明，"第三等级"的文化已经开始赢得某些权利。所有这些都促成了一种氛围，使得现今的知识分子与人民群众在共同的反封建与爱国主义取向基础上互相接近起来。早在8～9世纪，城市的受众就已经对诗人与小说家大加支持，而现在，城市受众继续增加，自然也吸引了越来越多的作家，其中最突出的代表就是柳永（约987—约1053年），他的词赞美京城和其他城市，描写美景和风尘女子的爱情，慨叹漂泊的悲伤。柳词流传很广，时称"凡有井水处即能歌柳词"。柳永在诗歌的内容与形式方面都是一个创新者，他采用生活语言甚至俚语入词，将小令扩展为慢调。这一创新受到诗人和说唱艺人的赞同，并为词演变为戏曲（产生于13～14世纪，是由歌唱的韵文独白与无韵的对话组成的）唱段做了准备。

关于柳永的生平我们所知不多，而且主要来自他的诗词。在"鹤冲天"中，他自述在其祖辈的道路——科举考试中的失意：

黄金榜上，
偶失龙头望。

柳永虽然被士大夫阶层冷落，但却是首屈一指的真正天才的词人，他闻名全国，在歌者之中他是"白衣卿相"。他在自己的名气中，在歌妓们对他的爱中得到了最大的幸福，而将功名官位抛在一边：

烟花巷陌，
依约丹青屏障。
幸有意中人，
堪寻访。
……
忍把浮名，
换了浅斟低唱。

柳永用这样的句子来回答那些批评者，他们将柳词看作一个科场失意者的胡闹。柳永很晚才得到稳定的生活——他快五十岁的时候才考中进士。但是他仍然没有改变一向的爱好。他觉得做官是一种沉重的负担，而过去的落魄游荡的生活才是幸福的（参看《迷神引》）。

但是柳永在做官的时候成为劳动者的庇护人。例如，在做盐场的监督官时，柳永看到盐民极度贫困的生活，写了《煮海歌》。在盐民的生活中最可怕的还不是日日夜夜在煮盐炉旁的酷热、进山采樵的危险（"豹踪虎迹不敢避"）、运送木材的艰苦（"船载肩擎未遑歇"），更糟的是，在盐工进山采樵，卤水凝结成雪白的盐这段时间，他们甚至不得不靠借贷糊口（"自从潴卤至飞霜，无非假贷充糇粮"），而收盐的官员却克扣盘剥（"秤入官中得微直，一缗往往十缗偿"）。如此"周而复始无休息，官租未了私租逼。驱妻逐子课工程，虽作人形俱菜色"。

柳永继承了杜甫和白居易的传统，而且走得更远。盐业和冶铁业都是国家最重要的经济部门，柳永具体地描写了盐工劳动的过程，提出他们生活中最根本的问题。他所说的"君有余财"与从10世纪末到11世纪40年代有市民参加的起义所打出的平分财产的口号遥相呼应，也与改革者让地主贵族承担赋税负担（他们因为属于士人阶层而免予赋税）的要求遥相呼应。柳永主张取消盐铁专卖制度，减少捐税，因为盐民没有土地可耕，却要缴纳双份的赋税。改革派也试图同诗中描写的收盐时的克扣、高利贷者的盘剥等现象作斗争。这个时期他们已经不限于从地方向政府提出建议，改革派掌权之后，柳永也自然想把诗中表达的愿望（"太平相业尔惟盐，化作夏商周时节"）向皇帝陈情，希望他允许用符合时代精神的方法来解决这一问题。柳永的这首诗站在底层人民的立场，其对待底层人民的态度表现出真正的民主思想。

柳永生平及其创作的这些特点反映了旧秩序的崩溃。柳永的词激情充盈，便于歌咏，尽弃陈词滥调，为中国的抒情诗注入了一股新鲜的活水。他敞开心怀，游走于揭露与柔情、轻盈的抒情与热烈的宣泄、绝望与狂喜之间。柳永赞美城市，无论是在悲伤离别的时刻（《雨霖铃》）还是在节日的狂欢中（《迎新春》《抛球乐》《玉楼春》）：

皇都今夕知何夕，
特地风光盈绮陌。
金丝玉管咽春空，
蜡炬兰灯烧晓色。

凤楼十二神仙宅，

珠履三千鹓鹭客。
金吾不禁六街游，
狂杀云踪并雨迹。

不管诗人到了哪里，他的心总是向往着京城。在《望远行·长空降瑞》中，他想到此时"满长安，高却旗亭酒价"。他的心永远记挂着那些传唱他的词、表达他的心声的歌妓。柳永经常用女性的面部特征来形容自然："天际遥山小，黛眉浅。"（《迷神引》）

《昼夜乐》以女主人公的口吻说道：

洞房记得初相遇，
便只合，长相聚。
何期小会幽欢，
变作离情别绪。

这首词以对比见长。词的第二句写了自然风光与感情的相似与差异，而第四句则写的是人的外表与内心世界的截然不同。

诗人自己至死忠于所爱，而歌妓们也没有抛弃年老的诗人，他死后她们集资安葬了他。在中国，这位城市的歌唱者是第一个赢得城市底层人民崇高敬意的诗人，他死后没有获得皇帝大张旗鼓的追封，也没有华丽的庙宇和丰盛的祭品，他得到的是衷心的崇拜者们菲薄的捐赠。

11世纪先进诗歌的另一位特色鲜明的代表是王安石，他的诗充满对国家命运的忧虑。他在诗歌中思考人民的贫穷，但同时解释说，人民的痛苦命运是由于双重的重负：给"本国"——中国统治者的赋税和送给征服者的岁币。当大批流民从大旱的北方向南迁移的时候，南方人即使丰收了也不能免于饥饿（《河北民》）。王安石对于无论遭灾还是丰收都会发生饥荒这种现象做出了如此现实的解释，这对于他及他的同道反对宗教迷信的斗争很重要。王安石的同道还利用这种世俗的观点去揭露儒教关于"征兆"的信条，按照这种信条，似乎所有"异常的"自然现象（旱灾、山崩、彗星的出现等）都是"上天意志"的表达。儒家的"学者"在反对改革的奏疏中说："旱由安石所致，安石去，天必雨。"正是这种压力导致了王安石的第一次去职。

王安石的同道、诗人王令在一系列作品中继续表现自然灾害的主题：

清风无力屠得热，
落日着翅飞上山。
人固已惧江海竭，
天岂不惜河汉干？

诗人对"天意"提出怀疑，也否定了在其他宗教中寻求个人永生的企图（《暑旱苦热》）。

王令在另外一首关于蝗虫的作品中提出应当找到另外的出路。他在揭露迷信的同时，指出应当了解关于蝗虫的知识（例如关于它们的繁殖"譬之蚤虱生裳衣"），了解如何在"来若大水无垠涯"的灾难到来之前将它们消灭。王令责备一个老农的"顽愚"，显然把他当作一个儒家的代表，因为他认为"在人不在天"（《原蝗》）。在讽刺长诗《梦蝗》中，王令自己"发为疾蝗诗，愤扫百笔秃"，"半夜起立三千读"（这里显然是暗示儒士们的咒语）。在他的梦中出现的蝗虫对人间的规矩也有自己的解释："尔人相召呼，饮啜为主宾……我岂能自生，人自召我来啜食"，"尝闻尔人中，贵贱等第殊"（这里包括在"宫殿"与"宴席"背景下的"雍雍材能官，雅雅仁义儒"和"脱剥虎豹皮"，握有"赏""诛"大权的地主与官员），"此固人食人，尔责反舍诸"。蝗虫最后说："吾害尚可逃，尔害死不除。"这篇与蝗虫的对话机智而尖刻，诗人不仅指出人民灾难的直接祸首是享有特权的士大夫阶层，而且指出这一阶层就是愚昧与迷信的代表。王令不仅为自然知识、为世俗的世界观而战，而且早在王安石执政之前便反对社会各阶层之间的不平等。先进思想的发展并没有因为改革者的去世而中止，在这方面唐庚（11—12世纪）充满幽默感的长诗《讯囚》值得注意。审讯得出的结果是，下级官吏的小罪行和贪污，其真正的罪责在于审讯他们的大官。而那个大官也一声不吭地承认了自己的罪过：他收拾起东西，宣布"明日吾归休"。作者是这样解释司法改革的失败的：贪污敲诈分子不仅存在于下层机构，而且存在于官僚机构的上层。

如果说11世纪许多诗人的创作表达了改革的希望，那么12世纪最优秀的知识分子所关注的则是另外一个问题：保卫国家。他们强烈地支持王安石的改革主张：用兵役制武装全体人民，并取代开销巨大、效能低下的雇佣军制，让士人阶层也必须纳税与服兵役。由于这些新法没能实施，导致了12世纪初宋室南渡。

李清照（1084—约1151年）是这一时代悲剧的最好代表，在中国，她的词与伟大的李白的诗歌享有同等的声誉。她还是一位著名的词论家，虽然她的词论没有完整地保留下来。李清照是一位著名诗人的女儿，受过很好的教育，这对于当时的妇女来说是很少见的。他的丈夫出身名门望族，李清照生活与创作的第一阶段是在婚后享受着爱情幸福的时期，沉浸在充满诗意与陶渊明式的自由闲适的氛围中。从1115年，她的生活进入了第二个阶段，与第一阶段相反，这一阶段诗人从北方逃亡，失去了丈夫，并差点儿失去整个家庭。她作品中原有的那种青春的欢乐发生了剧变，被痛苦、孤独的主题所取代。她在《永遇乐》和《一剪梅》中表示，她再也不需要生命的欢乐：

此情无计可消除，
才下眉头，
却上心头。

李清照的艺术手法很难通过翻译反映出来，因为她将丰富的同义词及声韵造成的音响效果联系在一起。如在《声声慢》中，她连用几个表示"痛苦""忧愁"的词，而这些词的发音像尖锐的风声，结果单调的声音变为一幅可视的严寒景象。

李清照对自然的描写生动细腻（如"落日熔金""风住尘香花已尽"），对人则充满了失望："物是人非事事休，未语泪先流。"

她直到生命结束的时候一直满怀悲伤。在李清照的词中，悲伤是可以称量的，它重得连船都载不动：

闻说双溪春尚好，
也拟泛轻舟。
只恐双溪舴艋舟，
载不动、许多愁。

李清照个人的不幸是与劳苦大众共同的痛苦密切相关的——北方沦陷在征服者的铁蹄下，人们逃离家乡，死于非命。这种苦难的表达在其核心处是个人的、主观的强烈感受与客观现实的交融。李清照的词获得极高的认同是理所当然的，因为这是全体人民在那个战乱年代的哀泣。

中国所遭受的失败也反映在一系列爱国诗人的作品中，其中最杰出的代表是陆游和辛弃疾。陆游（1125—1210年）的家庭很尊重王安石，他的祖父就是王安石变法的参与者。他一生坎坷，屡屡受到政敌攻击，这反而促使他童年所形成的思想观点进一步发展。他为失去的国土痛哭，那里的景象是"盗穿荒冢有狐藏""志士千秋泪满裳"（《哀郢》）。二十岁的陆游曾怀着"上马击狂胡，下马草军书"的渴望。他还曾著文议论军事策略，主张每个人都有责任保卫国家。但他自己终身都被剥夺了保卫国家的权利。和许多爱国诗人一样，在陆游的人生悲剧中起到很大作用的是一个大臣的卖国行径。他镇压了一批将领，因为他们擅自组织武装抗击敌兵。在取得了辉煌的胜利之后，他们被从前线召回并处死（12世纪中期）。对于这些将领的记忆使得朝廷格外提防类似的"擅自行事"。陆游成了朝廷与这些"不可靠的人"斗争的牺牲品。作为一个文官，他不止一次地因为自己的观点遭遇贬谪，被外放于边远的地区，只有他的诗歌遗产证明了其强大的创作力。他的许多诗充满激情，"战死士所有，耻复守妻孥""平生万里心，执戈王前驱"（《夜读兵书》）。他的诗歌贯穿着一个主题：不仅保卫南方，而且收复沦陷的国土，使中国重新成为一个统一强大的国家。他在《示儿》诗中留下遗愿，盼望哪怕在自己死后儿孙们能够向他报告这个喜讯：

死去元知万事空，
但悲不见九州同。
王师北定中原日，
家祭无忘告乃翁。

辛弃疾（1140—1207年），士大夫出身。他的童年是在沦陷区度过的，与陆游一样，其早年的记忆中留下了征服者的强暴及撤退的痛苦：

四十三年，
望中犹记，
烽火扬州路。

但是辛弃疾曾体会过与敌人搏斗的快意。二十二岁时他杀了一个叛徒，带领两千人马起义南归。后来他回忆道：

壮岁旌旗拥万夫，
锦襜突骑渡江初。
燕兵夜娖银胡䩮，
汉箭朝飞金仆姑。

辛弃疾青年时代的作品存世很少。南归以后他在朝廷得到一个不大的官职，此后才开始大量创作。在首都的生活，对于当权者作为的观察使得他对现实的批判更加犀利。他不止一次借古讽今地鞭挞那些怯懦的官员。

像陆游一样，辛弃疾也因为这些行为遭到贬斥外放，后来辞官，过了二十多年赋闲的生活。他依旧一再上奏皇帝，要求驱逐占领者，但他有时想到这些论述时不免流露出苦涩的自嘲：

却将万字平戎策，
换得东家种树书。

爱国者对现实的批判与富于感召力的战歌一起成为公民诗歌的一部分。

这一派诗人创作的终结篇是文天祥的《正气歌》。文天祥被蒙古人所俘，他拒绝投降，于1282年就义，就义前用诗歌宣示了不向占领者屈服的气概。从李清照到文天祥，中国文学史上留下了一条爱国主义诗歌的轨迹，记录了人民为自己国家的独立完整而斗争的历史。

话本和攻讦性作品（10—12世纪）

随着民间文学的创作、流传及记录，城市文学顺理成章地出现了。有定论属于10—12世纪的作品只有七部，但它们最初的创作却早得多。早期笔记中就收集有这些创作，小说的名字相当多（共142篇，与之相应的戏剧共280出），在12世纪初和13世纪，仅仅一个城市中就有近百家戏班，所有这些都可证明这一点。同时代关于"说书社"的材料也可作为佐证。说书社的工作是记录作品——说书人和傀儡戏及影戏演员的脚本。此外，当时的说书人分为三四个"流派"，每派中又分为多达十个行当，有的专门讲史，有的讲佛教故事，有的戏仿佛教故事，有的讲"笑话"，内容包括宗教和世俗的故事，故事中有神仙、术士、灵怪、狐媚，有穿着铁甲的骑士，有使剑或棒的好汉，有爱情故事及断案故事。分工如此精细的组织说明说书人的创作是非常丰富多样的。

民间的艺术在演员的参与下，在作品不断发展与完善的过程中逐渐形成，但这个过程也受到历史环境的影响，特别是在异族入侵这样的转折时期。它引起了民间文学主题的变化——某些主题淡出或获得新的意义，有些主题则大大发展。在中国将小说归并为"宋元小说"，这种分期将文艺复兴时期与蒙古统治时期等量齐观，因而造成了一些麻烦，尽管如此，还是可以找到那些最初的情节。由于人们有兴趣收集旧的记录、版本，并在16—17世纪结成新的集子，为这种寻找提供了帮助。尽管这些民间作品有意模仿作家的小说，但还是具有不同的思想内容。很多小说根据收入合集（《水浒传》等）的一些早期情节进行了改造，并清除了一些后来添加的内容。进入系列的小说不再是单独的作品，同样，随着新情节的产生，老的情节逐渐消失。但所有现存的材料都证明，这些小说的主体是在元朝之前形成的（从8世纪至13世纪）。

与城市小说一起成熟起来的还有口语化的文学语言。与已经成为古文的"士大夫"的语言不同，白话的文学语言是有大众基础的，后来这种语言占领了整个严肃文学，包括长篇小说。故事情节从说书人转给演员，又从演员转给说书人，这种在不同体裁之间的流动促使对话中的语言迅速发展完善。话本与文人小说也互相接近起来，情节从话本转移到小说（如关于杜子春的玄怪小说）或从小说转移到话本（如关于莺莺的故事）。话本中的诗歌部分也清楚地表现出民间文学与署名创作之间的联系。诗歌与散文结构的结合由来已久，例如在小说中加入其他作者写的，关于同一情节的长诗（如陈鸿在其小说中使用了白居易的《长恨歌》）。词也在改编当中起到同样的作用。例如赵令畤（11—12世纪）将其所作商调蝶恋花鼓子词《元微之崔莺莺》交给歌妓们演唱，他写道："所有的作家都喜欢引用这个优秀的小说，而唱曲者、伶人则深感遗憾，因为它不适于演唱……我将小说分为十段，在每一段的结尾处附词一首……而后又在开头的地方加了一段歌词，作为引子。"在话本的开头和结尾，为了制造气氛和进行道德宣教，总是引用著名诗人的词。这些诗词与白话的叙事交错，合为一体。这种手法一定程度上造成了风格的不协调，但却固定下来，被普遍接受，并成为小说的一个特征。

话本中的人物往往出自市井，如丫鬟、妍妇、媒婆、手艺人、农民和小商贩，也有一些来自底层的强盗、窃贼和骗子，而来自社会上层的人物往往只是过场性质的。例如《碾玉观音》中郡王的出现似乎只是为了发现一个美女，令人将她带回自己的王府然后将她弄死；《志诚张主管》中的大官一直没有露面。圣明的法官和他的助手们，这些来自平民的公人，是话本中的主要人物，另一些用专横强暴的手段来维护士大夫阶层利益的官吏则占次要地位。话本倾向于用传记或编年史的方法描写人物，但说书人拥有的多样生活素材使得现实主义的成分不断增长。对当代生活的关注使得说书人可以反映典型的城市风俗，以日常生活情节丰富文学，引入带有各自语言特色的人物，虽然人物的语言还没有达到个性化，但已经能显示出不同阶层的特征，如官员的语言、手艺人的语言、媒婆和窃贼的行话等。人以及人们日常的痛苦和少许的欢乐成为话本表现描写的对象。生活的冲突使得说书人可以比小说作者更尖锐、更直接地描写不同阶层之间的鸿沟，虽然对于家庭制度与社会压迫的抗议被结尾必不可少的道德说教淡化了。不过，这些儒教或道教的说教常常与情节没有太大联系，似乎只是一种例行的套话。即使是总体并不具有批判性的话本，也无意中揭露了社会的不人道及正义的衰落，而有些情节中则有对于专制的公开揭露。

最早的话本集为《十五贯》，主要是从教权主义的观点出发来选择作品的，所以没有像"诙谐小说"那种对宗教经典的戏仿。其中《菩萨蛮》和《西山一窟鬼》两篇取材于宗教人物传记，宣扬佛教的转世与道教的成仙过程中必经的禁欲主义。其他的作品，除一篇以外，都宣扬儒家的道德：美丽的女子包藏祸心；相信命运，它最终给长期忍耐的夫妇带来奖赏；轻浮的行为将受到惩罚；等等。作品有时描写现实生活的情景，意在证明某些教义的不容置疑并推翻其他教义。无论是信佛教还是信道教的人都要经历科举考试的考验，而作品揭示出科举考试似乎是一种排斥正直的人的系统。在一个关于信佛的人经历的最后考验情节中，揭露了法庭的不公正：王爷独断专行，他既可以抬举一个僧人，也可以听信诽谤把他打得半死；他还杖打孕妇，而让有罪的人逍遥法外；王府管家诱惑了少女，又将她害死，却没有受到一点惩罚。另外一个话本写到一次复杂的考验：一个正直的学道者穿过妖魔的妖术，这个考验包含对儒家家庭秩序的否定，因为一场通过媒妁之言缔结的婚姻却是一个圈套，为了让狐媚可以诱惑一个最老实的人。

话本《志诚张主管》以日常生活为题材，立意是赞扬一个年轻人的淳厚和克制，把主人公当作榜样大力推举："谁不贪财不爱淫？始终难染正人心。少年得似张主管，鬼祸人非两不侵！"在这里，儒家的训诫化为生活中的道德：主人公因为没有受诱惑而躲开了灾祸。但其中也在一定程度上揭露了家庭制度——经媒妁介绍的婚姻方式，六七十岁还继续生子的现象，等等。正如所有宗教一样，儒教将女人当作一切坏事的罪魁祸首加以指责，因此这个话本的女主人公是一个反面人物。但尽管指责她，叙事中也能感受到对这个美丽的年轻女子的同情：她只因一言不慎得罪于王招宣，又由于贪财被骗嫁给了一个老头子。当她看到新郎的白发，知道了他的年龄，于是"扑簌簌两行泪下"，"埋怨两个媒人将我误了"。可见，生活中的素材影响了女主人公形象的处理：她开始是一个牺牲品，而后才变成加害者。

《冯玉梅团圆》是两个故事合起来组成的，这说明它记录的不是最原始的故事版本。这种撮合式编写方法的出现是因为作者希望把本子写得长一些。集中只有两个话本没有使用这种方法（《碾玉观音》和《菩萨蛮》），其他话本都在故事开头加一些闲话，在《错斩崔宁》和《冯玉梅团圆》中则包含两个几乎平行的故事，尤其在《冯玉梅团圆》中两个故事甚至保留了各自最初的名字（《交互姻缘》和《双镜重圆》）。这些相似的情节用词或说教式的总结（如"又有一事……论起'夫义妇节'，有关风化，倒还胜似几倍"）串联起来。第一个故事讲的是金兵进犯时逃难的夫妻离散，后因为巧合侥幸团圆的故事。这个故事引入了第二个故事，它发生在金兵入侵引发的起义期间。作者对于"叛乱者"的态度主要是同情，因为这些"强盗"是因为遇到"荒年"，"又被官府鞭笞逼勒，禁受不过"才上山为盗的，他们的头目很有威望，"仗义执言，救民水火"。这些评价显然来自民间的立场，但同时又混杂了相反的、官方的立场。于是，为了将主人公同他所在的那伙强盗的头目加以区分，作者又说强盗的头目"造下弥天大罪"。主人公的落草为寇不是出于自愿，他没有参与抢劫，而是相反，搭救了很多人，包括女主人公——他未来的妻子。"强盗们"是受到坏的将领欺压才被迫上山入伙的，而一个公正骁勇的真正将领则可以收服他们，使他们重新回到皇帝的统治下。主人公就来到了这样一位将领的队伍中，经过很多波折，终于凭战功赢回了自己的清白并找到了妻子。但是在小说结尾的说教词中却将所有这些矛盾淡化了：夫妻团圆不是偶然的，而是因为主人公做了不为人知的善事。这个与佛教教义相吻合的结尾与中间部分的儒家教义糅合在一起：在第一个故事中，夫妇俩幸福的结合被解释为"天意"。

《碾玉观音》讲了一个工匠的女儿与一个玉工的爱情故事，听众可以从这个故事中看到一个普通市民毫无人身权利的可怕情形。一个王爷可以将喜爱的少女掳入王府，可以处死丫鬟，可以把一个受雇到王府干活儿的自由的工匠送进监狱，并差点儿将他置于死地。甚至佛教的观音菩萨也无法帮助这对恋人，而玉工所雕的精美的观音像则被王爷进献给了皇上。除了起死回生的奇迹，没有其他的办法可以使这对恋人结合。这个普通的女子完全是"被欺辱的心灵"的化身，她只能在死后报复仇人并得到爱情的胜利。

在《错斩崔宁》（又名《十五贯》）这个题目下有两个故事，其中罪（丈夫跟妻子开玩笑）与罚（在第一个故事中是主人公失宠，在第二个故事中是两个无辜的人被处死）的不对等令人吃惊。但是对于这"玩笑"的严酷惩罚却有着道貌岸然的根据，那就是孔子说的"唯女子与小人为难养也，近之则不逊，远之则怨"。作为这条论断的图解，这两个故事却也揭示了一些另外的东西。

在第一个故事中最主要的并不是玩笑，而是好奇心，而好奇的对象是夫妻间的私人书信。这位"知书达理"的客人偷看了别人的信后，急忙四处散布信的内容。后来有人据此上奏皇上，冠冕堂皇地指摘主人公，说他没有按照儒家学说对高官的要求，成为一个高尚行为的表率，于是主人公失宠于皇帝。在第二个故事中，危险也并不在于那个吓人的玩笑本身。丈夫假意要卖掉他的妾来还债。随之而产生的悲剧与当时的具体生活环境有关：当时如果不锁门，就一定会有盗贼或杀人犯光顾，而一个人一旦被怀疑就必然被处死。这就反映出一个市民毫无人身权利的状况，而儒家的"高尚道德"化为一条处事的忠告：言多语失。这两个故事在道德的框架下暗含着批判：揭露了官员的独断专行，同时也表达了人应当有私人生活的权利。但是在《错斩崔宁》中还出现了一个新的重要成分：作者的插话。讲故事的人请每个人评理，看看法庭的错误是多么显而易见："这段公事，果然是小娘子与那崔宁谋财害命的时节，他两人须连夜逃走他方，怎又去邻舍家借宿一宵，明早又走到爹娘家去，却被人捉住了？这段冤枉，仔细可以推详出来。"他还指出产生这一类错误的原因：第一是刑讯（"捶楚之下，何求不得"）；第二是因为审案官员不称职（"问官糊涂，只图了事"）。在故事的叙述中间也提到这些原因，但在作者插话中却直指整个司法体系的缺陷。作者直接抗议"率意断狱，任情用刑"，提出每个人生命价值的问题："死者不可复生，断者不可复续。"

在一些说公案的话本中对于不公正的司法的批判与理想人物的塑造相辅相成，表现出对于政治的敏锐。故事中出现了一些新的主人公，如廉明的法官和押司，机灵的偷儿和骗子，而且这些相反的身份还往往集于一人之身。押司是行政机关的下级官吏，一般是不公正的司法的代表。掌管诉讼的正是他们，因为主审的官员（在中国没有法官这个职务，审案是知州、知县或其他级别的行政长官的职责）不愿劳神研究法律。押司主持审讯，录口供，起草由主审官宣布的判决，一句话，集侦查、监察与司法于一身，包揽一切，包括替上司受贿，当然也忘不了自己的一份儿。尽管法庭的书记拥有实权，但他们自己也往往会受到迫害，成为牺牲品。作者在插话中说道："轻罪便刺配到远处，重罪便落得杀头抄家。"在话本中出现了一个与惯于刁难索贿的衙门讼吏不同的押司，一个帮助无辜被告的人，这就是宋江。他尽力搭救被起诉的人，减轻刑罚，把作为证人却跟罪犯一起受鞭挞和被关进监狱的农民放走。这种关怀的态度几乎相当于救人性命，赢得了"公正无私"的崇高声誉。这些罕见的优点使宋江得到了一个"及时雨"的绰号，这种荣誉不比其他起义者的战功逊色，最后他被推为首领。在《水浒传》的几乎每一组故事中，那些农民、猎户、军人或地主总是因为受到"送官"的威胁而不得不逃亡，而在他们身边总是有些来自司法机关的人物：押司、狱卒，甚至刽子手。想公正廉明地办理案件的人不得不跟逃避不公正的司法的人一起落草为寇。

押司宋江与廉明的法官包拯成为口头文学中受欢迎的主人公不是偶然的。包拯生活在11世纪，他是统治阶级中的开明者，在王安石改革前夕曾为司法公正而战。

人们的认可还体现在人们为"盗贼"建起的庙宇上，每座庙都有一些传说。其中有两座庙是祭奠《水浒传》英雄——清正仁义的宋江和一个绰号"鼓上蚤"的偷儿的。不错，鼓上蚤不得不改行，因为起义者认为偷窃是犯罪。但是他的"才能"使他成为一个勇敢的谍报员。这个富有个性的主人公的故事以及《水浒传》中其他人物——流浪者、狂热的赌徒、走私贩子或浪子——的故事都取自早期话本。

这些骗子形象的出现与一种新的社会现象密切相关：随着旧制度的瓦解，城市中出现了一大批游手好闲的人，他们以斗鸡、赌博、卖药为业，过着狂欢节式的日子。话本描写这些好事之徒和寻欢之徒，表现出对"成功的侠客"的赞赏，因为他们哄骗、戏弄刚愎自用的官员及其爪牙，后者对市民的欺压尤其严重。说书人对侠客的赞扬以及听众对这一类人物的喜爱体现出市民自我意识的觉醒。关于骗子的故事在萌芽时期便具有了批判性。它抗议将人束缚在家庭、行业、阶层的桎梏中，开始摆脱中世纪的法则。骗子不仅没有高贵的家世，甚至没有姓名，出生日期与地点不详，也没有职业。话本《懒龙》中串联起来的情节表现了一些脱离所有中世纪根基的主人公。这个话本好像是偷儿的系谱，讲述了其自古以来的历史。作者最后说："你道如此贼人智巧，可不是有用得着他的去处吗？"接下来的情节中引入了两个骗子，他们没有名字，只有绰号——也就是行窃以后留下的标记,第一个叫"我来也",第二个的标记是一朵梅花。其中一个的出身还颇有些神异色彩——这是对"纯洁意念"的戏仿。这些故事的特色是描写所谓"行家里手"的机灵和走运,用粗鲁的笑话、荤段子引人发笑。其中还没有对性格的揭示,利用的只是表面的喜剧因素——可笑的处境。这些关于机灵的偷儿的故事有点像滑稽戏。例如,在话本《宋四公大闹禁魂张》中还没有成熟复杂的情节,不过是将一些可笑的事情串联起来。宋四公和他的徒弟行窃、行骗,甚至杀人,但最主要的还是捉弄别人和彼此捉弄。宋四公去一个吝啬鬼家偷东西,宋的徒弟为了"打赌"又从他的床头把钱偷走,还把另一个骗子骗了。两个主人公互相追赶,拳脚相加,追逐着跑到河边跳入水中,又追到澡堂,来不及擦干身体便接着厮打。可笑的情节一个接着一个,不假思索,层出不穷。说书人追求的首先是用充满意外和笑料的段子吸引人。他的场子里充满笑声——无拘无束的、狂欢式的哄堂大笑。在其他几个故事中,情节变得比较复杂,结构也严整多了。主人公"我来也"从监狱中跑出来行窃,"神不知鬼不觉",被偷的主人毫无察觉,直到看到他的"签名"时才知道失窃了。作者把全部笔墨用来描写主人公的敏捷,写他"在屋檐上跳了去。屋瓦无声,早已不见"。作者赞叹道:"煞好手段!"作案后,他又悄无声息地回到监狱。靠着自己的机灵和本领,并通过给狱卒送厚礼,这个骗子作弄了牢头和所有的探子捕头,证明自己无罪,重获自由。

懒龙是一个典型的市民,他的奇遇说明普通人很喜欢善于整治富人和官吏的骗子。作者也用诗来描写他的技艺,不过主要的描写还是用一般的叙述文字:"生得身材小巧,胆气壮猛,心机灵变,度量慷慨……自小就会着了靴在壁上走,又会说十三省乡谈。"他的把戏包括欺骗、乔装改扮、作弄酒店老板并跟他"打赌"偷走酒壶、吓唬卫中巡捕指挥。酒店老板和指挥都明知他要来行窃,可还是没能防住他。城里其他窃贼一致承认他是老大,推他当头儿。但懒龙不光是个贼,还是一个乐天的自由之子,有点儿像欧洲的流浪汉,"鄙视劳动和长期的责任"。他认为,既然身边有那么多的富人,他何必要受累呢!于是他帮助富人摆脱那些财宝的负担。他专门整治傲慢的贵族、刚愎自用的官僚、脑满肠肥的富商、狡诈骗人的贩子。这些行为,特别是他吓唬以暴虐著称的县令那个情节,都具有社会意义。作者说他"仗义疏财,偷来东西随手撒与贫穷负极之人",这个评价直接表达了这样的意思。他也有自己的原则:"不肯淫人家妇女,不入良善与患难之家,与人说了话,再不失信。"他在评价自己时喊出了平均财产的口号:"借这些世间余财聊救贫人。正所谓损有余补不足，天道当然。"但是除了这些反叛的言论，在这个窃贼的恶作剧中，在他能免受惩罚的故事中，还包含着与其他话本同样的批判成分。不过在关于盗贼的话本中这种批判显得比较有力，因为在这里是用嘲笑的手段来揭露那些愚钝的贪官的。

在情节与结构上，关于高明的主审官的话本与关于骗子的话本很相近，而情节也与上面谈到的那些人物相关。这部分话本的特点也是追求快节奏、出人意料和引人入胜的情节。在早期的话本中，廉明的法官只是一个走过场的人物，例如御林军的统领决定不让他喜欢的贼坐班房，或一个知州重审案子，为无辜的人死后平反并惩罚了真正的凶手。后来从话本的这些情节中衍生出系列小说：《包公案》《施公案》等。包公号称"包龙图"，这个称呼有特殊的意义，这是儒家智慧的标志，而关于他为判死人的疑案夜走地府的说法，则赋予这个人物佛教和道家的神的特征。话本《三现身包龙图断冤》强调了包公的民主作风：包公做了个"预言性的梦"，梦见天给他出了一个谜，于是他和百姓一起把谜解开。但是作为一个主审官，他的聪明之处在于经常表扬那些探案的下级官吏，他们在对付复杂的线索、侦破复杂的罪案时表现出极大的机智与勇气。正是他们在与窃贼和骗子的斗争中，在与霸道的地主和刚愎自用的官僚的斗争中起到了积极的作用（《红花场》）。

话本中出现了骗子、窃贼的形象，善于保护自己的平民的形象，理想的法官与押司的形象，并描写他们战胜对立面——愚昧、蠢笨、暴虐的官员和他们手下贪赃枉法、欺压百姓的爪牙，这不是偶然的。中国文艺复兴第二时期的反抗压迫、追求自由的精神与王安石反对封建儒教的精神统治，争取建立在法律民主之上的社会进步的斗争彼此呼应。在话本中还出现了攻讦性作品，更是文学中政治斗争的直接表现。其中最突出的例子是针对王安石和柳永的话本。它们与攻击牛僧孺的小说一样，都是采用诽谤某个人物的方法，不同的是9世纪的小说旨在影响皇帝的意见，而11世纪的话本则是面向老百姓的。同样，对诽谤进行还击的作品也通过说书人传播，为改革者和城市的歌唱者辩护。

话本《拗相公》中可以看到口头文学的典型特点：先是作为引子的诗，然后串联起一连串的情节，中间嵌入一些诗，最后是说教性的结语。但是《拗相公》的叙述结构异常严整，而一般的话本是变动不居的，这通常是由于说书人的才能与技巧的不同，由于经常加入即兴的段子而出现道德说教与情节逻辑的背离，由于多次杂糅出现的人物性格矛盾，以及其他的风格上与情节上的不统一。《拗相公》却没有这种主题与构思上的偏差，这说明它并不是由识字的说书人记录下来的，而是一个内行的作者的作品。引言部分提到王莽，随后讲了他的故事。王莽是1世纪的篡位者，千年以来臭名昭著，而这个人物的形象自然会对主人公的形象有影响。作者夸奖刚刚进入仕途的王安石："他在下位时，也着实有名有誉。"但紧接着就讲到他后来招致的不满："惹得万口唾骂。"这种先扬后抑的方法是为了使随后对于主人公"任性胡为"的指控更加可信。在后退一步之后，攻击者便可以随心所欲了。虽然他的材料来自王安石政敌的奏折以及他们所写的笑话，但是却很巧妙地将事件组合起来，罗列否定的评价，造成一种激烈的反对一切新事物与改革者本人的气氛。

作者列举了王安石改革的部分措施，却省略了其中兴办学校的举措及选拔官员办法的改革，而他抨击的对象正是后者，因为他要维护古板的教育与旧的考试制度。王安石的"三不足"——天变不足畏，祖宗不足法，人言不足恤——就是针对此事而说的，这也被看作他的罪名。从这里作者转到叙述的核心部分——王安石的晚年。

这篇攻评性的小说不是把王安石离相这件事当作其政敌的胜利来描写的，而是把它当作他自己内心痛苦的结果。为了为改革的反对者开脱，作者将王安石个人的不幸归结为他所坚决否定的"天命""祖宗""人言"的强大力量的作用。作者将王安石儿子的死当作"上天的惩罚"，而死者从"阴间"回来探访则被描写为劝谏父亲"悔改"。为了向王安石证明他所做的"坏事"，作者描写他化名在全国旅行，听到正是社会底层的百姓异口同声、震耳欲聋地谴责他背离"祖宗之法"。这里要指出的是，这些指责可能很少是出自劳苦大众之口的，但是从这些话中可以看出，造成灾难的并不是改革本身，而是那些执行者，对于他们来说，任何的法律（甚至"免役法"）都只是敛取苛捐杂税和贪污受贿的由头。作者假"百姓的呼声"为王安石的反对者辩护，一个乡村的老人说道："朝廷为何不相了韩琦、富弼、司马光、吕诲、苏轼诸君子，而偏用此小人乎？"这种论调还在"文绉绉"的诗歌中，在穷人的茅舍中一再重复，指责改革者排挤"忠良"，也就是死守儒家思想的书呆子。最后，王安石在群情激愤的压力下死去了，临死似乎谴责了自己："事皆前定，岂偶然哉！……王某罪不容诛。"这个话本还有另外两个结尾，表现了赞成与反对王安石的争论。一个结尾表示王安石应对他辞官五十年和去世四十年后中国遭受的失败负责，另一个结尾则对他的文学成就给予了适当的评价。另外的一些作品也反映了这一争论，例如关于王安石在孔庙争供品的滑稽故事（12世纪话本）和13—17世纪流传的《水浒传》中的一些情节。

《王安石三难苏学士》大概可以算是对于《拗相公》的回答。当然也可能相反，《拗相公》是对攻讦苏东坡的作品的回答。苏东坡是从改革阵营转向反改革阵营的。可以肯定的是，这两个话本写作的时间不可能相隔太远，因为攻讦性的作品是一种应时之作，总是写在斗争最激烈的时候——或是活人之间的斗争，或是围绕授予死者谥号的争论。这种谥号（尽管其后可能发生改变）可以使得其同道名正言顺地继续推行其主张，而如果拒绝封授谥号或削去谥号也会牵连其同党。围绕"赞成"或"反对"王安石的作品可能作于1086—1126年，而关于柳永的作品可能作于1053年，当然，后来人们可能会根据话本体裁的规律对它们加以改动。

　　《王安石三难苏学士》结构严整，主旨明确，说明尽管它属于口头文学，也同样出自个别作者的创作。作品的题目，引子中所用的《庄子》中直冲云霄的大鹏形象，作品中争论的问题和"知无涯"的结论，以及苏东坡认输的结局，所有这些都用来揭露苏东坡的儒家式"博学"。这篇作品和《拗相公》用同样的方法展现两种意见的争论，那就是证明一个主人公比另一个主人公高明。但是如果说《拗相公》有种党同伐异的锋芒，那么这篇作品则体现了改革派特有的忍耐态度：作者只是使对手为自己的粗率而脸红，因而更加含蓄，在艺术上更加可信。

　　故事讲的是宰相王安石与因为才华出众受到他举荐的、少年得志的诗人苏东坡之间的个人关系。故事的开头是当王安石不在的时候，苏轼改动了他写的一首诗的草稿，后来苏东坡被外放，他认为这是王安石对他的"报复"。但很快他就发现，把他派到这里是为了让他看一看王安石所咏的那种菊花，以证明诗中的"满地金"之说并非虚言。

　　这是一个关于自然现象的问题，王安石使苏东坡陷入窘境的其他问题也几乎全是自然科学方面的。看来，他们之间继续进行着道家的唯物主义者与儒家的唯心主义者之间自古以来的争论。但王安石对苏轼的教训方式并不是使用威权，而只是让他亲自去看看长在长江上游山谷里的罕见的菊花品种，去查阅书籍，总之，认真地充实自己的知识。这又表现了王安石的另一个性格特点——他是一个循循善诱的老师。这种形象与《拗相公》中的形象截然相反，成功地反击了对于这位改革家的恶意攻讦。

　　关于柳永的两个话本（《柳耆卿诗酒玩江楼记》和《众名姬春风吊柳七》）情节很接近，如果不是对于主人公的处理截然不同，可以把前一篇看作后一篇的片段。其实这只是一个简单的故事，讲一个客人用自己的爱折磨歌妓月仙，怂恿艄公侮辱她，然后威胁要散播她写的诗（"自恨身为妓，遭污不敢言……"），以此达到自己的目的。

在第二个话本中，柳永听伤心的月仙讲起这件事，得知她因为爱着一个穷书生而不从这个富商。柳永立刻帮助了这对恋人，为月仙赎身，并为他们操办了婚礼。这里突出了诗人的富有和同情心。而第一个话本中那个用暴力驯服"不听话的女子"的人就是柳永本人。17世纪就有人称这个话本"鄙俚浅薄"，但是20世纪中国有人根据这个评价认为《众名姬春风吊柳七》就是在这个话本基础上改写的。不过这个结论未必可靠。研究第二个话本可以发现，它才是为《柳耆卿诗酒玩江楼记》提供素材的版本。在这个话本中，柳永生活在歌妓们中间。他英俊、优雅，当然也轻浮，但最主要的是，他平等地对待歌妓们。在她们中间，他感到自己是一个摆脱了中世纪的礼教奴役的自由诗人。她们认为他的友情"比黄金更贵"。柳永与一位歌妓的爱情则表现出他用情之真，他认为歌妓同样有权利拥有这样的爱情，其中尤其突出了将他们联系在一起的诗词。

但柳永的生活道路是很坎坷的，而诗人自己的性格又锋芒毕露，树敌惹事。一位要人想要他写一篇恭维的文字，于是柳永就写了一首讽刺短诗，嘲笑贵族对于"无官又无钱"的天才诗人的态度。由于疏忽，他将这首讽刺诗与对方所求的文字放进了同一个信封。这位高官利用这首诗对柳永加以非议，想阻拦皇帝将他补为翰林。但柳永还是得到了某种肯定：皇帝亲自题了一首诗，让柳永继续做他的"白衣卿相"。

在结语部分可以看到试图非难柳永的人们的影子：他们是柳永的文人同行，因为柳永死后在市民中享有极高的拥戴而感到羞耻。看来，某位这样的文人便对话本做了手脚，这只要将两个本子拿来比对一下便可一目了然。作者只截取了一段在原作中并非主要的情节加以改造，将商人的名字换作柳永的名字。因为只做了大的删节，作者没能把所有展现诗人生命中善良、诗意的内容完全删去，所以柳永的诗词依然保留，这些诗词证明柳永是一位极富才华的诗人，甚至可以证明他对歌妓们的爱。然而在故事中他却践踏歌妓的人格尊严，这就强烈地破坏了形象的逻辑性与真实性。这篇小说形象苍白，没有艺术感染力，如果将《众名姬春风吊柳七》与之对比，这一点便显得尤为突出。《众名姬春风吊柳七》对文艺复兴时期最杰出的诗人之一——柳永的生活与创作进行了热情的描述。这种粗糙的改编也暴露出作者，确切地说是改编者自己的形象。他将爱情与歌颂爱情的诗词都视为"淫荡"，认为蔑视功名财富的诗人是危险分子,这样的人只能是一个儒家的书呆子和道德家。

对这种攻讦性作品的分析告诉我们,它们的内容无非是对先进的人们以及追求自由的诗人的诽谤,这种"文学斗争"与文学批评没有多少共同之处,它们从宗教教条出发,继续攻击一切世俗的、洋溢着生命快乐的事物。但是连儒教的学究们也开始使用他们对手的武器——日常口语与话本小说的形式,这个事实证明这种"市民体裁"是非常有效的,而中国文艺复兴时期所诞生的所有新鲜事物具有强大的、不断增长的活力。

(路雪莹　译)

苏联的中国文学研究

有许多民族像中国一样,在远古的时代就已经创造了自己的文化,可是这些民族却早已湮灭,现在只有靠着学者们的研究才能了解他们的语言和文字。而保存了公元前20个世纪有历史可查的古代文化的中国人民,却善于继承自己的文化传统并持续发展。中国是唯一的一个经过原始公社、奴隶社会、封建社会,经过新民主主义革命走向社会主义社会并且能保持自己优秀文化传统的国家。

跟丝绸锦缎、美妙的花绣、纸笔墨的发明、青铜鼎彝的铸造、纯洁的瓷器、出色的书法与国画一样,也许还要重要些的,就是中国文化领域内的另一个成就——印刷。早在5世纪,中国就已经开始印刷宗教传单,而那些受人喜爱的诗人(如白居易、元稹)的作品,则在9世纪就已经付印。差不多从10世纪起,中国就不用保存手写稿了。中国人民不仅创作了丰富的文学遗产,而且也善于保存口头文学,善于用各种形式保存书面文学的文献:各朝各代的诗文总集、作家专集、文艺论文(公元前1000年开始的唯物主义的论著和3世纪开始的唯心主义的论著)、文艺批评(主要指"诗话",从10世纪开始)、各派注疏家的著作、韵书和类书(百科全书)。从公元前1000年前保存下来的有关古代哲学思想、历史和文艺思想的文献,在很多地方无数次地出版和再版,以至于在任何时候都不难获得。中国出版杂志和书籍之简易成为其他国家的榜样。这种简易特别是在地下工作和战争的年代里很有用处。在解放他们祖国的斗争中,在一些不大的革命根据地和敌人的后方出版报纸、杂志、小册子,甚至不用技术专家和机器,只要手工雕刻出活字来就可以进行。

由于印刷术发明得很早,中国人民不但能够保存那些官方赞成和被统治阶级所培养的作家的作品,而且也能够保存那些被禁止和被隐匿的作品。后者由于人们的喜爱,是在无数的小的私人企业里(几乎是每一个书铺里)出版的。"书铺子",按照中国话,跟"印书馆"差不多是同义词。人们喜爱的文艺作品中间有许多在形式上和风格上都很优秀的古代文献,而这样的文献在别的国家都是不能保存得很好的。现在中国已经在整理从4世纪到6世纪的民间故事和小说,其数量可以使任何别的国家都很难自夸。中国的传奇也发生得很早，它保持了8、9世纪的传统，著录于从10世纪开始的各种文集里。有好几百种动人的戏曲从13世纪一直传到现在，其中之一被伏尔泰（Вольтер）用作题材。而无数卷的章回小说，不管御用学者们如何禁止，一直从14世纪活到现在。

中国不仅保持了书籍的传统，同时也保持了口头文学的传统。在首都的许多茶馆里（如"天桥"附近），在每一个乡村的广场上，职业的说书人或者农民中的歌者，在小鼓和响板的均整的节奏下，向识字的和不识字的听众，讲述著名的三国时代的战争故事、12世纪起义者的故事，以及跟日本侵略者作斗争的故事。为了永久地活在人民中间，这千年百代的旧传统不断地添加着新成分，同时以它为中心，不断涌现出歌颂当代英雄人物动人事迹的新歌曲。

关于中国文学对全世界先进人们的意义，不久以前，《文学报》正确地写道："认识有千百年历史的中国文学丰富的宝库，认识现代中国作家的作品，可以从精神上充实苏联人民。这种认识已经成为苏联人民文化生活中不可缺少的部分了。"（1955年2月15日）

苏联人民研究中国文学是有其传统的。彼得大帝在1700年6月18日下了一个指令，这是俄国政府关于俄国人学习东方语言的第一个指令。指令说：派遣"善良的、有学问的、年龄不太老的、可以学会中国和蒙古的语言文字的僧侣两名或三名……"这样，在1716年，就有传教士第一次到达北京。这些传教士就是俄国汉学的奠基人。他们在中国住了几十年，写了许多著作。在19世纪开始的时候，亚金夫·比丘林（Иакинф Бичулин）在中国工作过。他的著作都曾引起普希金和流放的十二月党人的兴趣。优秀的俄罗斯学者巴拉吉·卡法罗夫（Палладий Кафаров）和其他一些人当时也在中国工作过。其中沃·普·瓦西里耶夫（В. П. Васильев）写出了第一部《中国文学史》（1880年），这在中国文学史的研究上是一个开创性的工作。20世纪初，沃·墨·阿列克谢耶夫（В. М. Алексеев）继承了这个工作。阿氏是专门研究中国诗学的，曾翻译唐朝诗人、评论家司空图的《二十四诗品》（1916年）。

伟大的十月社会主义革命开拓了俄罗斯科学的新阶段，使它从根本上成为马克思列宁主义的学说，从而使苏联汉学虽然保持了它的传统却贯穿以马克思列宁主义的理论，批判地运用着它的先驱者的研究成果，吸取着中国学者和西方学者（如茹里安、巴赞、列格、查黑等）的研究成果。十月革命以前，汉学还是一种综合科学。20世纪20年代和30年代，它才开始专门化，其中文学及其历史的研究成为独立的科目。在专门杂志《东方》和高尔基创办的刊物《世界文学》上，发表了诗和散文的翻译。阿列克谢耶夫所翻译的短篇小说集《聊斋》（一共四卷）已经完成，并且出版了他的《中国诗选》（7—10世纪）。通讯院士恩·依·康拉德（Н. И. Конрад）开始主编《东方文学》。后来，研究中国新文学的兴趣一天比一天增长（如阿·伊文等的研究工作）。在20世纪20年代末，开始出现现代最优秀的文艺巨匠——鲁迅的短篇小说、茅盾的长篇小说以及其他人的作品的译本。但是这时候，反马克思列宁主义的、反科学的理论，主要是庸俗社会学派的理论（如柏·阿·瓦西里耶夫等）严重地妨碍了中国文学研究的发展。

就在这时候，苏联学者和到苏联来的中国社会活动家、作家和翻译家（瞿秋白、萧三、曹靖华等）建立了联系。这种联系促进了苏联的中国文学研究和中国的俄罗斯文学研究及苏联文学研究的发展。苏联科学院东方学研究所在1938年出版的《鲁迅文集》和在1940年出版的《中国》，是汉学上的新成绩。在这些文集里，阿列克谢耶夫、恩·彼得罗夫和萧三等人的论文标志着苏联和中国的文艺学者的集体工作。20世纪30年代和40年代，在《国际文学》《十月》《青年近卫军》等杂志上纷纷刊出了中国文艺作品的翻译和关于中国文艺作家的论文。在20世纪40年代，按照研究现代文学的路线，由沃·罗果夫主编，出版了张天翼、老舍等作家的小说集和《鲁迅选集》。对于古代的和中古的许多作家也进行了专题研究，例如阿列克谢耶夫关于陆机《文赋》和其他作品的译本，恩·特·费德林关于屈原的博士论文，勒·艾德林关于白居易绝句的副博士论文，柳·波兹涅耶娃关于元稹传奇的副博士论文。不过在中国人民胜利前，苏联的中国文学研究，无论是作者还是书籍的出版，在数量上还是不大的。

中华人民共和国成立以后，6亿人口的中国成为伟大的人民民主的强国，使进步作家及其著作跟苏联文学和苏联学者相分离的障碍消除了。从1949年开始，中国文学的翻译和相应的批评文章在数量上急剧增长起来。中国作者的短篇小说、长篇小说、戏剧、诗歌经常出现在几乎所有的苏联报纸和文艺杂志（如《旗》《新世界》《十月》《星》等）上。出版了许多书：赵树理的《李家庄的变迁》《李有才板话》，草明的《原动力》，刘白羽的随笔和短篇小说，萧三、艾青和田间的诗，袁静和孔厥的《新儿女英雄传》，马烽和西戎的《吕梁英雄传》，欧阳山的《高干大》，以及鲁迅、郭沫若、茅盾、丁玲、老舍、巴金等的作品；也出版了许多集子：《中国短篇小说选》（国立文学出版局和外国文学出版局）、《新中国的诗人》（青年近卫军出版局）、《中国和朝鲜现代诗人》（列宁格勒出版局）。1951年，有好几位中国作家获得了斯大林奖：长篇小说《太阳照在桑干河上》的作者丁玲（小说译者是波兹涅耶娃）、长篇小说《暴风骤雨》的作者周立波（小说译者是沃·茹曼和沃·卡里诺科夫）、歌剧《白毛女》的作者贺敬之和丁毅（歌剧译者是恩·扎哈诺夫）。有的书出版数量高达50万册。

如果说在1949年以前，苏联的读者所见到的只是为数不多的几个汉学家，那么现在他们会高兴地看到有更多的名字出现在几乎我们所有的报纸上、杂志上和图书目录上，都是新而又新的名字：沃·克利措夫、阿·帕·若果乔夫、沃·帕纳秀克、沃·彼得罗夫、阿·加陀夫、阿·齐石科夫、特·茨乌特科娃、斯·伊万科、喔·费施曼、德·沃斯克利辛斯基、叶·若哲斯特文斯卡娅、伊·次彼若维奇、伊·巴斯特若姆、沃·斯拉布诺夫、雅·舒若文、勒·乌理次卡雅等。不久前，我们只有一个诗歌翻译家——勒·艾德林，而现在，许多诗人对这个工作产生了兴趣，如阿·阿赫玛托娃、波·安托科里斯基、阿·维托维奇。另外还有许多青年汉学家，车尔卡斯基、勒·闵石科夫、沃·罗果夫等。他们不但翻译，而且也开始写关于现代中国文学的论文。如果说在从前，中国文艺作品有时是从英文译本或其他欧洲语言的译本翻译过来的，现在的情形刚好相反，许多欧洲国家从俄文译本来翻译中国的文艺作品。

由于翻译家的增多，作家协会内产生了一个新的组织——中国文学翻译部，而且这个组织开展了提高书籍质量的运动。由于东方文学——主要是中国文学的出版计划急剧扩大（增加到每年产量为500个印张），国立文学出版局成立了东方文学编辑部（姆·恩·韦陀舍夫斯卡雅主持），增加了编辑，创立了翻译工作者和文艺理论工作者的团体。有了这一股强大的新生力量，才有可能把现代文学的翻译工作转交给年青一代，而老年和中年一辈的汉学家才有时间来从事重大的语文科学研究工作。

苏联科学院通讯院士康拉德除忙于出版世界史的中国史部分外，还完成了自己关于中国古代战争艺术的经典——《孙子》的研究工作，同时还在编辑由苏联科学院出版的"文学名著"丛书，如《今古奇观》等。郭洛珂洛夫教授为了编辑《三国演义》和《水浒传》这两部出色的中国文学著作，花费了好多年的时光，现在又同阿·帕·若果乔夫一起翻译《西游记》。语文科学博士费德林自从1953年出版了他的普及读物《中国新文学概论》之后，便从事出版《郭沫若选集》的工作，还为《苏联大百科全书》写稿，同时操作一个巨大的项目——编辑《中国诗大系》，吸收了许多诗人（如阿·阿赫玛托娃、阿·基国维奇等）来参加这项工作。《中国诗大系》的第一辑单行本已出版，包括《诗经》（阿·施图金译）、《屈原集》、《杜甫集》等。副博士艾德林出版和再版了他翻译的《白居易绝句集》之后，又在杂志上发表了一些现代诗的翻译和讨论现代中国文学的论文，准备印成一本专著。阿列克谢耶夫院士的遗著也准备出版和再版，由费德林校阅的蒲松龄的《聊斋志异》（国立文学出版局，1954年）也已经出版。苏联科学院东方学研究所的艾德林也参加了出版阿列克谢耶夫遗著的工作。波兹涅耶娃在翻译了一些单篇的作品和在莫斯科大学的刊物上发表了一些论文之后，写了《论红楼梦》，并且完成了她的专题论文《鲁迅的创作道路》（论文摘要已于1954年发表），这部论文准备在莫斯科大学付印。同时她又在国立文学出版局主编18世纪的讽刺小说《儒林外史》（沃斯克利辛斯基翻译），跟恩·依·潘克拉托夫共同主编长篇小说《金瓶梅》（格·孟兹列尔和沃·马努欣翻译）。另外，彼得罗夫写了《艾青评传》（国立文学出版局，1954年）。

总结起来，我们有了这样一些成绩：我们把选译鲁迅、郭沫若、茅盾、老舍、丁玲、赵树理、周立波等人的作品合起来，改为选集（如《郭沫若选集》《茅盾选集》《丁玲选集》《赵树理选集》），最后又改为较完整的集子（如《鲁迅文集》《茅盾集》）；关于古代的诗已经编辑出版《诗经》《屈原集》《杜甫集》；关于章回小说，已经翻译出版《三国演义》《水浒传》，即将出版《西游记》《儒林外史》和《金瓶梅》。

最近五年，我们的工作有了丰硕的成果。我很想在这里提出来的是，我们国立文学出版局的东方文学编辑部的周围，已经团结了"大队人马"。当然，这个团体是逐渐形成的，但不管怎样，在1954年年底开会的时候，大家都惊讶于坐在编辑部主任韦陀舍夫斯卡雅周围的，不像不久前那样只有三四个人，而是二三十个人：日本学家、印度学家，最多的是汉学家。四卷本《鲁迅文集》的编辑工作最能证明这种新气象。

《鲁迅文集》第一卷是文艺创作，国立大学出版局在1954年便已发行；第二卷是杂感和文艺批评，1955年已发行；第三卷是回忆录和讽刺故事，第四卷是书信，后两卷都准备在1955年出版。沃·斯·科洛科洛夫、克·西蒙诺夫（К. Симонов）和费德林任主编，波兹涅耶娃编选。费德林与波兹涅耶娃二人还在集子中做了评述。罗果夫参加了第一卷的编辑工作。参加第二卷编辑工作的除以上所说的汉学家外，还有艾德林、勒·齐赫文斯基、喔·瓦西可夫、若果乔夫、彼得果夫、帕纳秀克以及费施曼等，编者为斯·哈赫罗娃。

这些成绩当然不会冲昏我们的头脑，因为我们还有许多不足。关于这些不足，我们在国立文学出版局、外国文学出版局、苏联科学院东方学研究所，在作家协会的中国文学翻译部，在莫斯科大学语文系和历史系的中国语文教研室都谈过。一系列的自我批评和讨论是为了保证弥补这些不足，而这些不足又是不能够暂时置之不理的。因为，假如中国作家给苏联作家来了一封信，批评中国文学作品译本上的错误，那时我们就要请求中国的批评家、作家和翻译家来检查我们的翻译，检查我们的中国文学研究工作，并且要求把我们的错误和缺点毫不客气地通知我们。正如郭沫若不久前所说的："谁严格地批评了我，谁就是把我看成他的朋友。"（《文艺报》1954年，23、24号）所以我想，苏联对外文化协会也许可以帮助我们把这个请求转达给我们的朋友，并设法接收关于我们工作的批评文章。

我们所暴露出的这些不足是由于我们的中国文学研究和翻译水平有限造成的。当然，这是因为许多工作者没有受过语文科学和文艺学的教育，我们暂时还只有一个语文科学博士和六七个副博士。不过，我们所有的论文和译文差不多都是开创性的。每一个汉学家可以说都是拓荒者，这种情况下自然会有很多的不足。许多英国作家、法国作家、德国作家的集子，总计有几十种译本，而在中文译文这方面，我们还缺少这样一个优良传统。

我们的一个不足就是没有专职翻译家。做中国文学翻译工作的人，有的在外交部工作，有的在做科学或教育工作，有的在做杂志或报纸……他们同时做着两种工作。为了中文译文能够达到像其他语种的译文那么高的水平，我们应当创造出一种优良环境，并且提拔一些擅长俄罗斯散文与诗歌的专职翻译家。

我们的另一个不足是业务效率不高。当然，现在我们所出版的书并不算太误时，中国头年出版的长篇小说，次年就有了俄文译本，并且不可能也不必要把中国所有的出版物都翻译过来。但是，我们应当使我们的读者能随时了解中国文艺的动态，而在这方面我们做得还很不够。评介中国文艺界新作品的论文，我们也很少写。这种论文是可以用来向杂志社和出版社推介哪些作家和哪些作品是应当用俄罗斯语言来介绍的。在书籍的序言里和论文里，我们很难找到从文艺学上评论中国文学作品的文章，这是由于作者们对中国文学史、各个作家的创作道路、各种派别与团体的意义和他们之间的斗争，了解得很不够的缘故。很多译文语言贫乏，对艺术作品的形象的知识，特别是对作家的创作风格缺乏认识。可以肯定的是，新出的杂志《外国文学》在对译文的批评上和对中国（正如对其他国家一样）文艺界动态的即时反映的组织工作上，会给我们提供很大的帮助。

有技艺的干部可以保证我们的译文、批评论文和书籍序言的质量，而培养有技艺的干部的主要责任是由我们的大学相关系、部——列宁格勒大学东方系和莫斯科大学语文系东方部来担负的，当然，专门的科学机构——苏联科学院东方学研究所和世界文学研究所也同样要担负。近年来，这四个主要机构招收了研究生，并让他们参加了下述范围越来越广阔的中国文学史问题的科研工作。

关于现代文学方面的研究题目：《曹禺的戏剧创作》[世界文学研究所研究生勒·妮科里卡雅（Л. Никольская）]、《中国古典戏剧的改革》（苏联科学院东方学研究所研究生勒·闵石科夫）、《中国的民间小说传统》（同上，伊·巴斯特若姆）、《抗日战争时期的中国诗歌》[同上，斯·马尔可娃（С. Маркова）]、《以民间秧歌为基础的新中国歌剧之发展》[姆·车尔卡索娃（М. Черкасова）]、《郭沫若的戏剧创作》[列宁格勒大学研究生叶·崔比娜（Е. Цыбина）]、《鲁迅的早期创作》[马利诺夫斯卡雅（Малиновская）]、《五四运动时期中国新文学的斗争》[莫斯科大学研究生特尔罗夫（Тырлов）]、《中国文学中的工人形象》[同上，恩·费力普娃（Н. Филиппова）]、《柔石、殷夫、胡也频的创作》[同上，恩·马特科夫（Н. Матков）]、《中国作家中党的思想领导工作》[卡·克柔科娃（К. Квючкова）]。关于中古文学方面的研究题目：《八世纪的现实主义诗人杜甫》[列宁格勒大学研究生谢若布利亚科夫（Серебряков）]、《反映社会生活的现实主义小说〈金瓶梅〉》（莫斯科大学研究生马努欣）、《十八世纪的讽刺小说〈儒林外史〉的语言与风格》（同上，沃斯克利辛斯基）。关于古代文学方面的研究题目：《古代人民创作的名著〈诗经〉》[莫斯科大学艾·杨申娜（Э. Яншина）]。

列宁格勒大学东方系开了"中国文学史"课程，并且设立了这一方面的专题课。莫斯科大学的历史系和语文系的东方部都开了"中国文学史"课程。语文系所开的"中国文学史"是非常细致的讲演课，打算四年授完：古代文学（从公元前2000年到公元3世纪）、中古文学（4世纪到17世纪）、近代文学和新文学，一直讲到最近的作品。在本课程进行中伴随有课堂讨论和专题课，如现代文学巨匠鲁迅和郭沫若的创作道路，文艺作品及政论系文章，中古时期的主要作品如8—10世纪的传奇，18世纪的章回小说《儒林外史》《红楼梦》

等的语言及风格的文艺分析。

由于大学里的中国语文教研室的科学工作者、苏联科学院研究所的科学工作者与出版局——主要与国立文学出版局编辑部的合作,才使教研室的成员不仅有可能在莫斯科大学和苏联科学院的科学出版部,而且也可能在国立出版局大批地印出他们的著作。此外,他们能根据大学教育和研究工作的需要,去参加出版计划的讨论,以满足这一部分苏联读者的要求。

科学工作者到中国去旅行,跟中国友人进行私人或团体的联系;同样,中国的作家、学者到苏联来访问或工作,譬如在莫斯科大学,中国的叶丁易及其他教授进行了卓有成效的工作——像这些办法,对于文艺学工作都是有很大帮助的。经常进行文学交流,可以发展苏联和中国的学者、作家和批评家之间的友谊关系,可以从中国征得关于教研室工作的意见,可以认识中国近年来文学和文艺思想蓬勃发展的情况。这种交流可以使我们更加了解现代作家的作品,了解在报刊(如《人民文学》《文艺报》等)上、在召开文学艺术界代表大会和创作会议的时候所进行的为社会主义现实主义方法而斗争的文学批评。这种交流可以开拓研究文学遗产的巨大工作,如鲁迅和郑振铎关于文学史的作品;李何林、王遥等关于文学史教程的纲领;等等。

我们的中国文学研究及其普及化工作虽然有一些成绩,但仍然是落在我们欧洲文学研究及其普及化工作之后的。关于中国文学史上的各个作家及其时代的专题论文刊登得很不够,这是我们莫斯科大学、苏联科学院、国立文学出版局文学理论编辑部工作中的一个空白点。由于这方面的科学工作者人数不多,许多汉学家缺乏足够的关于中国文学的知识,莫斯科大学和列宁格勒大学就有了一个重要任务,这就是培养有技能的新干部、翻译工作者和编辑工作者,他们需要掌握艺术翻译的技能,掌握各个作家的风格上的特点,掌握关于文学艺术的形象问题的知识,以及为了他们的苏维埃读者而掌握俄罗斯语言中的全部财富,还要培养具有较高马克思主义文艺水平的批评家,另外,培养研究生的任务,苏联科学院的世界文学研究所和东方学研究所也同样要担负起来。

由于中国文学方面的译文、论文和书籍的增加,以及广大读者对这方面的关怀的增加,在苏联文艺学的面前,首先是在莫斯科大学教员所组成的科学先锋队的面前,提出了一个重要任务:编写中国文学教材,然后编写东方各国文学教材,把它们跟欧洲文学和美洲文学并列,作为外国文学普通教程中的一部分。这部教材是与苏联科学院学者、列宁格勒大学和其他苏联东方学有关部门的合作之下,同样也是在与中国学者的合作之下,由莫斯科大学语文系东方科各部负责编写，内容分七个部分，包括苏联东方学所提供的一些国家：中国、印度、朝鲜、日本、伊朗、土耳其和阿拉伯各国。这部教材完成之后，可以把我们的科学从东方学研究机关的高墙里，从狭隘的专家圈子里引导出来，使它进入各大学语文系的、师范学院的，最后是所有中等学校的课程纲领中。广泛地传播中国的以及其他东方国家的文学方面的知识，并且在苏联各界人民之间建立并发展这方面科学工作的基础，这就是研究中国文艺及其历史的首要和迫切的任务。

（邢公畹　译）

译后记

这是作者去年（1955年）5月在莫斯科大学建校二百周年纪念科学会议上所做的报告，当时曾印出报告提纲，但全文一直没有出版。本文是译者取得报告人的同意，根据她的打字稿译出的。原文开头六段，介绍报告人在北京所见的中国文化上的成就，因为不是这一报告的主要部分，所以删去。

报告叙述了苏联的中国文学研究上的传统，从彼得大帝时代谈起，一直说到今天。我们可以从这里了解苏联人民研究中国文学的全部历史过程。报告详细地叙述了苏联有关中国文学机构的工作情况及成绩：苏联科学院东方学研究所和世界文学研究所、苏联作家协会中国文学翻译部、国立文学出版局东方文学编辑部、莫斯科大学语文系和历史系的中国语文教研室、列宁格勒大学东方系等；并且指出了工作中的一些缺点，以及产生这些缺点的原因和改进的方法。报告着重指出，必须通过大学来培养精通祖国语言的中国文学方面的翻译工作者、编辑工作者和具有高度马克思主义文学水平的批评家。

今年（1956年）2月15日，报告人波兹涅耶娃以其辉煌的科学研究成果——《鲁迅的创作道路》在莫斯科大学进行了博士论文答辩，取得语文科学博士学位。因为这个报告是去年做的，所以报告中提到她自己时仍是副博士。

感谢报告人亲自校阅了这篇译稿。

（原载《人民文学》1956年10月号，第120—126页。有删节。）

莫斯科大学东方语言学院的汉语教学和科学研究的情况

我们研究东方（阿拉伯各国、伊朗、土耳其、印度、中国），远在帝俄时代就已经开始，有相当长久的历史。1700年，彼得大帝颁发了第一个关于教授汉语和蒙古语的谕旨。当时俄国人在驻北京的宗教使团、喀山大学、彼得堡（现列宁格勒）、海参崴、伊尔库茨克等地学习汉语。莫斯科教授汉语则较迟一些。知名的汉学家有亚金夫·比丘林（Иакинф Бичурин）、瓦西里耶夫（В. П. Васильев）、帕拉季（Палладий）等人。他们的著作不仅在苏联为人所公知，在国外也享有盛名。

我在为纪念莫斯科大学建立200年而做的报告里（这个报告的译文曾在《人民文学》1956年10月号上发表）曾经谈到，汉学在过去是一门综合性的学问。它包括中国的语言、文学和历史三门学问在内。比丘林在研究中国历史方面贡献最大，而且他同时写下了第一部汉语语法书。瓦西里耶夫的主要精力用在佛教的研究上，而且他同时写下了世界上第一部《中国文学史》（1880年出版。当时中国本国还没有写出这样的作品，而后来戴维斯用英文写的《中国文学史》，虽自称为第一部《中国文学史》，却是1901年才问世的）。他还翻译了《诗经》和《论语》，编了一部《汉语词典》以及其他许多著作。帕拉季会多种语言，除了汉语，他还会蒙古语和满语。他给我们遗留下了一部《汉语词典》（这是世界上最好的《汉语词典》之一）。这些都是汉学方面的最初研究者，因此他们涉及汉学的各个方面，每个人都是一部汉学百科全书。但是，这种一人兼有多方面才能的情况，也说明了当时这门学问不够发达。十月革命以后，汉学的研究分成几门专业。阿列克谢耶夫和康拉德（Н. И. Конрад）教授比较注重文学，语言其次。我们这一代研究汉学的人，虽然论年纪已经不小了，但因是在苏维埃时代成长起来的，我们从事汉学研究和教学工作已经是只专一门：或者是语言，或者是文学，不然就是历史。我们除学习汉语外，还要学习三门主要的欧洲语言，从而具有多种语言的素养。我们也学习日本语，但日本语知识是用作辅助手段的，例如用来阅读日本人关于中国文学的论著。十月革命后，苏联汉学家运用马克思主义的立场、观点和方法来从事汉学的研究工作，取得了很大的成绩，出现了一些汉学家。例如，龙果夫（А.

А. Драгунов）的著作世界知名，而且有翻译成汉语的；舒智奇（Щуцикй）是《易经》的翻译者和研究者；小瓦西里耶夫（Б. А. Васильев）是《阿Q正传》的第一个译者；彼得罗夫（А. А. Петров）对中国哲学做了综合性的研究工作，并写了关于王充与王弼的专题论文；杨兴颂（ЯнХигшун）是《道德经》的研究者和翻译者，他也研究现代中国哲学问题；尤利·布拉可夫（Юрий Булаков）在卫国战争中牺牲，是研究甲骨文的；此外，还有其他许多人。

十月革命以前，帝俄学院里的汉学研究对象，主要是中国古代的东西，这是因为：第一，当时的学者不都是进步的；第二，沙皇政府根本不鼓励研究现代问题。十月革命后纠正了这种研究方向，开始研究现代中国。莫斯科也有了汉学研究的据点。列宁格勒和莫斯科两地的汉学研究各有不同：列宁格勒的汉学家研究古代，莫斯科的汉学家研究现代。郭质生（В. С. Колоколов）教授和当时从中国来的政治逃亡者在这里起了很大作用——他们主要是在莫斯科学习的。十月革命后的几年里，我们开始学习现代汉语。开始时是在东方学院（这个地方现在改为苏联科学院东方学研究所），后来又在国际关系学院。从1944年起，汉学研究移到国立莫斯科大学，最初是附在历史教研室，后来成立了东方语言教研室。接着，在文学院成立了汉语文教研室，在历史学院成立了中国历史教研室。1956年，根据政府的特别命令，在国立莫斯科大学设立了东方语言学院。

已经有了这么多教研室，为什么还要建立一个东方语言学院呢？我以为主要的原因是，例如，过去学汉学的学生，毕业后会现代汉语，懂得现代，但对于汉民族的过去和汉民族的传统则知道得不多，而且所学的文学和历史知识也不够；语言课程主要是学语法，甚至不敢说学会了正确的发音。因此，就需要东方语言学院来担负起这样重大的任务，把东方语言的教学工作提高到新的理论和实践的水平上来。培养出来的学生不一定很多，但质量要好。第一，要求翻译干部能够很好地了解汉语口语，会正确地说汉语，能够理解各种方言，能够到说北京话的范围以外的地方去工作。第二，要能胜任认真的文学翻译工作。因为只从语法的角度考虑，译出来的作品是读不懂的，这种逐字翻译是不可能译出严肃的文艺和政论作品的。这些要求在1949年，当国家文学出版社、青年近卫军出版社等出版机构开始出版大量从汉语翻译过来的作品以后，有了更为重要的意义。因此，也就必须加强学生的理论和实践的培养工作。

有同志问我们东方语言学院有些什么新的设施，当然一切新的设施都不是一下子就出现的，而是逐渐地创设起来的。最好还是简略地谈一谈我们的教学计划，帮助人们对我们学院有个大致的了解。我们的教学计划包括这些专业：汉语、朝鲜语、越南语、日本语、伊朗语、土耳其语、阿拉伯语。各专业都有各国语言、文学和历史课程。学习语言的学时数超过两千学时——确切数字我记不清了，大概是两千三到两千五。汉语专业第一学年每周有十六学时，并有语言学概论讲演课。第二年每周十四学时，并有汉语标准语法课。三年级每周十二学时，并有理论语法课。四年级每周十二学时，另外有广东方言两学时；演讲课有方言学和语言史，专门化课程有古汉语和中世纪汉语的专题课堂讨论课。五年级（更正确地说是六年级，因为学生在第五学年要到中国实习）有理论语音课和专题课堂讨论课。历史和文学课程三年的授课和课堂讨论几乎是平行进行的（一周有两学时讲课，两学时课堂讨论），历史课开课是从第一学年第二学期开始，文学课则从第二学年开始。这些课程对于各种培养对象都是必修的，但是学语言和文学的学生历史课是一百学时，而学历史的学生文学课是一百学时。学时是这样分配的：讲一年古代文学，同时讲一年古代历史；一年中世纪文学，一年中世纪历史；一年近代和现代的文学，一年近代和现代的历史。此外，例如学语言的，还要上专题课程和专题课堂讨论课。这些课要由教授（博士）、副教授（副博士）来讲授。

　　下面再谈谈文学的情况。最近三年来我们在四年级上"鲁迅的创作道路"和"中国古代哲学论文的语言和风格"的专题课；五年级上"现代中国戏剧"专题课，这一课主要是以曹禺的创作为基础，因为授课的尼科里斯卡娅（Т. Никольская）写的副博士论文就是以曹禺的戏剧创作为题目的，而且关于这个题目的论文已经发表了许多。一年级学生听导论课——文学理论引论。我们还准备在四年级上世界文学和文学理论课，在五年级上俄罗斯和苏维埃文学课。此外，我们的学者们还努力准备给二年级开一门东方文学的共同的综合课（东方各国历史课也在准备中）。按照高等教育部的指令，东方文学综合课作为世界文学史的共同课的一部分，等课本编好以后要在全苏联的各大学语文系讲授，东方文学综合课课本由我们学院的教师负责编写（古代部分已经完稿）。

　　究竟我们新的教学计划有些什么规则上的新措施呢？

　　关于语音教学。从前有过这样一种理论，说俄罗斯人如果不是从小在中国长大，就掌握不了正确的汉语发音。然而，如果俄罗斯人从小在中国长大，他们就不会像俄罗斯人那样全面地掌握俄语。这样的人当然也不合我们的要求。还有另一种理论，一种非马克思主义的、康德主义的理论，这种理论认为，中国人操汉语是"自在之物"，因此，要想了解汉语，就必须生在中国，住在中国。我们教研室给自己提出这样一个任务，要证实马克思主义的原理——汉语像一切客观现实一样，人们不分民族和种族都是可以全面地学会的。可是，这正是我们老一辈学者龙果夫——我的老师毕生的理想且没有实现的事！只有当我们成立了东方语言学院，采用了新的技术设备，如设立语音实验室，各种录音放音设备，并由于党和政府的关怀，使我们能够从中国请来多位专家，他们全力地从理论上和实践上帮助我们进行教学工作，这样，掌握汉语语音的问题才得以顺利解决。1959年春天，为了庆祝中华人民共和国成立十周年，我们的学者和中国学者一起，在汉语教科书（以语音为基础的，包括导论课和汉字部分的）出版以前，把它全部录了音，这一工作可以说是我们的语言学家最近几年来最重大的成就之一。

方言教学和汉语史教学也是在中国教授的帮助下进行的。我们的教学计划中，大部分学时是现代语言和现代文学，但古代的语言文学也要学。因为不知道古代就很难透彻地了解现代。例如，中国共产党提出"百花齐放，百家争鸣"的方针，不知道古代汉语，就不大好了解这句话的意思。百家的"鸣"不是小鸟的鸣，这个"鸣"字有它的历史发展过程。至于学习汉语方言的问题，在中国人民革命胜利以后就提出来了。中国革命胜利后，我们翻译了不少中国作品。在莫斯科也会演出一些中国戏剧。有的戏剧，中国人看了发笑的地方，苏联人感到莫名其妙；苏联人看了发笑的地方，也许中国人看了要流泪。为什么？这是不懂方言，不懂语言习惯的缘故。有时会碰到这样一种情况，有人知道某某人学汉语，好吧，请他来翻译一下吧，可是这位同志却翻译不出来，因为他听不懂客人说的话。这使我们了解到，光会语法，会看书，不会说话，不知道中国人习惯的说法，没有一些汉语方言知识是做不好翻译工作的。说到翻译中国文学著作，例如《水浒传》《红楼梦》，有不少土话，不懂一些方言就无法翻译那些土话。所以只会汉语普通话还是不够的。汉语方言里还有什么宝贝我们现在还不知道，至于方言怎样教，我不是语言学家，恕我不能具体谈了。

下面谈翻译教学问题，这也是一个很尖锐的问题。

我们俄罗斯人翻译英、德、法几种主要欧洲语言的作品有很成功的经验，但是翻译中国的作品还没有很成功的。要翻译得成功，特别是文学作品的翻译，不是很容易的事。从事文学翻译工作要有很大的热情才行。译文要能打动人才能起到宣传作用。这就需要培养专门的翻译家。我们要培养出一批翻译汉语文学作品的人才，从屈原到郭沫若，要好好地干。

学翻译，最初免不了要进行语法翻译，即逐词翻译，但这种翻译只有学习上的功用，到了二三年级就应该逐渐摆脱它。因此，从第一学年起，我们就注意到：第一，学汉语的同时不能忘了俄语；第二，要学会批评别人的翻译，校对它们，把其中译得不妥当的地方指出来。但是，培养认真的汉语翻译工作者的工作，我们也还是刚刚着手做。给学生讲翻译理论和技巧是必要的，但光讲理论还不够，还必须要有大量的翻译练习，要天天进行翻译练习，而且不单要进行个人练习，还要取得校对别人译作的经验。如果每天都翻译，哪怕翻译一点点，再加上经常读大量的、有价值的书（本国的和所译语言国家的），这样干两三年，一个合格的翻译工作者是可以培养出来的。翻译工作者还要有专门的知识，正如不是每一个懂得语言的人都能做教师一样，要做教师还得要有教育学方面的培养，翻译工作者也同样要有专门的培养，例如文学方面的、国际关系方面的等。

在指导学生写学年论文的时候，我们也同样注意进行这一工作。我们的大学教育不同于国际关系专门学院的教育，国际关系专门学院的学生只写毕业论文，而我们的大学学生从一年级开始就要写学年论文。在学生写学年论文时（语言学的或文艺学的），我们所关心的，不仅是他们在理论上要叙述得正确，而且要注意到他们读了多少关于自己所阐述的问题范围内的著作，让他们提出和解决若干不算很多的科学问题，要求他们自己能够翻译汉语原著，而翻译出来的文字能达到俄语标准水平，能用极流利的、标准的俄语来表达自己的思想。

以上是我们在教学方面和教学方法上所采取的革新的大致情况。下面再谈谈我们的科学研究工作。

从1953年起，我们开始招收研究生，这一批研究生现在已有好些人在工作了，例如，基善斯基（Кишинский）熟练掌握了汉语语音，现在也给学生讲比较语法。他的副博士论文题目是《论汉语的性质形容词》。这篇论文即将在苏联《高等学校科学报告》杂志上发表，不久就要进行答辩。杨申娜（Э. Яншина）在研究生班毕业后曾到中国出差一年，现在开了中国古代文学史课，译出了《山海经》，并写完她的副博士论文《论中国神话》。马努欣正在开关于中世纪小说的语言和风格的课，他的副博士论文写的是中国小说中的主角人物从《三国演义》《水浒传》到《金瓶梅》的发展。他的论文已付印，预备明年春季答辩。札多延柯（Т. П. Задоенко）来我们学院学习以前已经是副博士（语法专家），她研究语音，曾到过中国一年。她编教科书，开理论语音课，现已经学会广东话。尼科里斯卡娅（Л. Никольская）是世界文学研究所的研究生，她的关于曹禺的论文已经出版（见最近一期——第三期《科学报告》）。我回去后她就要进行学位论文答辩。她开现代文学和翻译理论课。玲玲（Линь Линь）是从文学研究所毕业的，跟我们一起从事新的教学法研究工作——关于两面翻译（двухсторонний перевод）研究，培养一些同声传译（синхронный перевод）的熟练人才。还有其他一些研究生，如乌斯金（Устин）写关于《聊斋志异》的论文，特尔洛夫（Тырлов）写关于叶圣陶的论文，也都兼上一些课。我们的老教师也都继续进行自己的科学研究工作，不断提高自己的业务水平。例如，副博士罗加采夫（А. П. Рогачев）是第一个翻译《水浒传》的，现在正翻译《西游记》。我想，他现在的水平较过去一定已有很大提高。

书评，特别是翻译书评是我们的基本工作之一。杨申娜写了关于巴赫迁和伊特斯所写的《中国少数民族的叙事诗》一书的评论；马努欣写了关于阿列克谢耶夫所写的《中国古典散文》一书的评论；我写了对费施曼所译《唐人说荟》一书以及杜曼（Думан）和潘那肖克（В. Панасюк）所译的《司马迁选集》一书的评论。

我们教研室也参加了关于鲁迅的大规模的集体研究工作。罗加采夫、杨申娜、马努欣和我都参加了鲁迅作品四卷集的翻译工作。最近，我们正在编东方文学公共课的教科书，主要是吸引一些青年教师和研究生来做编写工作，这本教科书的每一个部分都自成一个副博士论文题目。其中，古代东方文学部分暂时由我一个人来执笔，可是将来是要交给青年同志们做的。

最近一个时期出版了不少名作的译本，但序言暂时还少。一些现代作家，如郭沫若、茅盾、老舍等的选集出版了。但我们认真地加以研究的还只有鲁迅一人的作品。已经有三篇论鲁迅的学位论文经过答辩——两篇是副博士论文，一篇是博士论文。有一个集体正在翻译鲁迅的作品（现在计划《鲁迅文集》出五卷，原计划出四卷）。我的论鲁迅的书也已经出版。

我的那本书是一本科学研究著作。这本书对于将要在苏联三十七个大学讲授东方文学史课程的文艺学家和听专题课的大学生来说是需要的，对于那些想更好地了解中国的读者来说也是需要的。但要读科学作品必须先读些较浅显的和较有趣的东西。为此我的这部书就曾按照编辑的意见做了多次修改，把那些不完全是俄语的、"像翻译的地方"全都改过了。要知道，我是讲翻译理论课又亲自改学生的作业的人，但还是不得不经常地听编辑的话——他帮助我运用这样或那样的语言，做这样或那样的叙述，以便一般中学生都能了解，从而对中国的知识感兴趣。这真是"活到老，学到老"。而且，直到现在还是离不开这句古老的俗语的后半句——"到死的时候还是个傻瓜"呢！只是，我还不算是个完全的傻瓜罢了。老的说法看来是悲观的，我们现在却是十分乐观的。我们的小学生都比我们聪明得多，他们一定会把科学大大地向前推进。最近我听说，我们的小学生讲汉语就比我们讲得流利而且正确得多，这真是十分令人高兴的消息。

后记

　　苏联莫斯科大学东方语言学院汉语教研室主任、语文学博士波兹涅耶娃同志于1959年9月、10月间来我国度假。她应北京外国语学院的邀请于10月16日、23日两日分别用俄语和汉语演讲，介绍莫斯科大学东方语言学院汉语教学和科学研究的一般情况。上文是根据听讲记录整理而成的。波兹涅耶娃同志的演讲内容很丰富，这里整理出来的只是其中一部分。这篇演讲在发表前，波兹涅耶娃同志已经回国，因此未经她过目，如有错误，由记录整理者负责。

　　　　（原载《中国语文》1960年第2期，林中记录并整理。本文略有改动。）

附录一:"中俄文字之交"又一页
——关于波兹涅耶娃著《鲁迅评传》的由来及评价

颜 雄

一

吴兴勇同志和我合作的这个译本,完成于三年前,几经艰辛曲折,现在终于付印了。我想趁此机会谈谈本书的由来和我对原书的看法,对读者有个交代。

算来已是40多年前的事了。大学三年级的时候,从新近出版的北京师范大学教授叶丁易先生的遗著讲义《中国现代文学史略》(1957年7月,作家出版社出版)一书里,读到关于《故事新编》的一段论述。丁易先生就他心目中的"社会主义现实主义的'历史小说'"《非攻》和《理水》里的两个人物形象墨子和大禹,提出这样一个问题:"作者为什么在两篇小说中以敬仰和愉快的心情来塑造这两个伟大历史人物的形象呢?"紧接着,他援引一位外国学者的看法来回答:"关于这一问题,苏联汉学家波兹涅耶娃硕士有一个很好的解释。"那便是从两篇小说写作的时间(1934年8月和1935年11月)推断,"认为《非攻》和《理水》中两个伟大历史人物形象就是隐喻当时毛泽东同志和朱德同志及其所领导的红军"。丁易先生于1954年受我国政府委派,赴莫斯科大学任教,听到过汉学家、鲁迅研究专家波兹涅耶娃有关论点的口述。他之所以在讲义中这样提出问题和做出解答,显然是受波兹涅耶娃影响的结果。他认为"波兹涅耶娃硕士这意见基本上是对的"。

"这意见"我先是觉得新奇,旋即不免感到勉强。不过,如果仅仅把它看作穿凿附会,却未免简单武断;虽然比附的研究方法当时并不少见,可我毕竟只是从丁易书中见到简短的转述,并未看到原著的论证过程,加之丁易先生在转述时援引鲁迅《且介亭杂文·答国际文学社问》和《故事新编·序言》以佐证,一再谨慎地指出鲁迅本人的论述只能印证他当时的"心情"和"写作动机",　"鲁迅也只是把禹和墨子拿来作一个隐喻而已，他并没有把禹和墨子来与红军相比拟的意思"。看来丁易先生既赞同波兹涅耶娃的观点，同时又小心地警惕着简单比附的研究方法。我希望看到作者论证的全过程，更想看到海外学者——在当年自然首先是"老大哥"苏联的学者——在研究方法上的创新。丁易先生引述了波兹涅耶娃的观点后，加了一条注解："波兹涅耶娃硕士这意见，见其所著《鲁迅的创作道路》一书中，该书尚未出版。"从这时起，我自然注视着苏联的出版动态，关心我的师友也都来帮我的忙。一年多以后，执教于北京大学的我的中学时代的学长秦克诚兄，给我寄来了莫斯科青年近卫军出版社1957年出版的《鲁迅》。这部系统地介绍鲁迅生平和创作的专著，写于1953—1956年，被该社列为"卓越人物生平丛书"之一，由3章30节（末三节实际上是附录：人名索引、鲁迅生平活动年表、参考书目）构成，凡286页。它是否即叶丁易教授指的那一本？检读本书第三章第六节"中国大地的建设者"（248—265页），这是专论《故事新编》的一节，其中大部分内容是论述《非攻》与《理水》二篇的（257—265页）。最能印证丁易教授转述的波兹涅耶娃的意见的，莫过于本节末尾的两段——

鲁迅深知何种力量将埋葬统治集团及其阶级支柱。这种力量就是中国共产党领导下的人民群众。作家熟知上海的地下党，目睹他们的英雄业绩和他们做出的牺牲。他密切关注中国红军，同他的将领会见。当中国红军结束从南到北的伟大长征，便致电延安，向中国共产党中央祝贺。中国的《铁流》的构想虽然没有实现，却已经通过另一种方式体现了出来。鲁迅通过墨子、大禹和他的铁铸一般的坚强的同志的形象，使中国古代的优秀传统在现代人的身上得到了体现，使读者意识到，人民的领导者——共产党人就是现代的大禹和墨子。他描写的是当代革命发展的现实情况，在这些故事里体现出自己对人民必胜的信念，借用高尔基的话来说，鲁迅在中国大地的伟大建设者形象中，"作为事业和作为创造的存在"被牢固地确定了下来。

在这些故事中，明显地反映出作家的新的创作方法。社会主义现实主义使他更臻成熟，使他的结论具有很强的说服力，使他（笔下）的典型的社会面貌更加鲜明，使他能够宣判当代的反面人物（的罪戾）和讴歌光荣的人民——建设者和斗士。

这两段论述颇为详细地表述了作者对《故事新编》的"新"意的理解：

原来，她将《非攻》和《理水》在创作思想上与鲁迅当年意欲创作反映苏区工农红军斗争生活的作品——"中国的《铁流》"联系起来，跟工农红军两万五千里长征联系起来，从中看到了鲁迅对人民革命事业怀有的自信力；同时，用《故事新编》作为鲁迅已"走向社会主义现实主义"的最好的佐证。这证实了丁易教授的简约转述是符合这位苏联学者的本意的。我由此则更想进一步了解波兹涅耶娃的鲁迅观和方法论，以及她在域外鲁迅研究中占有的位置。

二

就在我快要结束大学学业的时候，我的老师李格非教授奉我国高教部之命，赴莫斯科大学执教。他因关心我的兴趣而密切注视苏联鲁迅研究著作的出版，一次在来信中高兴地对我说："刘巴教授正在听我讲音韵学，侧闻她新近有鲁迅研究的大书问世，如消息确凿，将觅得后寄奉。"（刘巴，多作柳芭，是人们对波兹涅耶娃的爱称，由其名字柳鲍芙而来）不久，李师又有信来，证实柳芭的新著——上述《鲁迅》之后的新著——确已出版，就在本校（莫斯科大学）出版社，但校中已无书可售；这位作者虽一直在听自己的讲义，但彼此尚未熟悉到可以"面索"的程度，当择暇另去书肆间寻购；云云。过后很久，李师于一次来信中偶然说起，他在零下三十多度的冰天雪地里，乘公共汽车跑了莫京多家书店均未寻得，却不慎在下车时滑了一跤，摔伤了右腿的踝关节！……实在无可奈何了，这才打破东方书生的面子，终于径自开口向著者"面索"了。说来颇带几分传奇的色彩：一天下课后，李师向柳芭索书，柳芭说，身边只剩下最后一本了，这一本原是要送给刘晓大使的，因题署中写别了一个字，不好送去，便留了下来，也不好送给别人。李师喜出望外，特地去柳芭的寓所"索来"，然后在内封上题写如下几行字——

此书为刘巴教授拟赠刘晓大使者
因题署有讹
我因索来转赠给颜雄同志
李格非 1961.9.22

李师很快邮寄给了相距万里的我。他说的"题署有讹"，当指落款时将"作者"的"者"字误写成了"著"字，因为此外并无讹误。我心中实在感谢作者不用她的漂亮的俄文而用西方人本难写好的汉字书写，失手写了这一别字，要不，这本书就不会到我手里，自然也就没有今天这段文字因缘了。毫无疑问，这正是丁易先生讲义里所指的《鲁迅的创作道路》那本书。出版后的书名是苏联这类著作中惯行的表述法，"硬译"起来是《鲁迅·生平与创作（1881—1936年）》。莫斯科大学出版社1959年5月出版，共572页。厚厚的一册，确是鲁迅研究中不多见的"大书"。

我用较多的笔墨忆述这本书的来历，是因为一则这是我的老师和我两代学者的一段"中俄文字之交"的经历，书写下来，以为纪念；二则我收到书以后没有给作者去过信，只是后来听李师说，她很希望有人像丁易先生那样把这部书介绍给中国读书界。现在，我要借此机会感谢这位为中俄文字之交奉献了一生的优秀汉学家，祭奠她的在天之灵，并且以此告慰她：她生前怀抱的那一愿望正在实现。当然，我更要感激我的恩师格非先生（先生已八十三岁高龄，衷心遥祝先生寿恺），没有如此热情关心学生的先生，我便得不到这部书；因为有了这部书，这才有了要圆的梦。

收到这本书，正值我国经济遭受严重困难，我们的温饱受到威胁的寒冬。当时的心情，颇有点儿与《末光》里的老人在冱寒中看到樱花怒放、黄莺啭鸣的情景相仿佛，涌动着一股暖流。我首先检读书中有关《故事新编》的论述：全书3编9章中，最后一章的标题是《讽刺小说》，以8节70页专论《故事新编》。用这么多的篇幅专论只有8个短篇的一本集子，与书中对鲁迅其他著作相比，足见《故事新编》在著者心中的地位了（本书里，《呐喊》《彷徨》《野草》合成一章，只有5节，118页；后期杂文占一章，也只有6节，82页）。这在任何一本关于鲁迅生平和创作的著作中都是仅见的。前文引述过的丁易先生讲义中那些话，见于全书最后一章的最后一节里，这一节的标题是"中国大地的伟大建设者"，与青年近卫军出版社偏重于通俗地介绍作家生平和创作的那本《鲁迅》里的一节的标题几乎一样，只添了一个形容词"伟大"；内容也大体相同，只是扩充和增强了学术性的论述，如引用何干之、欧阳凡海、王瑶、伊凡等的论点，并予以评说；还探索了《故事新编》所受外国作者，其中特别是谢德林和高尔基的影响。

三

我最早知道波兹涅耶娃的名姓，是在大学一年级的期末。1955年夏间，偶然从《人民文学》上读到这位陌生者的论《红楼梦》的文章。其时正值批胡（适）、批俞（平伯）高潮刚过，在中国最高权威的、重在展示创作新成果的文学月刊上，揭载一位外国学者的红学论文，无异于树立新的红学样板，莘莘学子当然不把它看作寻常事，便争相传阅。现在脑子里还留存一点印象。记得作者以当时最流行的作家研究的理论视角，论析了曹雪芹的世界观和他的作品的现实主义创作方法之间的矛盾，说这跟列宁所说的托尔斯泰现象相仿佛。大概所得到的启发并不太多吧，仅记得这一点，其余的分析议论已经忘却了。

关于她的学术经历，我是从1957年出版的《鲁迅》书中略略得知的。本书的内封的背页上，有出版者对她的学术经历的19行字的介绍，写道：

柳鲍芙·德米特里耶夫娜·波兹涅耶娃系语文学博士，中国古代文学和现代文学的移译者。

她于1932年毕业于列宁格勒大学，旋即供职于符拉迪沃斯托克（即海参崴）的华人学校。自1937年始，先后在远东大学和国立莫斯科大学（1944年起）讲授中国文学史课程。

波兹涅耶娃二十年如一日研究鲁迅的遗产，因其对这位伟大的中国作家的研究，于1952年荣获罗蒙诺索夫奖金。她是1954—1956年国立（文学）出版局出版的四卷本《鲁迅选集》的编者和译者之一。

波兹涅耶娃这本关于鲁迅生平的著作，是在中国访问了伟大作家的朋辈和战友，在他们的影响下构思而成的。

这末一句在《鲁迅·生平与创作》的自序和书末注释里也看得出来：她与中国学术界和文艺界有着广泛的交往，通过访谈，获得不少史料，解决许多疑难；她在中国能查阅到她所需要的任何资料，在鲁迅故居她可以"接触到尚未公开展出的书籍"。——我当时是多么羡慕她，一个外国学者，能随心所欲地在中国享有中国学者不可能享有的优越的研究条件，这在20世纪50年代也只有"老大哥"才可能获得这种幸运。

这是我对作者的最初的了解。

1979年冬，我在丁玲同志寓中向她请教一些问题，偶然谈及海外鲁迅研究，我说起了柳芭。不料一句话引起老人的浓厚的兴趣，她赶忙问道："哦，你说的是莫斯科大学的柳芭吧？"我说正是。"我跟她是老朋友！她可算是苏联的'鲁迅派'。"丁玲和陈明同志一道回忆起往事，向我介绍起这位握别已久的朋友来，说："柳芭对中国文学本有很深的功底，加上是张锡俦的夫人，跟中国的关系更密切了。她是继阿翰林（即阿列克谢耶夫）之后，跟艾德林、费德林同辈、齐名的汉学家代表人物。"沉思一会儿，老太太进入深情的回忆中："她比我小不了几岁，听说已经过世了。50年代初我们在莫斯科有过极愉快的交谈，她提出许多问题，中国文学的，我的小说的，谈得很投机……她先前翻译过《会真记》，可见她的汉学根底了；后来又译过《太阳照在桑干河上》。我在莫斯科时，她专就这部小说的事同我商谈。我发现她不但同情中国革命，而且理解中国革命，尤其对几亿农民翻身解放的内心要求非常理解。前不久我为《太阳照在桑干河上》新版写前言时，不由得回忆起她对中国、对我个人的友好感情，记述了这一笔，告慰故人。交稿付排时，有同志提醒我说不合时宜，只好删去了。但我心里一直是记得她的，将来总还有机会表露这种感激之情的……要是你有机会，也可代我……"老太太动了真情，还要继续说下去，恰有来访者叩门，给打断了。但这简短的介绍已使我茅塞顿开，也更明白了介绍波兹涅耶娃的研究成果给国人，为"中俄文字之交"添写一笔，是件很有意义的事。

也就在这前后，我向导师李何林先生汇报《鲁迅译文集》阅读心得的时候，顺着话题谈到波兹涅耶娃的某些见解，并向先生询问当年这位汉学者来华访学的情形。先生清晰地记得，柳芭对他和李霁野先生的专访，就他们编著的20世纪二三十年代文艺论争和回忆鲁迅的著作，提出许多疑问，"提得最多的是《近二十年中国文艺思潮论》里的问题……她钻得很细，大大小小都不放过，笔记本上密密麻麻；还有，极其重视史料，左查对右查对……"

更多地了解波兹涅耶娃的汉学成就和她在苏联汉学界的地位，是前几年受益于北京大学李明滨教授的著作《中国文学在俄苏》（花城出版社，1990年8月出版）。这是我国学者撰著的第一部系统地介绍俄苏的"中国学"——主要是中国文学——成就的专著。从李教授的介绍中我们得知，波兹涅耶娃早年受业于被尊为"翰林"的汉学大师阿列克谢耶夫，"他是最熟悉中国情况的苏联汉学家之一"。除了研究鲁迅，她还广泛涉猎中国文学和哲学。在莫斯科大学组织编撰的四卷本《东方文学史》中，她担任前三卷里中国文学部分的主编。在中国文学史的编写体例上，她不同意中国学者的"分期按朝代，分类按体裁"的旧传统，而寻求一种切合文学自身发展过程的新体例。她的创意给了苏联汉学界很大的影响。

四

现在，可以谈谈这本著作本身了。

按照我国读者的习惯，也根据本书的性质、内容、体例和笔法，将书名译成"鲁迅评传"该是可以的吧。再说，我国已出版了近二十种鲁迅传记，现在让一本国外学者撰写的同类著作加入其中，形成参照，也是有助于我们思考鲁迅传记的写法的。读者诸君从序言的落款处可以看到，本书是著者穷25年之工（1933—1958年）成就的。考其生平，作者1932年毕业于列宁格勒大学，就是说，次年便开始了本书的构思与写作；1956年以论文《鲁迅的创作道路》获得博士学位，1958年升任莫斯科大学教授。25年之中，除取得中国古代文学、哲学的研究和译介的多种成果外，最大的研究业绩便是这本书了。即此一端，便可想见其凝结了一位劬劳的学者几多心血，几多艰辛，真可为治学者——尤其我们晚辈鲁迅学者——的楷范。著者这种二十年磨一剑的精神给译者以极深的感染，是对我们兢兢业业译原文和写好每条译者补注的一种督促和鞭策。

　　出版于20世纪50年代后期的这部学术著作，它的优点与缺陷，都明显地打上了时代、社会的烙印，呈现出特定时代里的社会氛围与文化心理。以将近半个世纪以来，特别是我国进入改革开放新时期以来"鲁迅学"的发展与进步的情况看，以20世纪90年代的学术眼光来看，本书的缺点与不足是不难发现的。如果仅仅只看到这一点，也许有人会说何足观哉。然而，"在进化的链子上，一切都是中间物"（鲁迅）。学术研究也是这样，后人总是踏着前人的足迹前行的。革新与创造离不开继承与借鉴。只要是出自诚实的学者的劳动成果，总是学术史上的一个脚印，一份记录，就能给后人提供历史的经验，留下历史的启示。一个外国的汉学者，在40多年乃至半个世纪以前，凭着二十卷白文本的《鲁迅全集》（1938年复社版），以及《鲁迅全集补遗》（唐弢编，1946年）、《鲁迅全集补遗续编》（唐弢编，1952年）和《鲁迅书简》（许广平编，1946年），加上颇难集的研究资料，数十年如一日，孜孜矻矻，砥砺研磨，终于成就一部篇帙最大的评传式专著，这是不能不令人——首先是传主本国的学术工作者的我们——高度重视和深深钦佩的。尤为可贵的是，作者对鲁迅著作下过很深的功夫，立足鲁迅文本是她研究的基础和基本方法，所有结论都从文本归纳得出，不尚空谈（虽然对有的篇章的理解和阐释不尽正确甚至失误，这另当别论）。与此同时，对三十多年间鲁迅研究成果（自20世纪20年代至50年代，其中不少散见于报章杂志）可谓锐意穷搜，严加辨析，独立评判，决不苟同。其中不少见解很具眼力（如对鲁迅加入光复会问题的考辨与判断，就是今天看来也属高见）。至于对中国近现代历史的重视和研究，可说是作者研讨鲁迅生平和创作的重要起点与依凭，尽到了一位汉学家的最大的努力。凡此种种，都昭示着一个事实：勤谨严肃、实事求是的学风铸就了本书的学术品位。

跟同时代许多汉学家一样，柳芭在本书里采用的是马克思主义社会学批评的方法。她从历史唯物主义出发，把鲁迅置于中国近现代革命历史运动的大背景下，对其生平思想和创作的发展过程进行描述，突出作为革命的文学家的鲁迅的本质特征。论述中，作者力求将历史和逻辑统一起来，体现出辩证思维方法的科学力量，因而全书结构严谨，条理有序，合乎逻辑地得出她的结论："鲁迅的创作道路，是从中世纪儒学经过革命浪漫主义和批判现实主义，达到社会主义现实主义的。"从而最终印证毛泽东对鲁迅的总体评价："他不但是伟大的文学家，而且是伟大的思想家和伟大的革命家。"这便是作者的基本思路，也是全书结构的理论依据。

作为科学的批评方法，本来意义上的马克思主义社会学是拒绝主观臆测和教条主义，坚持实事求是的原则的。可是，在研究实践中，过去的确存在着主观主义、教条主义、庸俗社会学对它的冒充、亵渎和干扰。即便学术意识独立的学者，也很难置身于特定时代的文化氛围之外，排除这种干扰，因而经常不经意地陷入非科学的怪圈。本书也存在着这方面的缺陷。比如，在探讨鲁迅后期思想的深度和根源的时候，每每将鲁迅的言辞与列宁的有关论述联系起来，用以证明二者的"相通"和"合拍"。重视这种考察，留心同时代里的文化巨人和政治伟人之间的思想上的联系，无疑是很有意义的，尤其在最能集中地反映出鲁迅受列宁思想影响的重要佚文《庆祝沪宁克复的那一边》还没有被发现的时候，这种联系和比照也许能给人以启迪。不过，事实表明，作者在这方面的探究，有的有根据，能说服人；有的却只是一种表层的臆测比附，不免勉强生硬，不能服人，因而这种联系就显得多余。个别的地方，似乎是当难以对鲁迅思想展开深层的论析时，便匆忙地拉来列宁，则更不免简单和牵强了。

作为苏维埃时代和国度里成长的苏联学者，柳芭非常注意探寻鲁迅所受域外文学艺术——首先是俄苏文学艺术——的影响，在解读鲁迅著作时，她对这方面表现出特别的兴趣和敏感，联想和推断甚多，也获得了一些颇有价值的见解（本来在这方面她比我们中国学者有更优越的条件）。但是，有时却凭着主观臆想硬将鲁迅与俄苏作家（最多的是谢德林和高尔基）拉到一块儿，这就不可避免地有悖于科学研究中最需恪守的实事求是的原则和具体分析的方法了。由于先入为主，有的结论不是从对鲁迅著作的剖析中自然地得出；而对鲁迅的确发生过深刻影响的俄罗斯作家，如安德烈耶夫、果戈里、陀思妥耶夫斯基，本应多加探究，深入为文的，却没有做出有充分依据和足够分量的考析。作者在行文中，有时流露出一种大国主义情绪，上述论及"影响"时出现的简单、生硬的弊病，不经意地以臆想取代实证，这也是一个原因。还有，论证鲁迅的文学道路，著者是在当时奉为圭臬的社会主义现实主义理论的指导下展开的，一切都是为着证明鲁迅如何"经过革命浪漫主义和批判现实主义"而"达到了社会主义现实主义"。正是当年那种独尊社会主义现实主义的文坛背景导致了著者学术目光的狭窄和思路的单一，使她无法以开放的眼力、"拿来"的气魄，考察鲁迅与世界文艺思潮的广泛联系，多方面论证鲁迅对待世界文学的"拿来主义"的态度。本书虽然用那么大的篇幅论述《故事新编》，却未能超出现实主义创作方法的界柱，以广阔的视野去考察它的艺术独创性（当然，这在我国学术界，也是经过长期的探索、论争，到了改革开放的20世纪八九十年代才出现的学术新进展，对前人似不必苛求），甚至连成书前中国学界刚发生的《故事新编》创作方法的论争也未能顾及评述，原因盖在此也。

不过，必须指出，这种情绪也只是在论及域外文学影响的时候偶有流露，并没有左右全书的理性分析。相反地，作者对鲁迅与民族遗产的关系的研究，是非常重视的，书中特辟专节论述。尤为可贵的是，她不满意中国一些学者"往往只着眼于个别作家对鲁迅的影响"，而不能从文学遗产整体上去把握，指出"文学遗产在鲁迅创作中的作用问题至今没有得到充分的评价"。她把鲁迅"将叙事文学列为科学研究的对象"，将过去"不登大雅之堂的俚俗文学"引为小说史上的正宗，提到列宁的两种民族文化的理论高度来论述。经过研究，"推翻了冯雪峰的一个论点：'鲁迅的文学思想并非中国传统文学所培植的'"。由此得出科学的结论："鲁迅成长为一位艺术家的过程中，本民族文学起了决定性作用。"一位外国汉学者，如此重视鲁迅对叙事文学的研究，特别是重视鲁迅引民间文学为正宗的事实（鲁迅早年就指出过：被人视为浅近而不能"致远"的"人（民）间小书"，实际上是后起的鸿篇大作赖以发展的起始），并且第一次上升到理论高度去认识，这在20世纪30至50年代，实在难能可贵，而这样的研究倒是真正体现了马克思列宁主义思想的力量；这种论断不只是直接影响着苏联的鲁迅学者如谢曼诺夫等的研究，就是对我们今天探究鲁迅与民族传统的联系，以及鲁迅创作在民族文化建设上的意义，仍不失借鉴的作用。

总之，这是一部严肃的学术著作。今天将它翻译出版，除了为建设中的中国鲁迅学积累一份历史的档案，为我国的鲁迅学者提供一种历史的参照，同时也为"中俄文字之交"增添一份历史的记录。鲁迅学要发展，就应当放眼世界，海纳百川，宽容汲取，博采众长，这也正是鲁迅对待域外文化和学术的气度。鲁迅研究走过了80年的历程，早已成为世界性的"显学"。如同任何一门显学都需要寻找历史的参照，以推动它向前发展那样，我们将域外这本苦心经营的专著介绍给国人，意在给学术以助力。译者的初衷能否实现，只有请专家和读者去裁定了。

"鲁迅逝世六十周年学术研讨会"开幕之日，祭扫鲁迅墓后，初稿于上海。1999年11月改就。

（原载《鲁迅评传》702—716页，波兹德涅耶娃（即波兹涅耶娃）著，吴兴勇、颜雄译，湖南教育出版社，2000年。本文略有改动。）

附录二：波兹涅耶娃的中国文学史观、鲁迅论与《文心雕龙》论

李明滨

一、中国文学史观

莫斯科大学从20世纪60年代初开始编撰出版四卷本的《东方文学史》，经高等教育部批准作为大学的通用教材。其中的中国文学部分篇幅相当大，共有七百多页（大32开本）。

这四卷一套的教材分别定书名为《古代东方文学》（1962年，修订版1971年）、《中世纪东方文学》（1、2册，1970年）、《近代东方文学》（1975年）和《现代东方文学》（1977年）。中国文学部分前三卷由波兹涅耶娃主编，后一卷由谢曼诺夫主编。执笔者多数为莫斯科大学的汉学家，有波兹涅耶娃、波梅兰采娃、马努欣、林林、乌斯金、古谢娃、沃斯克利辛斯基、斯科罗鲍加托娃、谢曼诺夫、齐宾、德尔洛夫和尼科里斯卡娅等，还有科学院的杨申娜、鲍列夫斯卡娅、切尔卡斯基等。

这套书之所以值得重视，不仅因为中国文学部分数量大，还因为体例和内容都有特色，是系统而且比较深入地介绍东方与中国文学发展史的著作。

1.分期不是中国传统的朝代分法，而是按世界历史的大时代分期，计分四个时代，即：

（1）古代文学，从公元前3000年到公元2世纪，包括夏商周和汉代文学。

（2）中世纪文学，从3世纪到17世纪前半期，包括六朝小说和诗、唐诗、宋词、元曲、明小说。

（3）近代文学，从17世纪后半期到20世纪初，即清代文学。

（4）现代文学，从1917年到1945年。

2.体例按概述和专论两类安排。以古代文学卷为例，概述部分有民歌（即《诗经》）、演讲艺术（即诸子）、编年史（《春秋》《左传》）、乐府和

理论等五章，分别综述各体裁的创作及发展概况；专论部分用四小节分别论述屈原、宋玉、贾谊、司马相如四位早期诗人。又如近代文学卷，除"引言"和"19世纪至20世纪初的文学"这两章是概述文学发展情况外，其他六章都是专论，分别论李渔、洪昇与孔尚任、蒲松龄、吴敬梓、曹雪芹、李汝珍的创作。

波兹涅耶娃认为，中国虽然历来重视并且做了大量的搜集文学名著和系统归类整理的工作，却迟迟没有意识到需要撰写自己的文学史。这件事倒是由俄国人瓦西里耶夫第一个做了尝试（1880年），接着才有查尔斯用英文（1901年）和格卢别用德文（1902年）来撰写。中国人直到20世纪20年代才着手编撰，突出的有鲁迅的《中国小说史略》（1923年）和郑振铎的《插图本中国文学史》（1932年）。他们立刻使文学史书具有比外国汉学家所写的多得多的资料。然而中国学者因袭了中世纪的老传统，"分期按朝代，分类按体裁"，整个文学发展过程成了大致如下的公式：

夏商周《诗经》—战国《楚辞》—汉赋和"乐府"—六朝小说和诗—唐诗—宋词—元曲—明清小说。

波兹涅耶娃认为："这一套旧公式有很大的缺点。"

首先，"这样的分期并不切合文学的发展过程，因为王朝的覆灭，特别是人民起义导致它的覆灭，并不就表示某种文学过程的终结。有些王朝时间很短（如'五代'，907—960年，总共才有五十多年），到底不能给人以社会历史的大时代，如古代、中世纪那样的概念"。

其次，"那样的分类，第一，主要只能反映某种体裁的'极盛时期'，却不能告诉人它的发展过程（譬如说戏曲这种文学不可能在蒙古人统治的80年内创造出来）；第二，不可能让人研究作家的思想和创造道路，即便是最大的一些作家的个性（例如，倘若一个诗人同时又是小说作家或剧作家，那么他的创作就没有一个地方有完整的交代，只能分成好几段，分别放在'诗歌''小说''戏剧'等章目内和同一体裁的其他作者的作品一起叙写）；第三，体裁的确定往往分得太细（如戏剧内的体裁样式就有近二百种），这同通行的专业术语，不单是马列主义的术语，就是资产阶级文艺学的术语也相距很远"。

最后，"这种文学史的写法是由过去民族之间互相隔绝造成的。它在一种文学和另一种文学之间画了一条不可逾越的鸿沟，只注意每一国文学的特点，妨碍人看到联结各国文学的共同点。如果保持每个民族按自己的朝代计算的纪年，那就不能按大时代各种文学的发展总体的研究；如果保持每个民族传统的体裁概念，那就看不到哪怕是同一种文学现象的共同点"。

由此，波兹涅耶娃主张，中国文学史从分期到体例都要换一种新的写法，同时她在编写教材时也开始付诸实行。

二、波氏与鲁迅著作在苏联的传播及鲁迅研究

苏联历来重视对鲁迅作品的翻译与介绍。我国著名学者戈宝权先生曾对鲁迅著作最早的俄译本做过专门的考察。鲁迅作品中最早译成俄文的是《阿Q正传》，在1929年同时出了两种译本，一种是王希礼译，列宁格勒激浪出版社出版；另一种是"无译者名"（鲁迅语）的，由莫斯科青年近卫军出版社出版。后经研究，此系苏联汉学家科金和中国人高世华合译的。"至于传闻卢那察尔斯基曾译过《阿Q正传》和为俄译本写过序文，又俄译本第一版十万部一个月内售完，现经反复考察，并无其事，都是以讹传讹的。"

鲁迅逝世以后，1938年苏联科学院出版了纪念论文与译文集《鲁迅》。后来又出版罗果夫编的《鲁迅选集》（1945年）和他译的《阿Q正传》（1947年）。不久后又出版《鲁迅小说杂文与书简集》（1949年）。

新中国成立后，苏联翻译出版的鲁迅作品种类更多。有《鲁迅小说集》（1950年）、《鲁迅短篇小说与论文集》（1952年）、《鲁迅小说集》（1953年）、《鲁迅短篇小说集》（1956年，巴库和明斯克各一种）、《阿Q正传》（1960年）、《故事新编》（1964年）、《鲁迅中篇小说集》（1971年）、《鲁迅选集》（1981年）等。

其中规模最大的要算1954—1956年出版的四卷本《鲁迅选集》。第一卷收入《呐喊》《野草》和《彷徨》；第二卷收入从《热风》《坟》《华盖集》《二心集》《伪自由书》《南腔北调集》《准风月谈》《花边文学》《且介亭杂文》和《集外集》中选出来的杂文；第三卷为从《故事新编》和《朝花夕拾》中选出的回忆文章，以及从各杂文集中选出的杂文（多带有回忆性质，如谈韦素园、刘半农、章太炎等）；第四卷为《两地书》和书信选。这套选集的编选和翻译都是精心之作。译者为汉学家的最佳阵容，而且多为鲁迅研究专家。其中有费德林、罗果夫、艾德林、彼得罗夫、科洛科洛夫、罗加乔夫、帕纳秀克、齐赫文斯基等，还有当时的青年译者马努欣、杨申娜、瓦西科夫等。承担主要编选工作并译了大量作品的则是波兹涅耶娃。这套选集由费德林作序。

鲁迅单篇作品被翻译作为单行本出版或登载报刊的，为数更多。还被译成乌克兰语、格鲁吉亚语、哈萨克语、乌兹别克语、吉尔吉斯语、立陶宛语、

拉脱维亚语等二十多种民族语言文字出版，其中有小说集或选集，也有单部作品。

1977年还专门编辑出版了《鲁迅著作索引》（格拉格列夫编，索罗金序，莫斯科，科学出版社，246页），提供了译介作品的全貌。

1.苏联对鲁迅的研究

鲁迅在世时，苏联就有人研究他的作品。"1925年，苏联的中国文学研究者瓦西里耶夫（中文名王希礼）着手用俄文翻译《阿Q正传》时，他在写给曹靖华的信中曾说：鲁迅是中国的'一位伟大真诚的国民作家！他是社会心灵的照相师，是民众生活的记录者……他不只是一个国家的作家，他还是一个世界的作家'！瓦西里耶夫这封信，发表在当年六月的《京报》副刊上。"

鲁迅逝世后不久，阿列克谢耶夫就把研究鲁迅的题目交给他的门生——1939年来华工作的费德林，后者以《论鲁迅的创作》一文获副博士学位。

鲁迅享有世界声誉，在苏联也拥有许多研究者。从他去世到1956年的二十年间，据不完全统计，在苏联报刊和书籍中公开登载的评介、论述和回忆鲁迅的文章就有85篇。从1960年到1980年这二十年间发表的文章更多，其中仅属于研究性质的论文和著作，重要的就有五十多种。苏联汉学家当中，事实上有一批是鲁研学人。具体人员虽然不好划定——因为他们当中对鲁迅学有专搞和兼搞之分——但是参加前述四卷本《鲁迅选集》工作的重要译者，以及后起的索罗金、谢曼诺夫，应该都可以列入其中。

值得一提的是，当过去各国出版的百科全书和文学词典中还很少提及鲁迅的时候，苏联在1932年出版的《文学百科全书》中已有了鲁迅的条目。当然，后来各国出版的百科全书纷纷增列了鲁迅的条目，如1968年法国的《世界百科全书》，1973年英国的《大英百科全书》，1973年美国的《麦格劳-希尔世界名人传记百科全书》……苏联在1974年出版的《大百科全书》、1976年出版的《简明文学百科全书》和1980年的《苏联百科辞典》（一卷本）中都收录了鲁迅条目。

苏联汉学家对鲁迅的研究从20世纪50年代中期，即四卷本《鲁迅选集》出版以来有了很大的进展。如果说他们以前所做的主要是对鲁迅著作的翻译、鲁迅生平和思想的介绍，那么近几十年来对鲁迅的思想和创作的分析研究则大为加强，不断有新的成果问世。在20世纪五六十年代，费德林、艾德林、索罗金和波兹涅耶娃等人写的中国文学史著作中，均设立专章概要地论述鲁迅。从20世纪50年代末起陆续出了一批专著，对鲁迅做了全面的评论。如波兹涅耶娃著的《鲁迅》（1957年）和《鲁迅·生平与创作（1881—1936）》（1959年），索罗金著的《鲁迅世界观的形成》（1958年），彼得罗夫著的《鲁迅·生平与创作概论》（1960年），谢曼诺夫著的《鲁迅和他的前驱》（1967年）等。其中在近年来影响较大的要算是谢曼诺夫的著作。

2.四本鲁迅研究专著

（1）波兹涅耶娃的《鲁迅评传》（即《鲁迅·生平与创作（1881—1936）》）

在苏联的鲁迅研究学人中，最早推出论鲁迅专著的是波兹涅耶娃。她1932年大学毕业后，便着手研究鲁迅，1956年以《鲁迅的创作道路》学位论文获博士学位，1957年出《鲁迅》专著，1959年扩大为《鲁迅评传》（莫斯科大学出版社），成了苏联的同类专著中篇幅最大的一本（大32开本，572页）。

她在出专著前的二十多年里，已经有许多论鲁迅作品的文章和译作。她不但自己搜集和整理了大量有关的资料，而且同鲁迅的朋友曹靖华、李霁野、李何琳以及陆宗达、胡乔木、许广平、戈宝权等有直接交往，得到他们在阐释鲁迅的思想和创作问题、搜集资料直至解释具体作品等多方面的帮助。她有着广泛的中国文学知识和深厚的汉学修养，经过几十年孜孜不倦的努力，终于完成了这部很有分量的专著。

这本专著共设三篇九章。第一篇的三章分别阐述鲁迅少年时代、去日本求学和辛亥革命时期这三个阶段的思想及活动，时间是1881—1917年。第二篇写的是1918—1927年间的事，三章中有两章分别写鲁迅从1918年至1926年的革命活动和大革命失败后去厦门、广东、上海的情况，另一章是评析《呐喊》《彷徨》《野草》三本作品集。第三篇也是三章，写1928—1936年鲁迅的生活，有一章写鲁迅与"左联"的关系，另外两章分别论述鲁迅后期的杂文和《故事新编》。

这是第一部全面、系统又深入地向苏联读者介绍鲁迅的专著。它以材料丰富翔实、分析细致、概括性强而著称。作者仔细分析了鲁迅的生活道路及思想发展的脉络，解释其创作的特点，重点突出鲁迅的革命精神，指出"鲁迅是在中国实行革命、挣脱帝国主义和封建主义锁链的那支大军中的一名战士"（第515页）。

波兹涅耶娃分析了鲁迅的全部创作后，最后归结为"鲁迅的创作道路是从中世纪的八股经过革命浪漫主义和批判现实主义走向社会主义现实主义"（第516页）。

（2）索罗金的《鲁迅世界观的形成》

索罗金在发表专著以前已先完成了长篇学位论文《鲁迅创作道路的开始和小说〈呐喊〉》（1956年），并于1958年通过论文答辩获副博士学位。接着又发表了《鲁迅的现实主义》（1958年）等文章。专著《鲁迅世界观的形成》（1958年，东方文学出版社）的基础是学位论文，它从一个侧面，即鲁迅早期的活动和创作中所表现出的思想来论述鲁迅早年政治观、哲学观和美学观的形成。起止时间大致从19世纪末至1927年大革命失败。这本仅196页的论著中，除前言与结语外，有四节论述鲁迅的经历（"少年时代""初入文坛""1909—1917年""五四运动与文学革命"），另外三节分别剖析《狂人日记》《呐喊》和《阿Q正传》。

作者认为鲁迅是在20世纪20年代末"从革命民主主义立场（鲁迅自称为'进化论'的立场……）过渡到马克思主义"立场的（原著第4页）。同时，在鲁迅的创作方面则论述他怎样从"充满革命思想的"批判现实主义逐步创造了一切前提条件，得以"在20年代末走上社会主义现实主义"的（原著第192页）。

从详细分析鲁迅早期的作品，包括留学日本时的文章、辛亥革命时期的小说如《怀旧》以及《呐喊》，尤其是《阿Q正传》等作品来看，本书之深入与详尽，当属苏联鲁迅研究学中的第一部，这也是本书的价值所在。

据作者说，他之所以能做到这一步，是由于拥有大量中国人写的有关鲁迅的文字资料。他在20世纪50年代初曾有两年时间在北京的苏联驻华使馆新闻处工作，有广泛的社会接触，搜集到自20世纪20年代初以来中国发表的相当丰富的鲁迅研究材料。"在总体构思上我受瞿秋白和冯雪峰的影响最大，而最有意思的事实资料则是从周遐寿（周作人）的回忆录中得到的。"作者又谦逊地说："我这本小书也只能说具有文学研究史上的意义。"

（3）彼得罗夫的《鲁迅·生平与创作概论》

主要从事中国现代文学研究的维克多·瓦西里耶维奇·彼得罗夫（1929—1986年），1951年毕业于列宁格勒大学东方系，在20世纪50年代就有不少著述，除专著《艾青评传》（1954年）外，还有论别的作家的文章，如《马雅可夫斯基与现代中国诗歌》（1952年）、《老舍及其创作》（1956年）、《巴金的长篇小说〈家〉》（1956年）、《巴金的创作道路》（1959年）、《论曹禺的创作（跋）》（1960年）等，以及20世纪六七十年代的文章《元杂剧》（1966年）、《中国早期翻译的列宁论文艺问题的著作》（1970

年)、《郁达夫〈春风沉醉的晚上〉短篇集出版前言》（1972年）、《论二十至三十年代的中国诗歌》（1973年）等。

其中，论鲁迅的文章占的比例不小，如《鲁迅和中国诗歌》（1958年）、《鲁迅和郁达夫》（1967年）、《鲁迅与苏联》（1976年）、《鲁迅和瞿秋白》（1975年）等，而专著《鲁迅·生平与创作概论》（1960年，国家文学出版社出版，393页）则是他在这个方面的代表作。

为了说明这部专著的特点，需要把它和同类的著作来对比。在波兹涅耶娃、索罗金的专著以及费德林、罗果夫、艾德林等的文章中，着重点是用鲁迅的主要经历和创作问题，论述他的世界观和创作方法这两个方面的形成和发展过程，同时剖析其创作（主要是《呐喊》《彷徨》和一部分杂文）的特点，以论说鲁迅在中国现代文坛的地位和作用。此外也兼及鲁迅怎样译介俄苏文学的问题。

彼得罗夫的特点是以分析鲁迅的作品为主，包括小说、散文及杂文，论证鲁迅创建革命文学的功绩及作用。全书九章中就有五章分别分析《呐喊》、《彷徨》、《野草》、杂文和《故事新编》。在叙述鲁迅活动的三章中也不是泛泛地谈生平，而是突出说明"鲁迅与革命文学的关系"和"鲁迅为创建革命文学而奋斗"。最后一章谈"鲁迅与外国文学"，内容比前述同类著作有更大的范围，不限于俄苏文学，而是广泛涉及世界各国文学，但中心仍然是围绕鲁迅怎样吸收外国进步的、民主的和革命的文学，以增加中国新文学的养料。

（4）在20世纪五六十年代的鲁迅研究学人中，谢曼诺夫属于后起之秀。他的专著《鲁迅和他的前驱》（1967年，科学出版社）虽然篇幅不大，但言简意赅，很有深度，而且研究方法特别。该书已有英译本（艾勃译，美国，1980年）和中译本。

三、《文心雕龙》论

苏联历来重视中国古典文学的研究，投入的人力多，出版的翻译和研究成果数量也很可观，主要的古典文学名著都有了俄译本。目前正陆续面世的"中国文学丛书"四十种，包括上起《诗经》，下迄当代的中国文学代表作。其中以诗歌、小说、戏剧作品居多，散文为次，文论较少。

《文心雕龙》由于内容庞博，理论概念极深，文字也不易透彻理解，往往令汉学家们望而生畏。尤其要找到适当、对等的俄文词汇来翻译，更显得困难，所以至今没有俄译本。但该国汉学界对于中国第一部系统阐述文学理论的巨著还是给予了充分的注意。有一批汉语古文造诣高的人对它做了研究。汉学研究的奠基人阿列克谢耶夫就相当重视，在论中国史学的文章和著作中多次提到该著作。当代汉学家费德林、艾德林、索罗金等在评述中国古典文学成就时加以列举。戈雷金娜写过《文坛的定义——中世纪中国文学理论中的"文"》（1974年）等论文，李福清等人在《世界文学史》第二卷（1986年）中介绍"五至六世纪的中国文学"一章里也有专谈刘勰的段落，通过这些评介文字，俄语读者可以了解到这部中国文学的重要论著。其中作用最大的，恐怕是波兹涅耶娃为莫斯科大学教科书《中世纪东方文学》写的详细评介《文心雕龙》的文字和李谢维奇（1932—2000年）的专著《古代和中世纪之交的中国文学思想》中对刘勰文学理论的分析。这两部著作，一是作为汉学专业的基本教材，影响大，利于宣传普及，在培养一代代汉学人才的过程中起了作用；二是联系中国古代的文学思想来阐释，使读者更容易理解和接受。因而《文心雕龙》虽然没有俄译本，但经过汉学家们的研究和推介，其主要内容已经在俄文读者中传播开来。

1. 关于译名和释名

苏联学者首先遇到的难题是书名的翻译。莫斯科大学教授波兹涅耶娃指出，刘勰的"文"是个模糊的概念。波氏先后受过阿列克谢耶夫院士和曹靖华教授的培养训练，古文功底很好，又长期从事汉语言文学的教学。先秦文学、诸子百家的思想是她研究的一个重点，对刘勰的理论也有比较深的了解，她最早指出了"文"的模糊性和多义性。在其主编的《中世纪东方文学》一书中，她认为"文"既指自然界里龟甲虎皮上的花纹、鸟禽的脚趾痕迹、蝌蚪昆虫直至天体的形状，又指人的活动中从人体的文身、汉字的书法、文章文献、广义上的文学直至文学作品等。因而它既是大自然本身的特点，也是作为自然界一个组成部分的人的特点的形象化，而创作则是"模仿"自然界的"形象"。

同时她又解释，刘勰已经把"文"同道家的世界观联系在一起（"文与天地并生"），并加进了色（"玄黄"）、形（"方圆"）、声（"泉石"），而人则是从"五行"产生的最优秀者，具有性灵。人"很自然地"一有了思想便产生言论，而有了言论便可成文。于是刘勰把"言"和"文"从哲学领域引向美学。既然动植物界万品无须画工锦匠的巧饰就具有五彩缤纷、千姿百态的"美华"，那么人也就能"自然地"产生"美好的言辞"。

按照波兹涅耶娃的解释，书名既指内容（"文心"），也指表达内容的语言技巧（"雕龙"），所以她把书名译为"Литературная мысль и ваяние дракона"，意思是"文学的思想和龙的雕塑"。

随着引用者理解的不同，在俄文的评介文章中，对该书的名称也出现了多种译法。最为通行的是："Резной дракон литературной мысли"，意思是"文学的思想雕刻成的龙"。它与波氏译法的不同点是不把"文心"与"雕龙"并列，而是分出主次，一个修饰另一个；共同点在于都把"文心"理解为"文学思想"。

然而，李谢维奇对于这种译法也不以为然。他认为，"我们最流行的这种译法应当说是很勉强的，因为'心'并不是思想，而'文'也不是我们所理解的文学"。他还指出，有的英文本把书名译成 The Literary Mind and Its Carving of Dragons（纽约，1959年）或 The Literary Mind: ELaborations（见J.刘：《中国的文学理论》，芝加哥—伦敦，1975年），都带有诠释的性质，而且把书名肢解成两部分也不是很合适。

李谢维奇在其专著《古代和中世纪之交的中国文学思想》（科学出版社，莫斯科，1979年）中进一步解释：这里所说的"文"在中国人看来是由词语和文字组成的美丽的花纹，如同其他任何一种物品一样，这种花纹也具有它构成的中心、中央、"心脏"，即"文心"。刘勰不同于其他只靠华丽词汇雕些可怜"小虫"的人，他号召把龙的图像置于这个"中心"，其意在于号召人们创作强大的、有分量的作品，因为龙就是宏伟的象征，它能够在无际的苍穹里飞腾，是阳刚之气的象征。"这样看来，俄文译名中的'雕刻成的龙'就不能使用了，因为它顶多只能突出精雕细刻的思想和样式上的华丽。"

李谢维奇又说明了另一层意思：考虑到汉字的"文"使书名带有一般的形象性，而且会把作品同"蝌蚪文"相对比，他只好选择"文字"这层意义。因为文字既是构成文学作品的符号，也是组成文学花纹的符号。因此，他提出书名的新译法："Дракон,мэваянный в сердцеи сьмён"，意思是"在文字（组成）的心脏（中心）塑造起来的龙"。李谢维奇认为这样的译法既没有脱离汉字的字面意义，又能够传达出刘勰的基本思想。

李谢维奇对中国古代文学有比较全面系统的研究。其论著的特点是从现代文艺科学的观点出发来探讨中国古代美学思想，而刘勰是他研究的一个重点。他独到的见解为苏联汉学界所重视。

2.简要而系统的论述

在教科书《古代东方文学》单辟的《中世纪初的中国文学》专章中，波兹涅耶娃用了长达10页的篇幅讲述该时期中国诗歌艺术理论，主要的介绍对象是刘勰。波兹涅耶娃就《文心雕龙》对文艺创作的本质和发展历史、文艺创作的民间来源、作品内容与形式的关系、文艺作品的分类、体裁形式与艺术手法、作家评论与读者等一系列问题所提出的理论，以及该著作对后世的影响等，做了系统的论述。这是她多年研究中国古典文论成果的一个结晶。由于没有译本，俄国读者要了解《文心雕龙》，主要是借助于它。

波氏认为，在中世纪初期（3世纪起），中国文学从文体混杂的状态中逐渐分出一个诗学分支，人们开始根据古代的典籍提出若干诗学原则或原理，这是重要的进展。其中，"对于该时代的艺术实践做出最高概括的是刘勰的论著《文心雕龙》五十篇"。

她认为，刘勰把创作的发展同文字的发展联系在一起，从有关龙、龟的神话直到经籍所记的有关孔子的传说，创作的发展史也同传统的"历史"学说本身相结合。凡是引用孔子言论的都是为了借其名义来阐释刘勰本人以道家观点为出发点而提出的理论概念。承认一切过程的"自然性"（客观性），把关注大自然放在首位，人对自然的模仿，以及相信人的智慧具有无穷的能力。"生也有涯，学也无涯"等论断，"都可以证明刘勰的美学观在相当大的程度上是以唯物主义的认识论为前提的"。

她指出，刘勰观点的实质，是从反儒学的论题来证明他的道家观点。例如，他认定孔子是老子的学生；又如，尽管纬书已遭到批评和禁用，他仍然从文艺的角度来用纬书为经书做辩护。但"在许多场合下，刘勰是把这两种敌对的学派结合起来的。这是因为当时任何一件从全民创作的书籍采用来的东西都被认为是儒家的。另一个原因是当时诗学的特点都具有世界观的双重性：儒家作为正统的标签，道家作为内在的理想和追求。因而刘勰的道家观也不得不用儒家的词语来掩饰"。刘勰理论的这种特点在他涉及的其他美学问题中随处可见。他也不反对文学有教化作用，而这种观点却是儒家所固有的。

关于内容与形式的关系，波氏指出把"雕龙"和"文心"并列就可以看出作者是主张二者相统一的。因为"文心"就是文学思想，也即内容，而"雕龙"则指用语言来表达内容的技巧。可见"刘勰从追求美的愿望导致承认内容与形式的统一"，即必须"巨大的思想和美好的形式"兼备。为此，刘勰引出了新的术语：风骨。他解释说，"风"指"思想"，也指"空气"（风）；"骨"指"正确的连词"（结言端直）。从刘勰用文学作品与鸟禽作比喻看，有文采而缺乏风骨的作品，犹如五彩绚烂的野鸡，飞不起来；有风骨而缺乏文采的作品，则如苍鹰高翔在天，也不能供人欣赏。"无论是鸣凤，还是文学作品,都应当达到'藻耀而高翔'的地步。这个比喻也揭示了刘勰美学观念中形式与内容应当结合的标准。"

接着波氏解释了刘勰的作家、批评家和读者论。她认为,在谈到作家时《神思篇》和《才略篇》几乎完全重述了陆机的思想,然后加以发展,不把创作活动看得那么神秘,而是清晰地叙述了认识的过程:"用听觉和视觉感知事物……逐渐积累知识……丰富才智……然后静思凝虑,便使创作幻想飞跃,思想涉及以往千年,眼光遍及周围万里。"同时能够把这种想象表现于文辞之中,使之更能被人理解,犹如车轮工匠或厨师的技巧,他们是有丰富经验为依据的。波兹涅耶娃发现,"刘勰在评价作家的才能上是师承曹丕而不赞成钟嵘的",他的优点是"指出了作家对不同的体裁系各有所长",如说"孔融气盛于为笔,祢衡思锐于为文"。此外,刘勰还把作家赋诗的才能从"神思"方面分成"缓"和"速"两种。

在谈到批评家和读者时,波氏分析了《知音》篇论批判家和读者对作品的接受原理,说刘勰尖锐地批评了"贵古贱今"反对新生事物的倾向。但"这种儒家的风气和曹丕所指出的'文人相轻'的弊病即导致了刘勰的结论:知音千载难逢其一"。不过刘勰要求批判家要提高修养:开阔眼界、增广知识、抛弃偏见,对于正统的和非正统的作品都要善于理解,以便对其做出正确的诗学评价,即做到"评理若横,照辞如镜",使评价既公允又独到。

她说,刘勰把读者接受作品的过程描绘成与创作作品的过程正相反的认识活动,即"诗人是先产生感情,然后形诸言辞;而读者是先开卷阅读,然后才出现情感"。欣赏就要善于深入体会作者的构思,即追踪其思绪的波浪,使得隐藏的东西也能外露。刘勰以钟子期听琴为例,称其为善于欣赏的罕见的"知音"。此外,刘勰还论述欣赏能力来自现实的需求(衣食)、艺术(音乐)和思维(思想)等活动。

最后,波兹涅耶娃集中论述了《文心雕龙》对文学作品的分类和中国文学常用的艺术手法。她称刘勰把文体分成诗歌(有韵律的)和散文(无韵律的)是一大进步。刘勰的思想和孔子的以及中国传统的文学观念不同,他认为不能排斥谜语与谐辞隐言等民间创作,尽管它们比较粗俗;也应当接受历来被排斥在"高雅诗歌"艺术殿堂之外的"小说"。接着,她详细解说了刘勰对具体的文学体裁和艺术手法的论断,如赋、比、兴、风、雅、颂、书籍、事类、史传等,以及它们各自的来源。她还指出"刘勰看待经书,与其说是从民族学的角度(即当作古训),不如说是从诗学的角度(即当作文艺作品的宝库)"。

此外,波兹涅耶娃还指出了刘勰著作的积极影响。她说,在《文心雕龙》等一系列诗学论著的影响下,萧统和萧纲开始按这些理论进行文学活动。萧统编的《昭明文选》就做了把文学作品同民族学、哲学和史学著作分离开来的尝试。

波兹涅耶娃的分析和阐释是否全都准确和符合作品的原意,尽管还可以讨论,但对《文心雕龙》做如此详细和系统的论述,在俄文书刊里还是第一次。她在介绍中国古典文论上的功绩是不可磨灭的。

附录三：波兹涅耶娃与中国的特殊情缘

柳若梅

柳鲍芙·德米特里耶夫娜·波兹涅耶娃，苏联著名汉学家，1932年毕业于列宁格勒大学东方系。1946年通过以《元稹的〈莺莺传〉》为题的学位论文答辩，获语文学副博士学位。1956年通过以《鲁迅的创作道路》为题的学位论文答辩，获语文学博士学位。波兹涅耶娃是一位与中国有着特殊渊源的苏联汉学家。

波兹涅耶娃诞生于一个有着汉学传统的家庭：其伯父亚历山大·马特维耶维奇·波兹涅耶夫是19世纪俄罗斯汉学一代宗师瓦西里耶夫的弟子，1884年起任彼得堡大学教授，1898年创办了海参崴东方学院，1906年创办了海参崴东方语学校即后来的远东东方学院，是著名的俄国蒙古学家、满学家、卡尔梅克语专家。波兹涅耶娃的父亲为德米特里·马特维耶维奇·波兹涅耶夫（1865—1937年），1893年毕业于彼得堡大学东方系汉满蒙古语专业，此后十余年间遍学伦敦、巴黎、柏林以及中国和日本，成为学养深厚的东方学家，在海参崴东方学院、远东东方学院、列宁格勒大学、列宁格勒实用东方语言学院担任教授，一生发表著作一百余种。波兹涅耶娃的母亲是德国人，在列宁格勒大学教授德语。波兹涅耶娃在列宁格勒大学东方系中国语言文学专业毕业后，于1931年来到海参崴的中国师范学校工作。1933年，与在国际师范大学任副校长兼中国部主任的中国人张锡俦相识、相爱，开始了她一生不平凡的感情经历。1933年，波兹涅耶娃与后来担任北京外国语学院院长兼党委书记的张锡俦结婚。

1932—1933年，波兹涅耶娃工作的中国师范学校与海参崴国际师范大学中国部合并。后来，海参崴国际师范大学中国部又与远东边疆中国高级列宁学校合并。张锡俦是列宁学校的校长，波兹涅耶娃在列宁学校教授俄语，同时在海参崴国立远东大学中国语言文学系教授中国文学史。在苏维埃政权取得胜利后的1926年，波兹涅耶娃的父亲波兹涅耶夫被派往中国工作时被白军俘虏，后来在苏联国立民族学博物馆担任顾问。1937年苏联开始了恐怖的大清洗运动，这一年的10月1日，波兹涅耶夫被捕，并于10月20日被执行枪决（1957年得到平反）。在这场政治运动中，波兹涅耶夫家破人亡，两个儿子（即波兹涅耶娃的两个弟弟）被捕后失踪，女婿被捕，被剥夺公职的女儿（日本学家）在穷困中死去。1938年上半年，波兹涅耶娃受父亲之事株连，被海参崴内务部拘禁。张锡俦出面给州党委书记、苏维埃主席和州内务部长写信，请求释放波兹涅耶娃。波兹涅耶娃这才得以免于牢狱之灾。1939年年初，列宁学校停办。张锡俦向共产国际写信要求回国，很快就得到批准。张锡俦被派回国做固定工作，但要求张不能带家属，并命张前往莫斯科等候派遣。此时张锡俦与波兹涅耶娃已有三个女儿，如果张锡俦离开波氏母女，等待母女四人的又将是被拘禁、判刑的命运。1939年8月，张锡俦举家来到莫斯科。由于没按要求独自前来莫斯科，因而张锡俦没有被安排回国，而是被安排在莫斯科外文出版局中文部。此后波兹涅耶娃先后在莫斯科东方语言学院、莫斯科大学、莫斯科国际关系学院教授汉语和中国文学史，进行中国现代文学研究，发表了一系列译作和论文。1943年，波氏在苏联科学院东方学研究所攻读副博士学位，1946年，以《元稹的〈莺莺传〉》为题通过了副博士论文答辩。1949年起，波兹涅耶娃在莫斯科大学语文系主持中国语言文学教研室。1948年春，联共（布）批准派遣张锡俦回中国工作，条件仍然是不能带家属。1948年11月，回国后的张锡俦随中国代表团前往布达佩斯开会途中向联共中央写信要求解决家属来华问题，未果。1949年5月，张锡俦出访路过莫斯科时再度向有关部门要求解决波氏母女来华问题。同年7月，访苏的刘少奇同志答应张锡俦帮助解决。1949年11月，张锡俦被调到北京主持中共中央俄文编译局工作。经中国与共产国际协调，波兹涅耶娃于1950年8月以访学之名携小女儿张阿拉来到北京。此次波氏母女来华，本来张锡俦准备将她们移居中国的手续办妥，但由于波兹涅耶娃正在撰写博士论文，此次是以访学来华，致使波兹涅耶娃与合家团圆的梦想失之交臂。来华后，波氏被安排在中央编译局《毛泽东选集》俄译组从事翻译和校阅工作，同时参加《人民画报》俄文版的校阅和翻译，并在中国人民大学的俄语教师进修班教授俄语。工作之余，波兹涅耶娃为她的博士论文查阅资料，访问求教，常与曹靖华、冯雪峰、黎树、肖三等讨论关于鲁迅的创作及中国现代文学的问题。曹靖华早年在列宁格勒大学执教时是波兹涅耶娃的老师，此次就波兹涅耶娃的问题提出这样的建议：关于鲁迅的思想问题，可找胡风谈话了解；关于鲁迅的生活，可通过与许广平谈话了解；关于鲁迅的其他方面，可通过与丁玲谈话了解。此次中国之行使波兹涅耶娃对中国现代文学有了更加直接的了解和认识。1951年年底，波兹涅耶娃访学期满，带女儿返回了苏联。1953年，张锡俦被调任北京俄文专科学校担任校长兼党委书记。

　　1956年2月，波兹涅耶娃通过了以《鲁迅的创作道路》为题的博士论文答辩。莫斯科大学开设东方语言学院，将原语文系和历史系的汉语教研室整合，变成莫斯科大学东方语言学院的汉语教研室，波兹涅耶娃受命担任首任教研室主任（1959年由俄罗斯驻中国前大使罗高寿之父继任）。1959年，波氏的研究专著《鲁迅·生平与创作（1881—1936）》问世。1959年9月，经过层层审批，波兹涅耶娃得以来华度假，希望能够全家团圆地在中国长期生活下去。然而此时中苏关系的大形势使这一梦想变成了奢望。1962年，波兹涅耶娃随"苏中友协代表团"来到中国，希望最后解决她来华定居的问题，但中苏交恶的背景与中国国内的政治环境使这一努力化成了泡影。迫于政治压力，张锡俦提出与波兹涅耶娃离婚。1966年12月30日，北京市中级人民法院正式判决张锡俦与波兹涅耶娃离婚。20世纪60—70年代，在苏联，波兹涅耶娃继续在中国古代文化、中国现代文学领域耕耘，发表论著、译作一百多种，1974年在莫斯科去世。在中苏关系解冻、中国实行拨乱反正之后，张锡俦同志在谈到波兹涅耶娃时说："她的一生是在加强中苏文化交流的事业中度过的，她为研究、传播中国文化事业一直勤奋工作，直至生命的最后一息。"

　　（本文在整理北京外国语大学档案馆藏关于张锡俦同志的档案基础上撰写）

附录四：波兹涅耶娃主要学术成就

1935年

《呐喊吧，中国》（评论），《太平洋之星》，1935年，第26卷，第5期。

丁玲《水》（翻译），《国界线上》，1935年，第11/12期，第31—34页。

《过上小康生活》（翻译），1935年，第54—63页。

1940年

《胡兰畦主编的〈战地一年〉》（评论），《世界文学》，1939年，第7—8期，第295—297页。

《文学月报（重庆）》（评论），《世界文学》，1940年，第11—12期，第314—315页。同时刊于英文版《世界文学》，1941年，第2期。

《三颗手榴弹》（翻译），《世界文学》，1940年，第7—8期，第122—123页。同时收入《血脉相连》文集，莫斯科，军事出版社，1950年。译成法文刊于 La Litterature Internationale，1941年，第2期。

《医院里的枪声》（翻译），《世界文学》，1940年，第7/8期，第128—132页（与M.勃奥斯洛夫斯基合译）。

《木兰诗》（翻译），《世界文学》，1940年，第7—8期，第139页（与Г.尼拉洛夫合译）。同时被译成德文刊在 Internationale Literatur 上，1941年，第1期。

《中国民间故事》（翻译），《世界文学》，1940年，第7/8期，第140—146页（与Ф.勃奥莫里合译）。同时译成英文刊在 International Literature 上，1940年，第11/12期。

1941年

鲁迅《故乡》《明天》（翻译），《青年近卫军》，1941年，第3期，第64—74页（与Ф.勃奥莫里合译）。

《生活与斗争》（翻译），《女工》，1941年，第7期，第12—13页。

1942年

《纪念郭沫若》,《世界文学》,1942年,第6期,第149—150页。

《新疆的文化生活——〈新疆日报〉(副刊)》,《世界文学》,1942年,第8/9期,第157—158页。

《怀念杜平》,《世界文学》,1942年,第7期,第148页。

《绝不后退》《在征程上》《我们正在失去什么?》《不能再忍耐》(翻译),《世界文学》,1942年,第7期,第5页(与A.罗姆合译)。同时收入《国外反法西斯诗集》,莫斯科,1943年,第50页。

1943年

《中国文学的新潮流——讽刺作品》,*International Literature*,1943年,第2期,第58—62页。

1944年

《契诃夫与中国文学》,《苏联科学院通报》,文学语言协会,1944年,第5期,第214—219页。

《被围困的城市》(翻译),收在《中国故事》文集中,1944年,第28—37页。

端木蕻良《风陵渡》(翻译),收在《中国故事》文集中,1944年,第91—105页(与B.罗奥夫合译)。

1945年

鲁迅《故乡》(翻译),收在《鲁迅选集》中,莫斯科,译文出版社,1945年。后多次再版:1950年版,1952年版,1953年版,1955年版,1956年版,1959年版。

1946年

元稹《莺莺传》(翻译),莫斯科,1946年,《莫斯科大学学报》,10页。

1949年

《源自鲁迅已发表的作品》,《太平洋研究所的学者札记》,第三卷

（中国辑），莫斯科，1949年，第152—179页。

《裴多菲的诗歌在中国》，《星火》，1949年，第42期，第19页。

1950年

《Г. Б. 爱伦堡》（评论），《苏联图书》，1950年，第2期，第80页。

《评丁玲的〈太阳照在桑干河上〉》，《旗帜》，1949年，第5期，第90—132页；第6期，第48—99页；第7期，第38—97页。同时出版了单行本，莫斯科，外国文献出版社，300页（第5—12页为前言，后被译成中文，刊登在《人民文学》，1950年，第4期）。同时有节选刊登在《小说报》上，第5期（总期号第53期），1950年，第96页；又刊登于《小说报（矿工版）》，第9期（总期号第25期），1949年，第94页。

《评 Б. 阿克什斯基》，《星火》，1950年，第3期，第24页；《评 Н. 彼得洛夫》，《远东》，1950年，第1期；《评 В. 托克马科夫》，《西伯利亚之光》，1950年，第1期；等等。

《评鲁迅的〈社戏〉》，莫斯科，儿童出版社，1950年，第51—70页（第5—11页为前言）。

《鲁迅的小说与杂文》（翻译），莫斯科，1950年，第81—134页。同时收入《鲁迅全集》四卷本，莫斯科，第二卷、第三卷，1955年。

《血脉相连》俄译本（编），莫斯科，军事出版社，1950年，65页，并撰写前言。

《难忘的碑铭与久远的记忆》（翻译），《古代的东方·古代世界史文选》，莫斯科，1950年，第303—309页、314—316页、319—340页。曾部分再版：1956年版，第95页、103—105页、108—118页；后又补充再版：1963年版。

1951年

《Р. И. 鲁宾斯坦》（评论），《古代史学报》，1951年，第4期，第130—136页。

1952年

《И. С. 卡茨涅里索》（评论），《古代史学报》，1952年，第2期，第153—159页。1953年再版。后翻译成中文，刊载于《古代的东方》，北京，

1955年。补充修订版：莫斯科，1958年，第211—235页。

《十月革命与鲁迅的创作道路》，《莫斯科大学学报》，1951年，第7期，第115—128页。

《中国民间故事》（翻译），莫斯科，儿童出版社，1951年，第11—26页。后于同年及1952年、1953年、1954年、1955年再版；1953年，在塔林再版；1954年，在古比雪夫再版；1954年，在车里雅宾斯克再版。

《鲁迅为中国的新民主主义文化而斗争》，《莫斯科大学学报》，1952年，第11期，第15—29页。

《论元稹诗歌中的社会政治观与哲学观问题》，《莫斯科大学东方史学教授著作》，1952年，第109—119页。

丁玲《太阳照在桑干河上》（翻译，修订版），莫斯科，1952年，296页，第3—12页为序言。

《В.克利夫佐夫》（评论），《远东问题》，1952年，第6期；《А.马可罗夫》（评论），《苏维埃士兵》，1952年，第18期；《Л.艾德林》（评论），《公开发行的文学作品集·1951》，莫斯科，1952年；均刊于《人民中国》，1952年，第9—10期。

1953年

《现代中国文学概论》，莫斯科，1953年，356页。

1954年

《Л.И.杜曼》（评论），《苏联科学院东方研究所简报》，第11辑，1954年，第92—99页；《Л.А.别列兹诺依》（评论），《历史学问题》，1953年，第11期，第132—137页。

《论〈红楼梦〉》，收进王了一的《汉语语法纲要》，莫斯科，1954年，第13—28页；后译成中文，邢公畹译，刊于《人民文学》，1955年，第6期；同时收入《红楼梦问题讨论集》第4卷，北京，1955年；收入王了一的《汉语语法纲要》，上海，1957年，第13—30页。

《〈丁玲文选〉前言》，莫斯科，1954年，第3—18页。

《鲁迅文集》（选编），4卷本，莫斯科，国家文学出版社，1954—1956年，第1卷，462页；第2卷，423页；第3卷，219页；第4卷，262页。

1955年

《古老的中国》,《古代的东方》(科普读物),莫斯科,1955年,第215—238页。

《鲁迅全集》(翻译),第2卷,1955年,第7—387页、397—402页;第3卷,1955年,第7—8页、21—179页、205—264页、291—301页;第4卷,1956年,第14—27页、31—38页。

《鲁迅的写作风格》,《鲁迅全集》第2卷,1955年,第403—417页;同时翻译成日文,刊于《中国研究》,东京,1957年,第1—2期;《回忆录与讽刺故事》,《鲁迅全集》第3卷,第303—307页。

1956年

《苏联的中国文学研究问题》(论文提纲),收在《语言学系论文提纲·大学200周年纪念科学讨论会》,莫斯科,第38—40卷;后被翻译成中文,邢公畹译,刊于《人民文学》,1956年,第10期,第120—126页。

《评O. Л. 费什曼的〈唐朝的故事〉》,《苏联科学院通报》,1956年,第11期,第126—129页。

《鲁迅选集》(与人翻译),国家文学出版社,莫斯科,1956年。

《评〈司马迁文集〉》,《古代史学报》,莫斯科,1956年,第2期,第172—173页。

《鲁迅的创作道路》(博士论文),31页。

1957年

《与鲁迅有关的科普书》,《新书》,1957年,第30期,第35—37页。

《胡适》,苏联大百科出版社,1957年;第46卷,第419页。

《曹雪芹》,苏联大百科出版社,1957年,第47卷,第9页。

《瞿秋白》,苏联大百科出版社,1957年,第485页。

《楚辞》,苏联大百科出版社,1957年,第47卷,第485页。

《鲁迅》,莫斯科,青年近卫军出版社,1957年,287页。

1958年

《B.瓦西连科》(评论),《星火》,1958年,第32期。

《关于古代中国的诡辩术问题》(论文提纲),《莫斯科大学学报》,

1958年，第4期，第214—215页；也是1958年德国第14届东方学大会的论文，被翻译成德文，刊于 Wissenschaftliche Zeitschrift der Martin-Luther Universitat，哈雷-维滕博恩，1961年，第6期，第1421—1427页。

1959年

《古代中国哲学论文的史料学分析》，《古代史学报》，1958年，第3期，第3—17页；同时被翻译成中文，北京大学刻印，1959年。

《古代中国的诡辩术及其奠基人》，《古代史学报》，1959年，第3期，第22—43页。

《鲁迅·生平与创作（1881—1936）》，莫斯科大学出版社，1959年，572页。

《鲁迅论俄语研究》，《俄语》，北京，1959年，第10期，第16—17页。

1960年

《E. A. 齐宾》（评论），《东方学问题》，1960年，第1期；《克列伯索娃》（评论），《新东方》，布拉格，1960年，第6期；《小野忍的〈中国文学杂考〉》，东京，1967年，第238—240页。

《莫斯科大学东方语言学院汉语教学和科学研究的状况》，《北京外国语学院快报》；后刊于《中国语文》，1960年，第2期，第68页、86—88页。

《莫斯科大学东方语言学院二至四年级汉语文学史》，莫斯科大学出版社，1960年。

《论 A. 葛瑞汉的〈列子〉》，《古代史学报》，伦敦，1960年，第4期，第126—135页。

《论东方文学史的普遍问题》（第一辑），刊于《语言学》，1960年，第3期，第3—9页（与 В. Б. 尼基京、Е. В. 帕耶夫斯基、Д. Г. 雷德尔合著）。

1961年

《蒲松龄短篇小说集》（编），莫斯科，381页，1961年译自中文。

1962年

《古代中国文学》，《古代东方文学》，莫斯科，莫斯科大学出版社，

1962年，第305—438页，第5—24页为引言（与В. Б. 尼基京、Е. В. 帕耶夫斯基合著）。

《嵇康的〈养生论〉》，《古代世界》（В. В. 斯特鲁维院士70周年诞辰纪念），莫斯科，东方文学研究所，1962年，第432—439页。

《东方古典文学的分期问题》，《亚非人民》，1962年，第1期，第103—108页（与В. Б. 尼基京、Е. В. 帕耶夫斯基合著）。

《论东方文学史的普遍问题》（第二辑），见《语言学》，1962年，第2期，第106—113页（与В. Б. 尼基京、Е. В. 帕耶夫斯基合著）。

1963年

《第二十五届国际东方学大会论文提要》（与В. Б. 尼基京、Е. В. 帕耶夫斯基、Д. Г. 雷德尔合著）；同时收入《第二十五届国际东方学大会论文集》，第5卷，莫斯科，1963年，第3—9页。

《Р. Г. 列弗科夫斯卡娅》（评论），《В. С. 马努赫》（评论），《Н. М. 萨赞诺娃》（评论），《Э. А. 格兰托夫斯基》（评论），《И. С. 李谢维齐》（评论），《И. Д. 谢列布里亚科夫》（评论），均刊于《亚非人民》，1963年，第4期；《Л. А. 尼科利斯卡娅》（评论），《高等学校通报》，1963年，第10期；《В. А. 鲁宾》（评论），《亚非人民》，1962年，第5期；《И. М. 季亚科诺夫》（评论），《亚非人民》，1963年，第3期（特刊），第75—80页。

《古代东方史文选》（选编），莫斯科，东方文学研究所，1963年，第425—509页（中国篇）；《起源》（序言），1963年，第423—425页（与Т. 斯捷布金合著）。

《苏联科学院亚洲研究所通报》（编），第61分册（与人合作），1963年。

1964年

《鲁迅的讽刺故事》（翻译），莫斯科，1964年，第23—131页、146—176页，第5—20页为序言，第177—193页为注释。

《在苏联科学院亚洲研究所讨论会上的发言》，《东方文学中产生的问题》，莫斯科，1964年，第341—344页。

1965年

《论东方文学史的普遍问题》（第三辑），《语言学》，1965年，第2期，第149—160页（与И. В. 鲍罗林、В. Б. 尼基京、Е. В. 帕耶夫斯基合著）。

1966年

《中国诡辩术的早期奠基人》，《"远东文学的体裁与风格"科学大会论文提纲》，列宁格勒，1966年，第30—34页。

《东方文学中文艺复兴时期的某些普遍问题》，《东方文学的理论问题的讨论提纲》，莫斯科，1966年，第16—19页（与И. В. 鲍勃林、В. Б. 尼基京、Е. В. 帕耶夫斯基合著）。

《未来的学科》，《亚非人民》，1966年，第6期，第99—105页。

《评В. 阿列克谢耶夫的中国民间画》，《亚非人民》，莫斯科，1966年，第5期，第200—205页。

1967年

《注释和翻译〈列子〉与〈庄子〉的第一人》，《古代中国的无神论者、唯物主义者、辩证法者——杨朱、列子、庄子》序言，莫斯科，科学出版社，1967年。

《古代中国的教学特点》，《历史语言学研究》（纪念Н. И. 康拉德文集），莫斯科，1967年，第462—465页。

《论世纪东方文学的分类》，莫斯科，1967年，16页（与И. В. 鲍罗林、В. Б. 尼基京、Е. В. 帕耶夫斯基合著）。

1968年

《Г. Г. 斯特拉塔诺维齐》（评论），《苏维埃民族学》，1968年，第171—173页。

《读М. 巴赫金》，《亚非人民》，1968年，第2期，第94—106页。

《鲁迅与文艺复兴时期》，《第二十届布拉格国际汉学大会文集》，莫斯科，1968年，第157—166页。

《古代东方文学的时代划分问题》，《东方文学史的分期问题》，莫斯科，1968年，第40—49页（与В. Б. 尼基京、Е. В. 帕耶夫斯基合著）。

《关于中世纪东方文学的分期问题》，《东方文学史的分期问题》，莫斯科，1968年，第50—60页（与И. В. 鲍勃林、В. Б. 尼基京、Е. В. 帕耶夫斯基合著）。

1969年

《鲁迅》，《十月革命后的国外文学史》（第1辑），Л. Г. 安德烈耶夫、Р. М. 萨玛琳娜编，莫斯科，1969年，第557—569页。

《东方文学中文艺复兴时期存在的若干问题》，《东方文学的理论问题》，莫斯科，1969年，第377—392页（与И. В. 鲍罗林、В. Б. 尼基京、Е. В. 帕耶夫斯基合著）。

《中国文学》，《中世纪东方文学》（第1辑），莫斯科，1969年，第23—236页；第3—20页为序言（与И. В. 鲍罗林、В. Б. 尼基京、Е. В. 帕耶夫斯基合著）。

1970年

《现代对〈十一世纪中国的改革者〉的评论》，《莫斯科大学学报》（东方学辑），1970年，第1期，第65—74页；后被翻译成法文，刊于 *Archiv Orientalni*，1973年，第1期。

《儒家的教权主义文学》，《远东文学研究的理论问题》，莫斯科，1970年，第82—88页。

《吴敬梓的讽刺作品及他在〈儒林外史〉中的观点》，《国外东方文学史—科学讨论会论文集》，莫斯科，1970年，第289—300页。

1971年

《论3—6世纪中国诗歌及其哲学基础》，《莫斯科大学学报》（东方学辑），1971年，第2期，第40—45页。

《中国有关中世纪与文艺复兴的争论》，《文学问题》，1971年，第7期，第165—178页。

《鲁迅的最新译作》（诞辰90周年纪念），《亚非人民》，1971年，第5期，第129—133页。

《古代中国文学》，《古代东方文学》，莫斯科，1971年，第249—387页；第3—21页为序言（与В. Б. 尼基京、Е. В. 帕耶夫斯基合著）。

《纪念Н. И. 康拉德院士》，《近代史与现代史》，1971年，第1期，第

205—207页。

《纪念尼古拉·约瑟夫维齐·康拉德》，《语言学》，1971年，第1期，第108—110页（与A. C. 帕什科夫斯基合著）。

1972年

《中国启蒙时代札记》，《亚非人民》，第6期，1972年，第104—116页。

《评O. 林琳的〈曹雪芹与他的《红楼梦》〉》（编），莫斯科，1972年，第3—81页；第3—12页为序言。

1973年

《关于儒家学说的不同观点》，《苏联的中国学问题》，莫斯科，1973年，第161—174页。

鲁迅《三闲集》（选译），《远东问题》，1973年，第3期，第180—189页。

《评〈狂人日记〉》，译自日文，A. E. 格鲁斯金作序并注释，《亚非人民》，莫斯科，1973年，第5期，第196—200页。

《阿贝尔·列谬扎与中国文学》（第24届国际东方学代表大会讨论会），莫斯科，1973年，12页。

1974年

《阿贝尔·列谬扎与中国文学》，《中国语言学问题》，莫斯科，1974年，第3—10页。

《中国的喜剧内涵及其理论基础》，《远东文学研究的理论问题》，莫斯科，1974年，第85—93页。

《中国的文学》，《新时期的东方文学》，莫斯科，1974年（与人合作）。

《中国悲剧及其理论的首次尝试》，《远东文学研究的理论问题》（论文提纲），莫斯科，1974年，第67页。

（翻译、整理：陈蕊）

后　记

　　本文集为纪念波兹涅耶娃教授百年诞辰而编纂，于纪念会前编译成集。借此机会简记会议情况如下。

　　2008年12月24日上午，在（波氏来华任教的）北京外国语大学举行了波氏"百年诞辰座谈会"，北京外国语大学俄语学院院长史铁强主持会议。中俄比较文学会会长、北京大学俄罗斯学研究所所长李明滨做了《波兹涅耶娃教授的学术成就》的报告，北京外国语大学海外汉学中心副主任柳若梅做了《波兹涅耶娃与中国的特殊情缘》的报告（两文均见于本文集）。参加会议和发言的有北京外国语大学汉语中心的李英男、刘光准，北京大学俄语系的查晓燕、王辛夷、陈松岩、张冰，中国社会科学院的李伟丽、李俊生，国家图书馆的陈蕊，波氏的已故导师曹靖华先生之女曹苏龄，波氏生前好友戈宝权之夫人梁培兰和新华社高级记者孙继熙等多人。

　　在华工作的波氏的外孙女卡捷琳娜·克雷莫娃应邀出席会议，波氏生前好友李莎教授（李立三夫人）托女儿李英男做了生动感人的报告——《难忘的情谊——回忆母亲李莎与波兹涅耶娃的真诚友谊》。

　　纪念会得以举行和本文集的编纂，有赖于两位年轻同人柳若梅和陈蕊的鼎力相助，在此特别对她们表达谢意。

编　者
2013年5月4日